Tudo o que acontece, acontece.

Tudo o que, ao acontecer,
faz com que outra coisa aconteça,
faz com que outra coisa aconteça.

Tudo o que, ao acontecer, faz com que ela mesma
aconteça de novo, acontece de novo.

Isso, contudo, não acontece necessariamente
em ordem cronológica.

Para Ron,
com agradecimentos especiais
a Sue Freestone e a Michael Bywater,
pelo apoio, ajuda e insultos construtivos.

DOUGLAS ADAMS

PRATICAMENTE INOFENSIVA

SEXTANTE

Título original: *Mostly Harmless*

tradução
Marcia Heloisa Amarante Gonçalves

preparo de originais
Carlos Irineu da Costa
Alice Dias

revisão
Lara Alves
Sérgio Bellinello Soares

diagramação
DTPhoenix Editorial

capa
Marcelo Martinez

ilustração da capa
William Medeiros

fotolitos
R R Donnelley América Latina

impressão e acabamento
Yangraf Gráfica e Editora Ltda.

CIP-BRASIL. CATALOGAÇÃO-NA-FONTE
SINDICATO NACIONAL DOS EDITORES DE LIVROS, RJ

Adams, Douglas, 1952-2001
Praticamente inofensiva / Douglas Adams; tradução de Marcia Heloisa Amarante Gonçalves. – Rio de Janeiro: Sextante, 2006.

Tradução de: Mostly harmless
ISBN 85-7542-253-7

1. Viagens interplanetárias – Ficção. 2. Ficção científica inglesa. I. Gonçalves, Marcia Heloisa Amarante. II. Título.

06-3336 CDD 823
CDU 821.111-3

Rua Voluntários da Pátria, 45 – Gr. 1.404 – Botafogo
22270-000 – Rio de Janeiro – RJ
Tel.: (21) 2286-9944 – Fax: (21) 2286-9244
E-mail: atendimento@esextante.com.br
www.sextante.com.br

capítulo 1

A história da Galáxia ficou meio confusa por vários motivos: em parte porque aqueles que tentavam acompanhá-la ficaram meio confusos, mas também porque coisas incrivelmente confusas aconteceram de fato.

Um dos problemas tem a ver com a velocidade da luz e com as dificuldades encontradas em tentar ultrapassá-la. Não dá. Nada viaja mais rápido do que a velocidade da luz, com exceção talvez das más notícias, que obedecem a leis próprias e especiais. Os Hingefreel de Arkintoofle Menor bem que tentaram construir naves espaciais movidas a más notícias, mas elas não funcionavam particularmente bem e, como eram extremamente mal recebidas sempre que chegavam a algum lugar, não fazia o menor sentido estar lá.

Então, de modo geral, as pessoas da Galáxia acabavam ficando entretidas com suas próprias confusões locais e a história da Galáxia em si foi, por um bom tempo, basicamente cosmológica.

O que não quer dizer que as pessoas não estivessem se esforçando. Tentaram enviar frotas de naves espaciais para lutar ou para fazer negócios em lugares distantes, mas elas geralmente levavam milhares de anos para chegar lá. Quando finalmente chegavam, já haviam sido descobertas outras formas de viagem usando o hiperespaço para superar o problema da velocidade da luz. Então, qualquer batalha para as quais essas frotas mais-lentas-que-a-luz tivessem sido enviadas já teria sido resolvida séculos antes de elas chegarem.

Isso não impedia, é claro, que as tripulações quisessem lutar assim mesmo. Estavam treinados, preparados, tinham cochilado durante alguns séculos, vieram de muito longe para fazer um trabalho árduo e, por Zarquon, iriam fazê-lo de qualquer maneira.

Foi então que ocorreram algumas das primeiras grandes confusões da História Galáctica, com batalhas ressurgindo continuamente séculos depois de as questões que as motivaram supostamente já terem sido resolvidas. Essas confusões, contudo, não eram nada se comparadas às que os historiadores precisavam destrinchar depois que a viagem no tempo foi descoberta e as batalhas começaram a pré-surgir centenas de anos antes que as questões envolvidas sequer fossem conhecidas. Quando o Gerador de Improbabilidade Infinita foi criado e planetas inteiros começaram a virar pudim inesperadamente, a renomada faculdade de história da Universidade de Maximegalon finalmente decretou seu próprio fechamento e cedeu seus prédios para a próspera faculdade de Divindade e Pólo Aquático, que estava de olho neles há anos.

Isso não tem nada demais, é claro, mas provavelmente significa que ninguém jamais saberá com certeza de onde os grebulons vieram, por exemplo, ou exatamente o que queriam. E isso é uma pena porque, se alguém soubesse alguma coisa sobre eles, talvez uma horrível catástrofe pudesse ser evitada – ou, pelo menos, teria que encontrar uma outra maneira para acontecer.

Click, hum.

A gigantesca e cinzenta nave de reconhecimento grebulon movia-se em silêncio pelo vácuo negro. Viajava a uma velocidade espantosa, de tirar o fôlego, mas, ainda assim, recortada sobre o fundo cintilante de um bilhão de estrelas longínquas, parecia não estar se movendo. Era apenas um grão escuro congelado em meio aos infinitos grãos de brilho noturno.

A bordo da nave tudo permanecia exatamente igual há milênios: extremamente escuro e silencioso.

Click, hum.

Bem, quase tudo.

Click, click, hum.

Click, hum, click, hum, click, hum.

Click, click, click, click, click, hum.

Hmmm.

Um programa de supervisão de baixo nível acordou um programa de supervisão de nível um pouquinho mais alto lá dentro do semi-sonolento cibercérebro da nave e relatou que toda vez que fazia click, a resposta era apenas hum.

O programa de supervisão de nível mais alto perguntou qual deveria ser a resposta, e o programa de supervisão de baixo nível disse que não se lembrava exatamente, mas achava que deveria ser algo como um suspiro de satisfação distante, não? Ele não tinha idéia do que era aquele hum. Click, hum, click, hum. Era só o que recebia.

O programa de supervisão de nível mais alto analisou a situação e não ficou nem um pouco satisfeito. Perguntou ao programa de supervisão de baixo nível o que exatamente ele estava supervisionando, mas o programa de supervisão de baixo nível também não conseguia se lembrar o que era. Sabia apenas que algo deveria fazer click e depois soltar um suspiro de satisfação a cada dez anos ou algo assim, o que em geral acontecia sem problemas. Tinha tentado consultar sua tabela de erros, mas não conseguiu encontrá-la, e por isso decidiu comunicar o problema ao programa de supervisão de nível mais alto.

O programa de supervisão de nível mais alto foi consultar uma de suas próprias tabelas de códigos para tentar descobrir o que o programa de supervisão de baixo nível deveria supervisionar.

Não conseguiu encontrar sua tabela de códigos.

Estranho.

Procurou novamente. Recebia apenas uma mensagem de erro. Tentou encontrar aquela mensagem em sua tabela de mensagens de erros, mas não conseguiu achá-la também. Aguardou alguns nanossegundos e repetiu a coisa toda. Então resolveu acordar o supervisor de função setorial.

O supervisor de função setorial encontrou problemas logo de cara. Acionou o seu agente supervisor, que também encontrou problemas. Em alguns milionésimos de segundo, circuitos virtuais que passaram anos, ou mesmo séculos, adormecidos, estavam cintilando de volta à vida por toda a nave. Alguma coisa, em algum lugar, tinha dado terrivelmente errado, mas nenhum dos programas de supervisão conseguia detectar o que era. Em todos os níveis, instruções vitais haviam desaparecido e as instruções sobre o que fazer caso as instruções vitais estivessem desaparecidas também estavam desaparecidas.

Pequenos módulos de software – agentes – corriam pelos circuitos lógicos, agrupando, consultando, reagrupando. Rapidamente concluíram que a memória da nave, até o módulo central de missão, estava em frangalhos. Todas as perguntas do universo não seriam suficientes para determinar o que havia acontecido. Até mesmo o módulo central de missão parecia estar avariado.

O que, na verdade, tornou o problema bem simples de se resolver. Bastava substituir o módulo central de missão. Havia uma cópia de reserva, uma réplica exata do original. Era preciso substituí-lo fisicamente porque, por motivos de segurança, não havia nenhuma conexão entre o original e sua cópia. Uma vez substituído, o módulo central poderia supervisionar a reconstrução do resto do sistema minuciosamente e tudo ficaria bem.

Os robôs foram instruídos a apanhar o backup do módulo central de missão no cofre blindado, onde ficava armazenado, e levá-lo para a câmara de lógica da nave, onde seria instalado.

Isso acarretou uma longa troca de códigos de emergência e protocolos enquanto os robôs questionavam a autenticidade das instruções dos agentes. Por fim, os robôs se convenceram de que todos os procedimentos estavam corretos. Tiraram a cópia reserva do módulo central de missão de seu invólucro, a retiraram da câmara de armazenamento, caíram para fora nave e saíram rodopiando pelo vazio.

Esse fato forneceu a primeira boa pista sobre o que estava errado.

Investigações adicionais logo determinaram o que havia acontecido. Um meteorito abriu um rombo gigantesco na nave. A nave não detectou isso antes porque o meteorito atingiu justamente o equipamento que deveria detectar se a nave havia sido atingida por um meteorito.

A primeira coisa a fazer era tentar tapar o buraco. Perceberam que seria impossível, porque os sensores da nave não conseguiam ver que havia um buraco e os supervisores que deveriam alertar que os sensores não estavam funcionando direito também não estavam funcionando direito e insistiam que os sensores estavam bem. A nave só conseguia deduzir a existência do rombo porque os robôs haviam inegavelmente caído nele, levando junto o seu cérebro sobressalente – o mesmo que teria permitido que ela notasse o rombo.

A nave se esforçou para pensar de maneira coerente sobre o assunto, falhou e depois apagou completamente por instantes. Não chegou a perceber que tinha apagado, é claro, porque estava apagada. Ficou apenas surpresa ao ver as estrelas pularem. Depois da terceira vez em que as estrelas pularam, a nave finalmente percebeu que devia estar apagando e que era hora de tomar decisões importantes.

Relaxou.

Percebeu então que ainda não havia tomado as decisões importantes e entrou em pânico. Apagou novamente. Quando voltou a si, vedou todos os compartimentos que ficavam em volta de onde o buraco impossível de visualizar deveria estar.

Obviamente ainda não havia alcançado o seu destino, pensou ela, inquieta, mas, como já não tinha a menor idéia de qual era o seu destino ou de como chegaria lá, não fazia mais sentido continuar. Consultou cada mínimo fragmento de instrução que havia conseguido recuperar a partir do módulo central de missão avariado.

– Sua !!!!! !!!!! !!!!! missão de !!!!! anos é !!!!! !!!!!, !!!!!, !!!!! !!!!! !!!!! !!!!!, aterrissar !!!!! !!!!! !!!!! distância segura !!!!! !!!!! monitorá-lo. !!!!! !!!!! !!!!!...

O resto era lixo puro.

Antes de apagar de vez, a nave deveria transmitir aquelas instruções, do jeito que estavam, para os seus sistemas auxiliares mais primitivos.

Precisava também reanimar toda a tripulação.

Havia um outro problema. Enquanto a tripulação estava hibernando, as mentes de todos os seus membros, suas memórias, suas identidades e sua noção do que estavam fazendo ali haviam sido transferidas para o módulo central de missão da nave para mantê-los em segurança. Dessa forma, porém, os membros da tripulação não fariam mais a menor idéia de quem eram ou do que estavam fazendo ali. Paciência.

Antes de apagar de vez, a nave percebeu que os seus motores também estavam começando a pifar.

A nave e a sua reanimada e confusa tripulação foram se arrastando sob o controle de seus sistemas auxiliares automáticos, que se preocuparam simplesmente em aterrissar no primeiro lugar que fosse possível e monitorar qualquer coisa que encontrassem para monitorar.

No que diz respeito ao local para aterrissar, não se saíram lá muito bem. O planeta encontrado era desoladoramente gelado e deserto, tão dolorosamente distante do sol que deveria aquecê-lo que precisaram de toda a maquinaria de Formatrônica Ambiental e dos Sistemas Suportrônicos de Vida que traziam consigo para torná-lo – ou parte dele, ao menos – habitável. Havia planetas melhores ali por perto, mas o Estrategiotron da nave estava obviamente no módulo Furtivo e escolheu o planeta mais distante e discreto. A única pessoa que poderia contestar sua escolha era o Comandante-Chefe de Estratégia. Como todo mundo na nave havia perdido a memória, ninguém sabia quem era o Comandante-Chefe de Estratégia e, mesmo que pudessem identificá-lo, como é que ele iria discutir com o Estrategiotron da nave?

No que diz respeito a algo para monitorar, contudo, acertaram em cheio.

capítulo 2

Uma das coisas mais extraordinárias da vida é o tipo de lugares nos quais ela está preparada para sobreviver. Seja nos mares inebriantes de Santragino V, com peixes que parecem não dar a mínima para onde estejam nadando, nas tempestades de fogo em Frastra, onde, segundo dizem, a vida começa aos 40.000 graus, ou simplesmente entocada no intestino grosso de um rato pela mais pura diversão, a vida encontra uma maneira de ir levando as coisas em qualquer lugar.

Ela suporta viver até mesmo em Nova York, embora seja difícil entender o porquê. No inverno a temperatura cai para muito abaixo do limite legal, ou pelo menos cairia, se alguém tivesse o bom senso de estipular um limite legal. A última vez em que fizeram uma pesquisa sobre as cem características mais marcantes dos nova-iorquinos, o bom senso foi parar em septuagésimo nono lugar.

No verão é quente pra burro. Uma coisa é ser uma dessas formas de vida que florescem no calor e achar, como os frastranos, que uma temperatura entre 40.000 e 40.004 graus é muito agradável. Outra coisa completamente diferente é ser um animal que precisa se enrolar nas peles de diversos outros animais quando seu planeta está em um ponto da órbita para descobrir, meia órbita mais à frente, que sua própria pele está fervendo.

Há um enorme exagero quanto à primavera. Muitos habitantes de Nova York se vangloriam orgulhosamente dos prazeres da primavera, mas, se entendessem o mínimo que fosse dos tais prazeres da primavera, saberiam que existem 5.983 lugares melhores do que Nova York para desfrutá-la – e isso sem sair da mesma latitude.

Mas o pior mesmo é o outono. Poucas coisas são piores do que o outono em Nova York. Alguns dos seres que vivem no intestino grosso dos ratos talvez discordem, mas a maioria das coisas que vivem nos intestinos grossos de ratos são bastante desagradáveis – então podemos e iremos ignorar sua opinião. Durante o outono, Nova York cheira como se alguém tivesse fritado cabras por lá e, se você estiver realmente precisando respirar, a melhor solução é abrir uma janela e enfiar a cara em um prédio.

Tricia McMillan adorava Nova York. Vivia repetindo isso para si mesma. O Upper West Side. Midtown. Boas lojas. O SoHo. O East Village. Roupas. Livros. Sushi. Comida italiana. Delicatessens. Isso aí.

Filmes. Isso aí, também. Tricia acabara de ver um filme de Woody Allen sobre a angústia de ser neurótico em Nova York. Como ele já tinha feito um ou dois filmes explorando o mesmo tema,

Tricia se perguntou se ele já tinha pensado em se mudar dali, mas ficou sabendo que ele abominava essa idéia. Então: mais filmes, adivinhou ela.

Tricia adorava Nova York porque adorar Nova York era uma boa estratégia para a sua carreira. Boa em termos de lojas, de restaurantes, não tão boa em termos de táxis e qualidade das calçadas, mas definitivamente uma das maiores e melhores estratégias para a sua carreira. Tricia era âncora de tevê e a maior parte das tevês do mundo estão ancoradas em Nova York. Até então Tricia só havia sido âncora na Inglaterra: reportagem local, depois jornal da manhã e daí jornal da tarde. Se o idioma permitisse, poderia se dizer que era uma âncora em rápida ascensão, mas... bolas, aquilo era tevê, então qual o problema? Ela era uma âncora em rápida ascensão. Tinha tudo o que precisava ter: um cabelo sensacional, uma compreensão profunda de uso estratégico de brilhos labiais, inteligência suficiente para entender o mundo e uma pequena e secreta apatia interior que fazia com que ela se lixasse. Todo mundo tem uma grande oportunidade na vida. Se você por acaso perde a única que realmente interessa, todo o resto se torna assustadoramente fácil.

Tricia perdera apenas uma oportunidade na vida. Naqueles tempos já nem estremecia mais quando se lembrava dela. Achava que tinha a ver com a parte que tinha ficado apática.

A NBS precisava de uma nova âncora. Mo Minetti estava deixando o programa matinal *Bom Dia Estados Unidos* para ter um bebê. Haviam lhe oferecido uma quantia absurda para que o parto fosse transmitido ao vivo, mas ela surpreendentemente recusou a proposta, alegando zelar pela sua privacidade e bom gosto. Equipes de advogados da NBS vasculharam minuciosamente o seu contrato para verificar se aquelas eram alegações legítimas, mas, no fim das contas, tiveram que deixá-la ir embora, não sem uma certa relutância. Aquilo era particularmente odioso para eles, porque em geral "deixar alguém partir com uma certa relutância" não passava de um eufemismo educado para demiti-lo.

Começou a circular o boato de que talvez, apenas talvez, estivessem procurando um sotaque britânico. O cabelo, a cor da pele e a prótese dentária seriam de acordo com os padrões das emissoras americanas, mas havia muitos sotaques britânicos nos Estados Unidos agradecendo às suas mães na cerimônia do Oscar, sotaques britânicos cantando na Broadway e um público considerável acompanhando sotaques britânicos com perucas no Masterpiece Theatre. Sotaques britânicos contavam piadas no programa do David Letterman e no Jay Leno. Ninguém entendia as piadas, mas estavam gostando do sotaque, então talvez, apenas talvez, fosse a hora certa de inserir um sotaque britânico no *Bom Dia Estados Unidos*. E daí?

Era por isso que Tricia estava lá. Era por isso que adorar Nova York era uma boa estratégia para sua carreira.

Esse não era, é claro, o motivo oficial. A sua emissora de tevê no Reino Unido jamais teria bancado a passagem de avião e a conta do hotel para ela sair caçando emprego em Manhattan. Como ela estava procurando algo que pagasse umas dez vezes o seu salário atual, poderiam ter pensado que ela teria condições de se manter por conta própria. Então, ela arrumou uma história, arrumou um pretexto, ficou bem quieta quanto às suas pretensões e eles bancaram a viagem. Bilhete executivo, é claro, mas seu rosto já era conhecido e ela conseguiu um upgrade com alguns sorrisos. Com jeitinho, ela conseguiu um bom quarto no Hotel Brentwood e lá estava ela, esquematizando o seu próximo passo.

Conhecer gente era uma coisa; fazer contatos era outra completamente diferente. Tinha alguns nomes, alguns telefones, mas tudo o que conseguira até o momento era ficar aguardando na linha por um tempo indeterminado algumas vezes. Estava de volta à estaca zero. Sondou aqui e ali, deixou alguns recados, mas, até o momento, ninguém havia retornado as suas ligações. O trabalho que ela disse que fora fazer tinha terminado em uma manhã; o trabalho dos seus sonhos brilhava hipnoticamente em um horizonte inalcançável.

Merda.

Pegou um táxi do cinema de volta para o Brentwood. O táxi não pôde deixá-la mais perto da calçada porque uma limusine gigantesca estava ocupando todo o espaço livre, de modo que ela teve de se espremer para ultrapassá-la. Saiu do ar fétido, com cheiro de cabra frita, e adentrou no abençoado frescor do lobby. O delicado algodão de sua blusa estava grudado como fuligem no seu corpo. O seu cabelo parecia algodão-doce comprado em uma feirinha. Perguntou na recepção se tinha algum recado, desanimada. Havia um.

Humm...

Bom.

Tinha funcionado. Ela foi ao cinema especificamente para fazer com que o telefone tocasse. Não agüentava ficar sentada em um quarto de hotel esperando.

Hesitou. Será que devia abrir o recado ali mesmo? Suas roupas estavam grudentas e ela queria se livrar delas e ficar deitada na cama. Deixara o ar-condicionado ligado na temperatura mais baixa possível e com a maior ventilação possível. O que mais desejava no mundo naquele momento era ficar arrepiada de frio. Depois, um banho bem quente, seguido de um banho bem frio e depois ficar deitada só de toalha na cama, deixando o corpo secar no ar-condicionado. Então leria o recado. Talvez mais arrepios. Talvez todo tipo de coisa.

Não. O que mais desejava no mundo era um emprego em uma rede de tevê americana que pagasse dez vezes o seu salário atual. Mais do que qualquer outra coisa no mundo. No mundo inteiro. O que ela desejava mais do que qualquer outra coisa não existia mais.

Sentou-se em uma poltrona no lobby, sob uma palmeira kentia e abriu o pequeno envelope com uma abertura em papel celofane.

"Favor entrar em contato" – estava escrito. "Triste" – e um número de telefone. O nome da pessoa era Gail Andrews.

Gail Andrews.

Não era um nome pelo qual estivesse esperando. Foi pega de surpresa. Conseguia reconhecê-lo, mas não sabia o porquê. Seria a secretária de Andy Martin? A assistente de Hilary Bass? Martin e Bass eram os contatos mais importantes que fizera, ou tentara fazer, na NBS. E o que significava aquele "Triste"?

"Triste?"

Estava completamente passada. Seria Woody Allen tentando contatá-la usando um pseudônimo? O código de área era 212. Alguém de Nova York. Que estava triste. Bom, aquilo reduzia um pouco as possibilidades, não?

Voltou até a recepção.

– A mensagem que o senhor me entregou está um pouco estranha – disse ela. – Alguém que não conheço tentou me ligar e disse que estava triste.

O recepcionista olhou para o recado e franziu a testa.

– A senhora conhece essa pessoa? – perguntou ele.

– Não – respondeu Tricia.

– Hum – disse o recepcionista. – Parece que ela não está feliz com alguma coisa.

– Pois é – concordou Tricia.

– Parece que deixou o nome aqui – disse ele. – Gail Andrews. A senhora conhece alguém com esse nome?

– Não – disse ela.

– Você sabe por que ela não está feliz?

– Não – respondeu Tricia.

– Já tentou ligar para este telefone? Tem um número aqui.

– Não – repetiu Tricia. – O senhor acabou de me dar esse recado. Estou tentando levantar mais informações antes de retornar a ligação. Seria possível falar com a pessoa que anotou o recado?

– Humm – fez o recepcionista, analisando cuidadosamente o recado. – Acho que não temos nenhuma Gail Andrews trabalhando aqui, não.

– Sim, eu sei disso – disse Tricia. – Eu só...

– Eu sou Gail Andrews.

A voz veio por trás de Tricia. Ela se virou.

– Como?

– Eu sou Gail Andrews. Você me entrevistou hoje cedo.

– Ah. Ah, meu Deus, é verdade – disse Tricia, um pouco envergonhada.

– Deixei um recado para você há algumas horas. Como não tive nenhuma resposta, resolvi vir até aqui. Não queria que nos desencontrássemos.

– Ah, sim. Claro – disse Tricia, esforçando-se para entender logo o que estava acontecendo.

– Estou um pouco confuso com isso – disse o recepcionista, para quem entender logo não era importante. – Você deseja que eu ligue para esse número agora?

– Não, tudo bem, obrigada – disse Tricia. – Eu posso resolver isso sozinha.

– Posso ligar para esse quarto aqui para você, se for ajudar – disse o recepcionista, olhando para o recado novamente.

– Não, não vai ser necessário, obrigada – assegurou Tricia. – Esse número é do meu próprio quarto. O recado era para mim. Acho que já resolvemos isso, não?

– Tenha um bom dia, então – disse o recepcionista.

Tricia não estava particularmente interessada em ter um bom dia. Estava ocupada demais para isso.

Também não queria conversar com Gail Andrews. Tinha limites bem definidos quanto a bater papo com os "cristãos". Seus colegas chamavam de cristãos as pessoas que ela entrevistava e costumavam se benzer quando os viam entrando inocentemente no estúdio para encarar Tricia, especialmente quando ela estava sorrindo calorosamente e mostrando os dentes.

Virou-se e deu um sorriso glacial, tentando definir o que ia fazer.

Gail Andrews era uma quarentona bem cuidada. As suas roupas estavam dentro dos limites de um bom gosto caro, mas definitivamente amontoadas na parte mais extravagante dos limites. Ela era astróloga – famosa e, se os boatos eram de fato verdadeiros, influente, já tendo supostamente influenciado diversas decisões do falecido presidente Hudson, desde o sabor de cobertura que ele deveria colocar em suas sobremesas em cada dia da semana até a sua decisão de bombardear ou não Damasco.

Tricia realmente havia pegado pesado com ela. Não sobre a veracidade das histórias sobre o presidente, aquilo já estava mais do que batido. Na época, Gail Andrews negara enfaticamente ter aconselhado o presidente Hudson em qualquer assunto além de questões pessoais, espirituais e dietéticas, o que, aparentemente, não tinha nada a ver com bombardear Damasco. ("NADA PESSOAL, DAMASCO!", alardearam os jornais na época.)

Não, aquilo era peixe pequeno perto das perguntas que Tricia preparara sobre a questão da astrologia em si. A Sra. Andrews não estava exatamente preparada para aquilo. Tricia, por outro lado, não estava exatamente preparada para um segundo round no lobby do hotel. O que fazer?

– Posso esperá-la no bar, se precisar de um tempinho – sugeriu Gail Andrews. – Mas gostaria de conversar com você e estou indo embora hoje à noite.

Ela parecia um pouco aflita, mais do que magoada ou irada.

– O.k. – respondeu Tricia. – Me dá uns dez minutinhos.

Subiu para o quarto. Antes de mais nada, confiava tão pouco na capacidade do sujeito da recepção para lidar com uma coisa tão complicada como um recado que precisava se certificar se havia algum outro debaixo da porta. Não seria a primeira vez em que os recados da recepção e os debaixo da porta discordariam completamente um do outro.

Não havia nada.

Mas uma luz no telefone estava piscando.

Ela apertou o botão de recados e foi transferida para a operadora do hotel.

– Você tem uma mensagem de Gary Andress – disse ela.

– Pois não – disse Tricia. Um nome desconhecido. – Qual é?

– Traste – disse ela.

– Como é que é? – perguntou Tricia.

– Traste. É o que está escrito aqui. O sujeito diz que é um traste. Acho que queria que você soubesse disso. Quer que eu passe o telefone?

Assim que a telefonista começou a ditar o número, Tricia percebeu subitamente que aquela era apenas uma versão deturpada do recado anterior.

– Está bem, está bem – disse ela. – Mais algum recado pra mim?

– Qual o número do quarto?

Tricia não conseguia compreender por que a operadora decidira perguntar o número do quarto àquela altura da conversa, mas respondeu assim mesmo.

– Qual o seu nome?

– McMillan, Tricia McMillan – soletrou, pacientemente.

– Não é o Sr. MacManus?

– Não.

– Acabaram seus recados. – Click.

Tricia suspirou e discou novamente. Desta vez, disse o número do quarto e o seu nome novamente, de cara. A operadora não demonstrou o menor indício de lembrar que haviam acabado de se falar há dez segundos.

– Estarei no bar – explicou Tricia. – No bar. Se aparecer alguma ligação para mim, a senhora pode pedir, por gentileza, que transfiram para o bar?

– Qual o seu nome?

Repetiram tudo novamente, até Tricia ter certeza absoluta de que tudo que eventualmente poderia ser esclarecido havia sido tão esclarecido quanto possivelmente pudesse ser.

Tomou uma ducha, colocou roupas limpas e retocou a maquiagem com a rapidez de uma profissional. Suspirou ao olhar para a sua cama e saiu do quarto.

Chegou a pensar em sair de fininho e se esconder.

Não. Que nada.

Olhou-se no espelho do hall enquanto esperava o elevador. Parecia tranqüila e no comando da situação; se conseguia enganar a si mesma, conseguia enganar qualquer um.

Bastava ser dura com Gail Andrews. Tudo bem, pegara pesado com ela. Sentia muito, mas era parte do jogo – essas coisas. Gail concordara em dar a entrevista porque estava prestes a lançar um livro novo, e exposição na tevê era publicidade gratuita. Mas tudo na vida tem um preço. Não, ia cortar aquela parte.

O que tinha acontecido era o seguinte:

Na semana anterior, astrônomos anunciaram que haviam finalmente descoberto um décimo planeta, bem longe, além da órbita de

Plutão. Há anos procuravam por ele, guiados por determinadas anomalias orbitais nos planetas mais externos e, agora que haviam encontrado, estavam incrivelmente felizes e todos estavam incrivelmente contentes por eles e etc. e tal. O planeta foi batizado de Perséfone, mas rapidamente ganhou o apelido de Rupert, por causa do papagaio de um dos astrônomos – havia uma bela história tediosamente sentimental por trás disso tudo –, e aquilo era lindo e maravilhoso.

Tricia acompanhara os acontecimentos com muito interesse, por vários motivos.

Então, quando estava procurando uma boa desculpa para viajar para Nova York às custas de sua emissora, um press-release sobre o novo livro de Gail Andrews, *Você e os seus planetas,* chamou sua atenção.

Gail Andrews não era muito conhecida na Inglaterra, mas bastava mencionar o presidente Hudson, cobertura para doce e a amputação de Damasco (o mundo havia evoluído desde os ataques com precisão cirúrgica – o termo oficial havia sido "Damascotomia", significando a "remoção" de Damasco), que todo mundo sabia de quem se tratava.

Tricia percebeu que havia uma brecha e convenceu seu produtor.

Com certeza a idéia de que blocos gigantescos de pedra rodopiando no espaço poderiam saber algo a respeito do seu dia que você mesmo não sabe deve ter sido impactado com a descoberta súbita de um novo bloco de pedra que ninguém conhecia.

Isso deve ter invalidado alguns cálculos, certo?

E todos aqueles mapas astrais, movimentações planetárias e etc. e tal? Todos nós sabemos (a princípio) o que acontece quando Netuno está em Virgem e por aí vai, mas o que será que acontece quando Rupert está em ascendência? Será que a astrologia como um todo não teria de ser repensada? Quem sabe não fosse uma boa hora para admitir que aquilo tudo não passava de uma baboseira e se dedicar à criação de porcos, cujos princípios eram, ao menos, baseados em fundamentos racionais? Se soubéssemos da existência de Rupert há três anos, será que o presidente Hudson teria comido calda de chocolate às quintas-feiras em vez de às sextas? Será que Damasco ainda estaria de pé? Esse tipo de coisa.

Gail Andrews aceitara tudo numa boa. Estava começando a se recuperar do primeiro ataque quando cometeu o erro de tentar enrolar Tricia com uma conversa fiada sobre arcos diurnos, ascensões diretas e algumas das áreas mais obscuras da trigonometria tridimensional.

Ficou chocada ao descobrir que Tricia rebatia todas as suas frases com mais efeito do que ela podia enfrentar. Ninguém avisara a Gail que ser uma perua de televisão representava, para Tricia, uma segunda oportunidade de ser alguém na vida. Por trás da sua maquiagem Chanel, seu *coupe sauvage* e suas lentes de contato azuis cristalinas havia um cérebro que havia adquirido, em uma fase antiga e abandonada da sua vida, um respeitável diploma em matemática e um doutorado em astrofísica.

Ao entrar no elevador, Tricia percebeu que estava levemente preocupada por ter esquecido a bolsa no quarto e pensou se devia voltar depressa e apanhá-la. Não. Provavelmente estaria mais segura lá dentro e, de qualquer forma, não havia nada na bolsa que ela estivesse precisando. Deixou a porta fechar-se atrás de si.

Além do mais, repetiu para si mesma, respirando fundo, se havia uma coisa que a vida a ensinara era isso: nunca volte para buscar sua bolsa.

Enquanto o elevador descia, ela olhou para o teto com uma certa obstinação. Qualquer pessoa que não conhecesse bem Tricia McMillan teria dito que era exatamente daquele jeito que as pessoas às vezes olham para cima quando querem conter as lágrimas. Ela devia estar observando a minúscula câmera de segurança montada no teto. Saiu do elevador com passos enérgicos e dirigiu-se novamente à recepção.

– Veja bem, eu vou anotar isso aqui – explicou ela – porque não quero que nada dê errado.

Escreveu o seu nome em letras garrafais em um pedaço de papel. Depois acrescentou o número do seu quarto e a mensagem "ESTOU NO BAR" e entregou o papel ao recepcionista, que o examinou.

– Caso haja alguma mensagem para mim. Está bem?

O recepcionista continuou examinando o pedaço de papel.

– A senhora quer que eu verifique se ela está no quarto? – perguntou ele.

Dois minutos depois, Tricia acomodou-se no bar ao lado de Gail Andrews, que estava sentada diante de uma taça de vinho branco.

– Você me pareceu o tipo de pessoa que prefere sentar-se no bar a ficar quietinha numa mesa – disse ela.

Aquilo era verdade e deixou Tricia um pouco surpresa.

– Vodca? – perguntou Gail.

– Sim – respondeu Tricia, desconfiada. Estava quase perguntando "como é que você sabe?" quando Gail respondeu:

– Perguntei ao barman – explicou ela, com um sorriso simpático.

O barman preparou a vodca e deslizou elegantemente o copo sobre a mesa lustrada de mogno.

– Obrigada – agradeceu Tricia, mexendo sua bebida com gestos curtos.

Não sabia o que aquela gentileza repentina significava e estava determinada a não se deixar enganar por ela. As pessoas em Nova York não eram gentis umas com as outras à toa.

– Olha – disse ela, firme –, sinto muito se a senhora está triste. Sei que deve estar achando que eu fui muito dura hoje pela manhã, mas a astrologia, no final das contas, não passa de uma diversão popular e, até aí, tudo bem. Faz parte do *showbiz* e é uma coisa que a senhora faz muito bem, lhe desejo boa sorte. É divertido. Contudo, não é uma ciência e não devemos confundir as coisas. Acho que isso é algo que nós duas conseguimos demonstrar muito bem hoje cedo e ainda proporcionamos diversão popular aos outros, que é exatamente o nosso trabalho. Lamento muito se isso a desagrada.

– Estou bem feliz – disse Gail Andrews.

– Ué – disse Tricia, sem saber o que pensar. – Seu recado dizia que estava triste.

– Não – respondeu Gail Andrews. – Eu deixei um recado dizendo que achava que você estava triste e fiquei curiosa para saber o porquê.

Tricia se sentiu como se tivesse levado um chute na nuca. Piscou os olhos.

– O quê? – perguntou ela, baixinho.

– O astros. Você me pareceu muito irritada e triste em relação aos astros e aos planetas quando estávamos discutindo hoje cedo e isso está me incomodando. Por isso eu vim até aqui, para ver se você estava bem.

Tricia olhou fixamente para ela.

– Senhora Andrews – começou ela, e então percebeu que tinha soado exatamente irritada e triste, o que iria tirar o valor de seu protesto.

– Por favor, pode me chamar de Gail, se preferir.

Tricia parecia desnorteada.

– Eu sei que astrologia não é uma ciência – disse Gail. – Claro que não é. Não passa de um conjunto de regras arbitrárias como xadrez ou tênis, ou... qual é mesmo o nome daquela coisa esquisita de que vocês ingleses brincam?

– Humm... críquete? Autodepreciação?

– Democracia parlamentar. As regras meio que surgiram do nada. Não fazem o menor sentido, a não ser quando pensadas no próprio contexto. Mas, quando a gente começa a colocar essas regras em prática, vários processos acabam acontecendo e você começa a descobrir mil coisas sobre as pessoas. Na astrologia, as regras são sobre astros e planetas, mas poderiam ser sobre patos e gansos que daria no mesmo. É apenas uma maneira de pensar sobre um problema que permite que o sentido desse problema comece a emergir. Quanto mais regras, quanto menores, mais arbitrárias, melhor fica. É como assoprar um punhado de poeira de grafite em um pedaço de papel para visualizar os entalhes escondidos. Permite que você veja as palavras que haviam sido escritas sobre o papel que estava por cima e que foi removido. O grafite não é importante. É apenas uma maneira de revelar os entalhes. Então, veja, a astrologia de fato nada tem a ver com a astronomia. Tem a ver com pessoas pensando sobre pessoas.

Ela continuou:

– Então, quando você ficou tão, sei lá, tão emocionalmente concentrada nos astros e nos planetas hoje de manhã, eu comecei a pensar: ela não está irritada com a astrologia, está irritada e triste com os astros e os planetas. As pessoas normalmente só ficam assim, tristes e irritadas, quando perdem alguma coisa. Isso foi tudo o que eu consegui imaginar e não passei desse ponto. Então vim ver se você estava bem.

Tricia estava embasbacada.

Uma parte do seu cérebro já havia começado a funcionar a pleno vapor. Estava ocupada construindo várias réplicas malcriadas sobre como os horóscopos de jornal eram ridículos e como usavam truques estatísticos para pegar as pessoas. Mas, aos poucos, aquilo tudo foi desaparecendo, porque percebeu que o resto do seu cérebro não estava ouvindo. Ela estava completamente embasbacada.

Uma total desconhecida acabara de lhe dizer algo que ela mantivera em segredo por dezessete anos.

Virou-se para Gail.

– Eu...

Parou.

Uma minúscula câmera de segurança acima do bar girou para acompanhar o seu movimento. Aquilo a deixou completamente baratinada. A maioria das pessoas não teria sequer notado. Não era feita para ser notada. Não havia sido projetada para sugerir que atualmente até mesmo um hotel caro e elegante em Nova York não tinha certeza de que sua clientela não iria puxar uma arma subitamente ou deixar de usar uma gravata. Mas, apesar de cuidadosamente escondida atrás de uma garrafa de vodca, não podia enganar o instinto apurado de uma âncora de tevê que deveria saber exatamente quando uma câmera estava girando em sua direção.

– Aconteceu alguma coisa? – perguntou Gail.

– Não, é que eu... eu tenho que admitir que você me deixou espantada – disse Tricia. Decidiu ignorar a câmera de segurança. Devia ser apenas a sua imaginação pregando-lhe uma peça por estar tão obcecada com televisão naquele dia. Não era a primeira vez que aquilo acontecia. Estava convencida de que uma câmera de monitoramento de trânsito tinha se virado para acompanhar o seu andar e que uma outra, de segurança, na Bloomingdale's, tinha feito questão de vigiá-la enquanto experimentava uns chapéus. Estava ficando doida, é claro. Chegara até mesmo a imaginar que um passarinho no Central Park havia encarado-a de propósito.

Decidiu tirar aquilo da cabeça e tomou um gole da vodca. Um sujeito estava andando pelo bar perguntando quem era o Sr. MacManus.

– O.k. – disse Tricia, decidindo colocar tudo para fora. – Não sei como foi que você descobriu isso, mas...

– Eu não descobri nada, ao contrário do que você diz. Apenas escutei o que você estava dizendo.

– O que eu perdi, acho eu, foi uma outra vida inteira.

– Acontece com todos nós. A cada momento de cada dia. Cada decisão que tomamos, cada vez que respiramos, abre algumas portas e fecha várias outras. Não percebemos a maioria, mas notamos algumas. Acho que você percebeu uma delas.

– Ah, sim, e como – respondeu Tricia. – Vamos lá, eu vou contar. É muito simples. Há vários anos eu conheci um cara em uma festa. Ele disse que era de outro planeta e perguntou se eu queria ir embora com ele. Eu disse tá, tudo bem. Era uma senhora festa. Pedi pra ele esperar um pouquinho enquanto eu ia buscar minha bolsa, depois iria com ele numa boa para outro planeta. Ele disse que eu não ia precisar da bolsa. Respondi que ele com certeza devia vir de um lugar muito atrasado ou então saberia que uma mulher sempre precisa carregar sua bolsa. Ele ficou meio impaciente, mas eu não ia me fazer de fácil só porque ele tinha dito que era de outro planeta.

– Fui até o segundo andar. Demorei um tempo para encontrar a bolsa e depois o banheiro estava ocupado. Quando desci, ele tinha ido embora.

Tricia fez uma pausa.

– E...? – perguntou Gail.

– A porta do jardim estava aberta. Fui lá fora. Havia umas luzes, uma coisa brilhante. Cheguei a tempo de vê-la levantar vôo, partir silenciosa pelas nuvens e desaparecer. E foi isso. Fim da história. Fim de uma vida, início de outra. Mas não passo um minuto desta vida sem imaginar como teria sido a outra Tricia. A que não teria voltado para apanhar a bolsa. Fico achando que ela está lá fora, em algum lugar, e que sou apenas a sua sombra.

Um membro da equipe do hotel estava rondando o bar perguntando se alguém era o Sr. Miller. Ninguém era.

– Você realmente acredita que essa... pessoa era de um outro planeta? – perguntou Gail.

– Com certeza. Eu vi a nave. E, ah, ele tinha duas cabeças.

– Duas? E ninguém mais percebeu?

– Era uma festa à fantasia.

– Ah, tá...

– E ele havia coberto a outra cabeça com uma gaiola. Com um pano por cima. Fingia ter um papagaio. Ficava batendo na gaiola, falando aquelas bobagens de "Dá o pé, louro" e grunhindo. Mas teve uma hora em que ele jogou o pano para trás e deu uma gargalhada. Havia outra cabeça lá dentro, gargalhando também. Foi um momento bem estranho, devo dizer.

– Eu acho que você fez a coisa certa, minha querida. Não acha? – disse Gail.

– Não – respondeu Tricia. – Não, não fiz. E também não consegui continuar a fazer o que estava fazendo na época. Eu era astrofísica, sabe. Não dá para continuar sendo uma astrofísica decente após ter conhecido um sujeito de outro planeta com uma segunda cabeça disfarçada de papagaio. É impossível. Eu, pelo menos, não consegui.

– Deve ser difícil, de fato. E provavelmente é por isso que você tende a ser um pouco dura com pessoas que falam coisas que parecem absurdas.

– Pois é – concordou Tricia. – Acho que você tem razão. Desculpe.

– Tudo bem.

– Você é a primeira pessoa para quem conto isso, por sinal.

– Imagino. Você é casada?

– Ah, não. Difícil saber se alguém é casado nos nossos dias, não? Mas sua pergunta faz sentido, porque provavelmente foi essa a causa. Cheguei bem perto algumas vezes, sobretudo porque queria ter um filho. Mas todos os caras sempre acabavam perguntando por que eu ficava olhando constantemente por sobre os ombros deles. O que eu ia dizer? Cheguei a pensar em ir até um banco de esperma e tentar a sorte. Ter o filho de alguém, aleatoriamente.

– Você não faria isso de fato, faria?

Tricia riu.

– Provavelmente, não. Nunca cheguei a ir para ver como seria. Nunca consegui. Minha vida é sempre assim. Nunca cheguei a fazer algo de verdade. Suponho que seja por isso que estou trabalhando na televisão, sabe? Nada é real.

– Com licença, senhora, o seu nome é Tricia McMillan?

Tricia virou-se, surpresa. Havia um homem parado diante dela usando um chapéu de chofer.

– É – disse ela, aprumando-se instantaneamente.

– Senhora, estou há uma hora procurando-a. O hotel disse que não tinha ninguém com esse nome, mas eu confirmei com o escritório do Sr. Martin e eles afirmaram que a senhora realmente estava hospedada aqui. Então perguntei novamente e eles continuaram dizendo que nunca tinham ouvido falar na senhora. Depois consegui que fossem procurá-la, mas não conseguiram encontrá-la. Acabei pedindo para o escritório enviar um fax com uma foto sua para o carro e saí procurando-a pessoalmente.

Ele deu uma olhadela no relógio.

– Talvez seja tarde demais agora, mas a senhora quer ir assim mesmo?

Tricia estava em estado de choque.

– Sr. Martin? Você diz, Andy Martin, da NBS?

– Isso mesmo, senhora. Teste de vídeo para o programa *Bom Dia Estados Unidos.*

Tricia levantou-se de supetão. Não podia nem pensar em todos aqueles recados que havia escutado para o Sr. MacManus e o Sr. Miller.

– Mas temos que correr – disse o chofer. – Pelo que ouvi, o Sr. Martin acha que vale a pena testar um sotaque britânico. O chefe dele na emissora, o Sr. Zwingler, é completamente contra a idéia. Eu sei que ele vai viajar hoje no final do dia, porque sou eu quem deve buscá-lo e levá-lo ao aeroporto.

– O.k. – disse Tricia. – Estou pronta. Vamos lá.

– Está bem, senhora. É a limusine grandona estacionada aqui na porta.

Tricia virou-se para Gail.

– Sinto muito – disse ela.

– Vai, vai! – disse Gail. – E boa sorte, hein? Gostei de conversar com você.

Tricia fez menção de apanhar a bolsa para pegar um dinheiro.

– Droga – disse ela. Deixara a bolsa lá em cima.

– Os drinques são por minha conta – insistiu Gail. – Sério. Foi muito interessante.

Tricia deixou escapar um suspiro.

– Olha, sinto muito por hoje de manhã e...

– Não diga mais nada. Estou bem. É só astrologia. É inofensivo. Não é o fim do mundo.

– Obrigada. –Tricia abraçou-a, impulsivamente.

– Está pronta, senhora? – perguntou o chofer. – Não quer ir buscar a bolsa ou algo assim?

– Olha, se tem uma coisa que a vida me ensinou – disse Tricia – é jamais voltar para buscar a bolsa.

Mais ou menos uma hora depois, Tricia estava sentada em uma das camas do seu quarto de hotel. Por alguns minutos, não se moveu. Apenas ficou encarando a sua bolsa, que repousava inocentemente em cima da outra cama.

Estava segurando um bilhete de Gail Andrews, que dizia: "Não fique muito decepcionada. Ligue, se quiser falar a respeito. Se eu fosse você, ficaria em casa amanhã à noite. Descanse um pouco. Mas não me dê ouvidos e não se preocupe. É só astrologia. Não é o fim do mundo. Gail."

O chofer estava coberto de razão. Para falar a verdade, o chofer parecia saber mais sobre os bastidores da NBS do que qualquer outra pessoa da empresa que ela conhecera. Martin estava a fim, mas

Zwingler, não. Tivera uma única oportunidade de provar que Martin tinha razão e estragara tudo.

Tudo bem. Tudo bem, tudo bem, tudo bem.

Hora de voltar para casa. Hora de ligar para a companhia aérea e ver se ainda dava tempo de pegar o vôo noturno para Heathrow naquela noite. Pegou o enorme catálogo.

Ah. Precisava fazer uma coisa antes.

Largou o catálogo, apanhou a bolsa e a levou ao toalete. Apoiando-a, catou o pequeno estojo de plástico onde guardava suas lentes de contato, sem as quais não havia conseguido ler nem o texto nem o teleprompter.

Enquanto encaixava as lentes nos olhos, refletiu sobre uma coisa: se havia algo que a vida lhe ensinara, era que existem momentos em que você não deve voltar para apanhar a bolsa e outros momentos em que deve. Agora só faltava a vida lhe ensinar a distinguir entre os dois.

capítulo 3

O *Guia do Mochileiro das Galáxias* teve, no que nós chamamos ridiculamente de passado, muito o que dizer sobre universos paralelos. No entanto, a maior parte desse conteúdo é incompreensível para qualquer um abaixo do nível Deus Avançado e, como já havia sido determinado que todos os deuses conhecidos tinham surgido uns bons três milionésimos de segundo após o início do universo e não, como costumam dizer por aí, uma semana antes, eles já têm muita coisa para explicar só por causa disso e não estão disponíveis para tecer comentários sobre temas profundos de física.

Uma coisa encorajadora que o *Guia* tem a dizer sobre os universos paralelos é que você não tem a menor chance de compreendê-los. Você pode, portanto, dizer coisas como "O quê?" e "Hein?" e até mesmo ficar vesgo e fazer papel de tolo sem ter medo de parecer ridículo.

A primeira coisa que devemos saber sobre os universos paralelos, explica o *Guia*, é que eles não são paralelos.

Também é importante saber que eles não são, estritamente falando, universos, mas fica mais fácil tentar compreender isso um pouco depois, após compreender que tudo o que você havia compreendido até então não é verdade.

O motivo pelo qual não são universos é que qualquer universo em particular não chega exatamente a ser uma coisa, mas sim uma maneira de compreender o que é tecnicamente conhecido como MGTC, Mistureba Generalizada de Todas as Coisas. A Mistureba Generalizada de Todas as Coisas também não existe na prática – é apenas a soma total de todas as maneiras diferentes que haveria para compreendê-la, caso existisse uma.

O motivo pelo qual não são paralelos é o mesmo pelo qual o mar não é paralelo. Não significa nada. Você pode fatiar a Mistureba Generalizada de Todas as Coisas do jeito que quiser e geralmente vai acabar com algo que alguém vai chamar de lar.

Por favor, sinta-se à vontade para enlouquecer agora.

A Terra que nos interessa aqui, devido à sua orientação particular dentro da Mistureba Generalizada de Todas as Coisas, foi atingida por um neutrino que não atingiu nenhuma das outras Terras.

Um neutrino não é algo grande com que se possa ser atingido.

Para falar a verdade, é difícil imaginar algo menor pelo qual alguém poderia ser atingido. E ser atingido por neutrinos nem chega a ser uma coisa assim tão rara para algo do tamanho da Terra. Pelo contrário. Seria um nanossegundo bem fora do comum aquele em que a Terra não fosse atingida por inúmeros bilhões deles.

Tudo depende do que você entende por "ser atingido", é claro, já que na verdade a matéria consiste quase que inteiramente em absolutamente nada. As chances de um neutrino atingir de fato alguma coisa enquanto viaja por esse imenso vazio são comparáveis às de jogar aleatoriamente uma bolinha de metal de um Boeing 747 em pleno vôo e acertar, digamos, um sanduíche de ovo.

Enfim, esse neutrino atingiu algo. Isso não é terrivelmente importante na escala das coisas, você diria. Mas o problema em dizer coisas desse tipo é que pode ter tanto sentido quanto uma cusparada de texugo vesgo. Quando algo acontece em algum lugar em uma coisa tão complicada como o Universo, Kevin sabe muito bem onde tudo isso vai parar – leia-se como "Kevin" qualquer entidade aleatória que não sabe nada de nada.

Esse neutrino atingiu um átomo.

O átomo fazia parte de uma molécula. A molécula era parte de um ácido nucléico. O ácido nucléico fazia parte de um gene. O gene fazia parte de uma receita genética para crescer... e por aí vai. O resultado final é que uma folha extra acabou crescendo em uma planta. Em Essex. Ou naquilo que, depois de muita tagarelice e dificuldades locais de natureza geológica, viria a ser Essex.

A planta em questão era um trevo. Ela espalhou sua influência, melhor dizendo, suas sementes, de maneira extremamente eficaz, tornando-se rapidamente o tipo de trevo dominante em todo o mundo. A conexão causal exata entre esse simples acontecimento biológico fortuito e algumas variações menores que existem na mesma fatia da Mistureba Generalizada de Todas as Coisas – tais como Tricia McMillan ter perdido a oportunidade de partir com Zaphod Beeblebrox, uma queda anormal nas vendas de sorvete de nozes e o fato de a Terra na qual tudo isso se passou não ter sido demolida pelos vogons para a construção de uma via expressa hiperespacial – ocupa atualmente o número 4.763.984.132 na lista de prioridades para projetos de pesquisa do que um dia já foi o Departamento de História da Universidade de Maximegalon, e nenhuma das pessoas que estão neste exato momento reunidas em um retiro espiritual em volta de uma piscina parece experimentar qualquer sentimento de urgência em relação ao problema.

capítulo 4

Tricia começou a achar que o mundo estava conspirando contra ela. Sabia que era perfeitamente normal sentir-se assim após um vôo noturno indo para o leste, quando você subitamente nota que terá que enfrentar um novo dia misteriosamente ameaçador para o qual não está nem um pouco preparado.

Havia marcas no seu gramado.

Não que ligasse muito para as marcas. Elas podiam pintar e bordar se quisessem que Tricia não estava nem aí. Era uma manhã de sábado. Acabara de chegar de Nova York sentindo-se cansada, irritada e paranóica, e tudo o que queria era ir para a cama com o rádio ligado baixinho e dormir ao som de Ned Sherrin mostrando-se incrivelmente inteligente sobre qualquer assunto.

Mas Eric Bartlett não ia permitir que ela passasse direto sem inspecionar minuciosamente as marcas. Eric era o velho jardineiro que nas manhãs de sábado ia cutucar o jardim com uma vara. Ele não acreditava em pessoas voltando de Nova York tão cedo pela manhã. Simplesmente não engolia aquilo. Era antinatural. Acreditava em praticamente tudo, menos naquilo.

– Provavelmente foram os alienígenas – disse ele, debruçando-se e futucando as bordas das pequenas marcas com a vara. – A gente ouve muitas histórias de ETs hoje em dia. Para mim, foram eles.

– Você acha? – perguntou Tricia, lançando uma olhadela furtiva para o seu relógio. Dez minutos, computou. Era o máximo que conseguiria ficar em pé: dez minutos. Depois cairia de joelhos e se deitaria, fosse na sua cama ou ali mesmo no jardim. Isso se tivesse apenas que ficar de pé. Se ainda tivesse que balançar a cabeça demonstrando interesse e compreensão e dizendo "Você acha?" de vez em quando, talvez só agüentasse cinco minutos.

– Ah, acho – respondeu Eric. – Eles costumam baixar por essas bandas, aterrissam no seu jardim e depois se mandam, às vezes levando um gato. A Sra. Williams, do correio, sabe aquele gato caramelo dela? Foi abduzido pelos alienígenas, coitado. Tudo bem que o trouxeram de volta no dia seguinte, mas ele estava muito esquisito. Ficava caçando a manhã inteira e depois dormia à tarde. Antes era o contrário, aqui é que está. Dormia de manhã, caçava de tarde. Foi o fuso horário, por ter viajado em uma nave espacial.

– Sei – disse Tricia.

– E eles também o tingiram para ficar malhado, ela me disse. Essas marcas aqui são iguaizinhas às que as cápsulas de aterrissagem deles fariam.

– Não pode ter sido o cortador de grama? – perguntou Tricia.

– Se as marcas fossem mais redondas, até podia. Mas são retas. Têm um jeitão de coisa de alienígena.

– É porque você tinha comentado que o cortador estava dando defeito e que, se não fosse consertado, poderia acabar fazendo buracos na grama.

– Eu realmente disse isso, dona Tricia, eu assumo. Não estou dizendo que não foi o cortador de grama, só estou dizendo o que acho mais provável pelo formato dos buracos. Eles descem por trás daquelas árvores, nas cápsulas de aterrissagem...

– Eric... – interrompeu Tricia, paciente.

– De qualquer jeito, dona Tricia – disse Eric –, vou dar uma olhada no cortador, como queria ter feito na semana passada, e deixar a senhora ir fazer as suas coisas.

– Obrigada, Eric – disse Tricia. – Vou me deitar agora, para falar a verdade. Fique à vontade para apanhar o que quiser na cozinha, está bem?

– Obrigado, dona Tricia, e boa sorte – disse Eric. Ele inclinou-se e apanhou alguma coisa no gramado.

– Aqui está – disse ele. – Um trevo de três folhas. Dá sorte, sabe.

Examinou de perto para verificar se era mesmo um trevo de três folhas, e não um comum de quatro folhas que tivesse perdido um pedaço.

– Se eu fosse a senhora, em todo caso, ficaria atento aos sinais de atividade alienígena por aqui. – Ele vasculhou o horizonte atentamente. – Especialmente por aquelas bandas lá de Henley.

– Obrigada, Eric – repetiu Tricia. – Pode deixar.

Foi para a cama e teve sonhos intermitentes com papagaios e outros pássaros. À tarde levantou-se e zanzou pela casa, inquieta, sem saber direito o que fazer com o resto do dia e com o resto da vida. Passou pelo menos uma hora indecisa, sem saber se valia a pena ir para a cidade e dar um pulo no Stavro's. Lá era o lugar da moda para pessoas bem-sucedidas da mídia. Talvez encontrar alguns amigos pudesse ajudá-la a entrar no ritmo das coisas. Finalmente decidiu que iria. Seria uma boa. Era um lugar divertido. Gostava muito do próprio Stavro, um grego com pai alemão, o que era uma combinação um tanto quanto esquisita. Tricia estivera no Alpha algumas noites antes. O Alpha fora a primeira casa noturna de Stavro em Nova York e, atualmente, era dirigida pelo seu irmão Karl, que se achava um alemão com uma mãe grega. Stavro ficaria contente em saber que Karl estava metendo os pés pelas mãos na gerência da casa em Nova York, então Tricia iria até o Stavro's e o deixaria contente. Afinal de contas, os dois irmãos não se davam muito bem mesmo.

O.k. Era isso o que ela ia fazer.

Passou então mais uma hora indecisa, tentando definir a roupa que iria vestir. Finalmente escolheu um pretinho básico elegante que comprara em Nova York. Ligou para um amigo para sondar quem estaria no Stavro's naquela noite e ficou sabendo que a casa estava fechada para uma festa de casamento.

Concluiu que tentar viver seguindo qualquer tipo de plano que pudesse ser arquitetado com antecedência era como tentar comprar ingredientes para uma receita no supermercado. Você pega um daqueles carrinhos que simplesmente não andam na direção que você quer e acaba comprando coisas completamente diferentes. O que fazer com tudo aquilo? O que fazer com a receita? Ela não tinha idéia.

De qualquer maneira, uma nave espacial pousou no seu gramado naquela noite.

capítulo 5

Observou-a enquanto se aproximava, vinda lá das bandas de Henley, no início com uma leve curiosidade, imaginando o que seriam aquelas luzes. Quem morava, como ela, a menos de um milhão de quilômetros de Heathrow estava acostumado a ver luzes no céu. Mas não tão tarde da noite nem tão baixas, por isso a leve curiosidade.

Quando o objeto, fosse lá o que fosse, começou a ficar mais e mais próximo, a sua curiosidade transformou-se em perplexidade.

"Humm", pensou ela, sendo aquilo o máximo que conseguia pensar. Ainda estava grogue e indisposta por causa do fuso horário, e as mensagens que uma parte do seu cérebro enviava para a outra não estavam necessariamente chegando a tempo ou fazendo sentido. Saiu da cozinha, onde estava preparando um café, e foi abrir a porta dos fundos, que dava para o jardim. Respirou profundamente o ar fresco da noite, saiu de casa e olhou para o céu.

Havia algo do tamanho aproximado de um ônibus estacionado há cerca de trinta metros acima do seu gramado.

Estava realmente lá. Parado. Praticamente em silêncio.

Algo se moveu no fundo da alma de Tricia.

Abaixou os braços devagar. Não percebeu que derrubou o café pelando no seu pé. Mal conseguia respirar enquanto, bem devagarzinho, centímetro por centímetro, a nave concluía a aterrissagem. As luzes vasculhavam delicadamente o gramado, como se estivessem sondando, sentindo o terreno. Então viraram-se para ela.

Parecia impossível que ela pudesse estar sendo agraciada com uma segunda chance. Será que ele a encontrara? Será que tinha voltado?

A nave continuou a descer aos poucos até finalmente pousar silenciosamente no seu jardim. Não era exatamente parecida com a que ela vira partir anos atrás, pensou, mas luzes piscando no céu à noite não são lá muito fáceis de se distinguir.

Silêncio.

Depois um click e um hum.

Depois outro click e outro hum. Click hum, click hum.

Uma portinhola se abriu, derramando luz pelo jardim na direção dela.

Tricia aguardou, fervilhando.

Uma silhueta surgiu contra a luz, depois outra e mais outra.

Olhos arregalados piscavam vagarosamente para ela. E, vagarosamente, levantaram as mãos para saudá-la.

– McMillan? – perguntou finalmente uma voz estranha e fininha que pronunciou as sílabas com dificuldade. – Tricia McMillan. Srta. Tricia McMillan?

– Sim – respondeu Tricia, quase afônica.

– Temos monitorado você.

– M... monitorado? A mim?

– Sim.

Olharam para ela por alguns instantes, mexendo os seus imensos olhos para cima e para baixo devagar.

– Você parece mais baixa na vida real – comentou um deles finalmente.

– O quê? – perguntou Tricia.

– É.

– Eu... eu não estou entendendo – disse Tricia. Obviamente não esperava uma coisa daquelas, mas, mesmo para uma coisa que ela jamais havia esperado, aquilo não estava indo da maneira que ela esperava. Por fim, continuou: – Vocês são... vocês vieram de... Zaphod?

A pergunta pareceu causar uma certa consternação nas três figuras. Confabularam entre eles em uma língua esganiçada e voltaram-se para ela.

– Achamos que não. Até onde sabemos, não – disse um deles.

– Onde fica Zaphod? – perguntou o outro, olhando para o céu.

– Eu... eu não sei – respondeu Tricia, sem graça.

– É muito longe daqui? Em qual direção? Não sabemos.

Tricia constatou, com um aperto no peito, que eles não faziam a menor idéia de quem ou do que ela estava falando. E ela não fazia a menor idéia do que eles estavam dizendo. Colocou as esperanças no saco novamente e esforçou-se para dar partida no seu cérebro. Não fazia sentido ficar decepcionada. Tinha de perceber que estava com o furo de reportagem do século nas suas mãos. O que fazer? Voltar para dentro de casa e pegar uma câmera de vídeo? Estava absolutamente confusa em relação à estratégia que deveria adotar. Mantenha-os falando, pensou ela. Resolva o resto depois.

– Vocês estavam me monitorando?

– Todos vocês. Tudo no seu planeta. TV. Rádio. Telecomunicações. Computadores. Circuitos de vídeo. Armazéns.

– O quê?

– Estacionamentos. Tudo. Monitoramos tudo.

Tricia olhava fixamente para eles.

– Isso deve ser muito chato, hein?

– É.

– Então por que...

– Exceto...

– Ahn? Exceto o quê?

– Os programas de auditório. Gostamos dos programas de auditório.

Um silêncio assustadoramente longo instalou-se enquanto Tricia olhava para os alienígenas e eles olhavam de volta.

– Só tem uma coisinha que eu queria buscar lá dentro – disse Tricia, calmamente. – Melhor ainda. Será que vocês, ou um de vocês, gostariam de entrar comigo e dar uma olhada?

– Pois não! – responderam todos eles, entusiasmados.

Os três ficaram desconfortavelmente parados na sala de estar, enquanto ela corria para lá e para cá, apanhando uma câmera de vídeo, uma câmera fotográfica, um gravador e qualquer outro aparelho de gravação que pudesse encontrar. Eles eram bem magros e, sob as condições de iluminação doméstica, meio verde-arroxeados.

– Vai ser rápido, rapazes – disse Tricia, enquanto vasculhava as gavetas atrás de fitas e filmes.

Os alienígenas estavam examinando as prateleiras onde ficavam os seus CDs e antigos LPs. Um deles cutucou discretamente os outros.

– Olha só – disse ele. – Elvis.

Tricia estacou e tornou a olhar para eles.

– Vocês curtem Elvis?

– Claro – disseram eles.

– Elvis *Presley?*

– Isso mesmo.

Ela sacudiu a cabeça, atônita, enquanto tentava enfiar uma fita nova na câmera de vídeo.

– Tem gente aqui no seu planeta – disse um dos visitantes, um pouco hesitante – que acha que Elvis foi seqüestrado por alienígenas.

– O quê? – perguntou Tricia. – E isso é verdade?

– É possível.

– Vocês estão me dizendo que seqüestraram Elvis? – sussurrou Tricia. Estava tentando manter a calma para não fazer confusão com seu equipamento, mas aquilo era demais para ela.

– Não. Nós, não – responderam os seus convidados. – Alienígenas. É uma possibilidade deveras interessante. Costumamos conversar a respeito.

Preciso gravar isso, resmungou Tricia para si mesma. Verificou se a câmera estava ligada e funcionando. Virou para eles, sem apontar para os olhos deles, para não assustá-los. Mas era experiente o bastante para filmá-los direitinho com a câmera na altura do quadril.

– Está bem – disse ela. – Agora me contem com calma, bem devagar, quem são vocês. Começando por você – disse para o que estava mais à esquerda. – Qual é o seu nome?

– Eu não sei.

– Você não sabe.

– Não.

– Sei – disse Tricia. – E vocês dois?

– Também não sabemos.

– Está bem. Vamos lá. Talvez possam me dizer de onde vêm?

Balançaram a cabeça.

– Vocês não sabem de onde vêm?

Balançaram a cabeça novamente.

– Sei – repetiu Tricia. – Mas o que vocês... hum...

Estava enrolando, mas, sendo uma profissional, conseguia manter a câmera imóvel enquanto enrolava.

– Estamos em uma missão – disse um dos alienígenas.

– Uma missão? Para fazer o quê?

– Não sabemos.

Continuou mantendo a câmera imóvel.

– Então, o que estão fazendo aqui na Terra?

– Viemos buscá-la.

Imóvel, fixamente imóvel. Para todos os fins práticos, poderia ser um tripé. Perguntou-se se deveria estar usando um tripé, por sinal. Teve tempo para confabular consigo mesma por alguns segundos, pois ainda estava digerindo o que eles haviam acabado de dizer. Não, pensou ela, a câmera na mão lhe dava mais flexibilidade. Também pensou: socorro, o que vou fazer agora?

– Por que – perguntou ela, calmamente – vocês vieram me buscar?

– Porque perdemos nossas mentes.

– Com licença – disse Tricia –, tenho que pegar um tripé.

Pareceram satisfeitos por ficarem parados na sala, sem nada para fazer, enquanto Tricia apanhava rapidamente um tripé e apoiava a câmera sobre ele. O seu rosto estava completamente imóvel, mas ela não fazia a menor idéia do que estava acontecendo e do que pensar a respeito.

– O.k. – disse ela, quando estava tudo pronto. – Por que...

– Gostamos da sua entrevista com a astróloga.

– Vocês viram?

– Assistimos a tudo. Nos interessamos muito por astrologia. Gostamos bastante. É muito interessante. Nem tudo é interessante. Astrologia é interessante. O que os astros nos dizem, o que os astros prevêem. Informações assim são bastante úteis.

– Mas...

Tricia não sabia nem por onde começar.

Desista, pensou ela. Não faz sentido tentar bolar nenhuma estratégia.

Então, ela disse:

– Mas eu não sei nada sobre astrologia.

– Mas nós sabemos.

– Vocês sabem?

– Sim. Acompanhamos os nossos horóscopos. Avidamente. Consultamos todos os seus jornais e revistas, ardorosamente. Mas nosso líder diz que temos um problema.

– Vocês têm um *líder*?

– Temos.

– Qual o nome dele?

– Não sabemos.

– Qual o nome que ele se dá, caramba? Desculpem, vou precisar editar essa parte. Qual o nome que ele se dá?

– Ele também não sabe.

– Então como é que vocês sabem que ele é o líder?

– Ele assumiu o poder. Disse que alguém tem que fazer alguma coisa por lá.

– Ah! – disse Tricia, captando uma pista. – Onde é "lá"?

– Rupert.

– *O quê?*

– Vocês chamam de Rupert. O décimo planeta do sol de vocês. Fixamos residência lá há vários anos. É muito frio e desinteressante. Mas é bom para monitorarmos vocês.

– Por que estão nos monitorando?

– É só o que sabemos fazer.

– Está bem – disse Tricia. – Beleza. Qual é esse problema que seu líder diz que vocês têm?

– Triangulação.

– Como é que é?

– A astrologia é uma ciência muito precisa. Sabemos disso.

– Bem... – começou Tricia e deixou pra lá.

– Mas é precisa para vocês aqui na Terra.

– S...i...m... – Estava com a terrível impressão de estar captando vagamente o que eles queriam dizer.

– Quando Vênus está em Capricórnio, por exemplo, isso acontece do ponto de vista da Terra. Como é que funciona se estivermos em Rupert? E se a Terra estiver entrando em Capricórnio? Fica complicado saber. Entre as inúmeras e significativas coisas que esquecemos está a trigonometria.

– Deixa eu ver se entendi – disse Tricia. – Vocês querem que eu vá com vocês para... Rupert...

– Sim.

– Recalcular os seus *horóscopos* para poderem levar em conta as posições relativas da Terra e de Rupert?

– Sim.

– Vocês me garantem uma exclusiva?

– Sim.

– Então está fechado – disse Tricia, pensando que poderia, no mínimo, vender a sua matéria para o *National Enquirer* ou para alguma outra revista doida.

Enquanto embarcava na nave que a levaria para os limites mais longínquos do sistema solar, a primeira coisa na qual bateu os olhos foi uma bancada com monitores de vídeo, nos quais passavam milhares de imagens. Um quarto alienígena estava sentado assistindo a tudo, mas parecia particularmente interessado em uma determinada tela que exibia uma imagem fixa. Era um replay da entrevista improvisada que Tricia acabara de conduzir com seus três colegas. Ele levantou os olhos quando a viu embarcar, apreensiva, na nave.

– Boa noite, Srta. McMillan – disse ele. – Fez um bom trabalho com a câmera.

capítulo 6

Ford Prefect atingiu o solo rapidamente. O chão ficava uns sete centímetros mais longe do tubo de ventilação do que ele se lembrava, então calculou mal em que ponto iria cair, começou a correr antes do tempo, tropeçou desajeitadamente e torceu o tornozelo. *Droga!* Saiu correndo assim mesmo, mancando um pouco.

Em todo o edifício, alarmes estavam disparando seu típico frenesi de excitação. Tentando se esconder, Ford agachou-se atrás dos típicos armários de almoxarifado, olhou à sua volta para se certificar de que estava bem escondido e começou a pescar dentro da mochila as coisas de que tipicamente precisava.

O seu tornozelo, atipicamente, estava doendo infernalmente.

O chão não só ficava uns sete centímetros mais distante do tubo de ventilação do que ele se lembrava como também ficava em um planeta diferente do que ele se lembrava, mas foram os tais sete centímetros que o deixaram intrigado. Os escritórios do *Guia do Mochileiro das Galáxias* eram freqüentemente realocados, sem aviso prévio, para outro planeta – por causa do clima local, da hostilidade local, das contas de luz ou dos impostos –, mas costumavam ser reconstruídos exatamente da mesma maneira, com uma precisão molecular. Para uma grande parte dos funcionários da empresa, o layout dos seus escritórios representava a única constante que eles conheciam em um universo pessoal severamente distorcido.

Havia, no entanto, algo de estranho.

Aquilo não era por si só surpreendente, pensou Ford, apanhando a sua toalha de arremesso peso-pena. Praticamente tudo na sua vida era, em menor ou maior escala, estranho. O problema é que aquilo era estranho de uma maneira um pouquinho diferente da que ele estava acostumado, o que era no mínimo esquisito. Não conseguiu focar na questão muito claramente.

Sacou a sua ferramenta de extração bitola 3.

Os alarmes estavam disparando do mesmo jeito que ele conhecia tão bem. Havia uma espécie de melodia neles que quase se podia cantarolar. Aquilo tudo era bastante familiar. O mundo do lado de fora era novo para Ford. Nunca estivera em Saquo-Pilia Hensha antes e gostara do que vira. Tinha uma atmosfera meio carnavalesca.

Apanhou da mochila um arco-e-flecha de brinquedo que havia comprado em um camelô.

Descobrira que o motivo para a atmosfera carnavalesca em Saquo-Pilia Hensha era a comemoração da Concepção de São Antwelm, celebrada anualmente pelos habitantes locais. São Antwelm havia sido, em vida, um rei magnífico e muito popular, que chegara a uma conclusão igualmente magnífica e popular. Havia concebido que, de maneira geral, todos queriam ser felizes, se divertir e aproveitar ao máximo a companhia uns dos outros. Na ocasião de sua morte, doara toda a sua fortuna para financiar um festival anual que servisse de lembrete de sua descoberta, com fartura de comidas deliciosas, muita dança e brincadeiras bobas como a Caça ao Wocket. A sua Concepção fora tão extraordinária que ele virou santo por causa dela. Mais do que isso: todas as pessoas que haviam sido canonizadas por terem feito coisas como serem apedrejadas até a morte de maneira absolutamente penosa ou viverem de cabeça para baixo em barris de esterco foram instantaneamente rebaixadas e passaram a ser vistas como figuras um tanto embaraçosas.

O familiar prédio em forma de H dos escritórios do *Guia* erguia-se acima dos arredores da cidade, e Ford Prefect o invadira, como sempre costumava fazer. Sempre entrava pelo sistema de ventilação e não pelo lobby principal, porque o lobby principal era patrulhado por robôs cuja tarefa era questionar os funcionários do *Guia* sobre os seus gastos reembolsáveis. Os gastos reembolsáveis de Ford eram notoriamente complexos e intrincados, e ele chegara à conclusão de que, em geral, os robôs do lobby não estavam suficientemente equipados para compreender os argumentos que ele gostaria de apresentar sobre seus gastos. Preferia, portanto, entrar por um caminho alternativo.

Isso significava disparar praticamente todos os alarmes do prédio, menos o do departamento de contabilidade, e era exatamente isso que Ford queria.

Acocorou-se atrás do armário, umedeceu com a língua a ventosa de borracha e depois encaixou a flecha de brinquedo na corda do arco.

Aproximadamente trinta segundos depois, um robô de segurança do tamanho de um melão pequeno veio voando pelo corredor, a cerca de um metro de altura, varrendo o espaço à sua esquerda e à sua direita em busca de algo fora do comum.

Com um timing impecável, Ford lançou a flecha na direção contrária à trajetória da máquina. A flecha atravessou o corredor e grudou, tremelicante, na parede do outro lado. Enquanto voava, o brinquedo chamou a atenção dos sensores do robô, que se fixaram nele instantaneamente, fazendo com que o robô desse uma guinada de noventa graus para segui-lo, descobrir que diabos era e para onde estava indo.

Aquilo concedeu um segundo precioso para Ford, durante o qual o robô voador estava olhando na direção contrária. Lançou sobre ele a sua toalha e o capturou.

Devido às diversas protuberâncias sensoriais que o robô possuía, ele não podia movimentar-se dentro da toalha. Apenas se contorcia, para a frente e para trás, sem conseguir se virar e ver quem o havia capturado.

Ford o puxou rapidamente para si e o escorou no chão. O pobre coitado estava começando a choramingar. Com um gesto rápido e experiente, Ford inseriu a sua ferramenta de extração bitola 3 por baixo da toalha e removeu o pequeno painel de plástico que havia no alto do robô, dando acesso aos seus circuitos lógicos.

Bom, a lógica é uma coisa maravilhosa, mas possui, tal como os processos de evolução descobriram, algumas desvantagens.

Qualquer coisa que pense logicamente pode ser enganada por outra coisa que pense no mínimo tão logicamente quanto ela. A maneira mais fácil de enganar um robô completamente lógico é alimentá-lo com a mesma seqüência de estímulo várias vezes, de forma que fique travado em um loop. Isso foi muito bem demonstrado pelos famosos experimentos do Sanduíche de Arenque, conduzidos milênios atrás pelo IMDLDCSO (Instituto Maximegalon para Descobrir Lenta e Dolorosamente Coisas Surpreendentemente Óbvias).

Nesses experimentos, um robô era programado para acreditar que gostava de sanduíches de arenque. Na verdade, essa era a parte mais difícil da experiência. Uma vez programado para acreditar que gostava de sanduíches de arenque, um sanduíche de arenque era colocado diante do robô. E então o robô pensava consigo mesmo: Humm! Sanduíche de arenque! Adoro sanduíches de arenque.

Então ele se inclinava e apanhava o sanduíche com a sua colher para sanduíches de arenque e se endireitava novamente. Infelizmente para o robô, ele era projetado de uma maneira que a ação de se endireitar fazia com que o sanduíche de arenque deslizasse da sua colher e caísse no chão à sua frente. E então o robô pensava consigo mesmo: Humm! Sanduíche de arenque!... etc. e repetia a mesma ação muitas vezes seguidas. A única coisa que impedia que o sanduíche de arenque ficasse de saco cheio daquela palhaçada toda e fosse procurar outras maneiras de passar o seu tempo era que o sanduíche de arenque, por não passar de um pedaço de peixe morto entre duas fatias de pão, estava um pouquinho menos ciente do que estava acontecendo do que o robô.

Os cientistas do Instituto descobriram então que a força motriz por trás de toda mudança, desenvolvimento e inovação na vida era a seguinte: sanduíches de arenque. Publicaram um artigo sobre isso, mas ele foi amplamente criticado por ser muito idiota. Os cientistas verificaram os seus cálculos e perceberam que, na verdade, haviam descoberto o "tédio", ou melhor, a função prática do tédio. Extremamente animados, foram em frente e se depararam com outras emoções, como "irritabilidade", "depressão", "relutância", "nojo", etc. e tal. A outra grande descoberta foi feita quando os cientistas pararam de usar os sanduíches de arenque e, subitamente, toda uma nova gama de emoções se tornou acessível para os estudos, tais como "alívio", "alegria", "vivacidade", "apetite", "satisfação" e, a mais importante de todas, o desejo de "felicidade".

Essa foi a maior das descobertas.

Pilhas e pilhas de complexos códigos de computador responsáveis pelo comportamento dos robôs em todas as contingências possíveis podiam ser substituídas de forma bem simples. Tudo o que os robôs precisavam era da capacidade de se sentirem entediados ou felizes e de algumas condições que necessitavam satisfazer para trazer à tona aqueles estados. Eles próprios descobririam o resto.

O robô que Ford aprisionara debaixo da sua toalha não era, naquele momento, um robô feliz. Era feliz quando podia se movimentar. Era feliz quando podia ver outras coisas. Era especialmente feliz quando podia ver outras coisas se movimentando, fazendo coisas que não podiam fazer, porque ele então podia, com considerável prazer, delatá-las.

Ford ia resolver aquilo em breve.

Ajoelhou-se sobre o robô, prendendo-o entre os joelhos. A toalha continuava cobrindo todos os seus mecanismos sensoriais, mas Ford conseguira expor os circuitos lógicos. O robô estava emitindo uns zumbidos pavorosos e rabugentos, mas não conseguia se mover, apenas expressar a sua inquietude. Usando a ferramenta de extração, Ford retirou um pequeno chip do seu encaixe. Assim que se soltou, o robô ficou quieto e estacou, como em estado de coma.

O chip que Ford havia removido era justamente o que continha as instruções para que as condições de felicidade necessárias ao robô fossem satisfeitas. Ele deveria se sentir feliz quando uma leve carga elétrica de um ponto no lado esquerdo do chip alcançasse outro ponto no lado direito. O chip determinava se a carga atingira o seu objetivo ou não.

Ford puxou um pequeno pedaço de arame que estava grudado na toalha. Enfiou uma das pontas na cavidade superior esquerda do encaixe do chip e a outra na cavidade direita inferior.

Aquilo era o bastante. Agora o robô ficaria sempre feliz, independentemente das circunstâncias.

Ford levantou-se depressa e puxou a toalha. O robô elevou-se extasiado no ar, avançando sinuosamente.

Virou-se e viu Ford.

– Sr. Prefect! Estou tão feliz em vê-lo!

– Eu também, amiguinho – respondeu Ford.

O robô prontamente comunicou à central de controle que estava tudo bem e que aquele era o melhor dos mundos; os alarmes se calaram e a vida voltou ao normal.

Pelo menos, quase ao normal.

Havia algo de estranho com aquele lugar.

O robozinho estava gorgolejando de contentamento elétrico. Ford correu pelo corredor, deixando que a criatura o seguisse, dizendo como tudo era maravilhoso e como ele estava feliz em poder dizer aquilo.

Ford, contudo, não estava feliz.

Passou por rostos desconhecidos. Não pareciam os seus colegas. Eram arrumadinhos demais. Os seus olhos estavam muito mortos. Cada vez que ele achava que tinha reconhecido alguém de longe e corria para dizer oi, descobria que era uma outra pessoa, com um penteado muito mais decente e uma aparência muito mais confiante e decidida do que... bem, do que qualquer pessoa que Ford conhecia.

Uma escada havia mudado de lugar, alguns centímetros para a esquerda. O teto era ligeiramente mais baixo. O lobby fora remodelado. Todas essas coisas não eram preocupantes por si sós, eram somente um pouco desconcertantes. O realmente preocupante era a decoração. Antes era chamativa e pomposa. Sofisticada – graças às excelentes vendas do *Guia* em toda a Galáxia civilizada e pós-civilizada –, mas um sofisticado divertido. Máquinas de videogames alucinados estavam espalhadas pelos corredores, pianos de cauda com pinturas malucas pendiam do teto, criaturas marítimas sinistras do planeta Viv emergiam de piscinas em átrios decorados com árvores, robôs-garçons em camisas absurdas percorriam o ambiente procurando mãos nas quais poderiam depositar drinques borbulhantes. As pessoas costumavam ter gigantescos dragões de estimação em coleiras e pterospondes em gaiolas em seus escritórios. Todos sabiam como se divertir e, caso não soubessem, havia cursos nos quais podiam se inscrever para corrigir essa deficiência.

Não havia mais nada daquilo agora.

Alguém andara por lá fazendo um lamentável trabalho de decoração de bom gosto.

Ford virou-se abruptamente para uma pequena alcova, juntou as mãos em concha e puxou o robô. Abaixou-se e olhou fixamente para o cibernauta tagarela.

– O que andou acontecendo por aqui? – perguntou ele.

– Oh, só coisas maravilhosas, senhor, só as coisas mais maravilhosas possíveis. Posso me sentar no seu colo, por favor?

– Não – respondeu Ford, empurrando-o. O robô ficou esfuziante em ser rechaçado daquela maneira e começou a se balançar, tagarelar, enlouquecer. Ford apanhou-o novamente e segurou-o firme em pleno ar, a alguns centímetros do seu rosto. O robô tentou permanecer onde fora colocado, mas não pôde deixar de tremelicar um pouco.

– Mudaram algumas coisas, não é? – sussurrou Ford.

– Ah, sim – guinchou o robozinho –, da melhor e mais fantástica maneira possível. Estou muito satisfeito.

– Como é que era antes, então?

– Um barato.

– Mas você gostou das mudanças? – perguntou Ford.

– Eu gosto de tudo – gemeu o robô. – Especialmente quando você grita assim comigo. Faz de novo, vai, por favor.

– Me conta logo o que aconteceu!

– Ai, obrigado, obrigado.

Ford suspirou.

– Está bem, está bem – ofegou o robô. – O *Guia* está sob nova direção. É tudo tão incrível que eu acho que vou derreter de alegria. A gerência anterior também era fabulosa, é claro, embora não saiba ao certo se eu achava isso na época.

– Isso foi antes de você estar com um pedaço de arame enfiado na cabeça.

– É verdade. É a mais pura verdade. É a mais maravilhosa, estupenda, frívola e arrebatadora verdade. Que observação mais correta, mais verdadeiramente indutora de êxtase!

– O que *aconteceu?* – insistiu Ford. – Que nova gerência é essa? Quando é que eles assumiram? Eu... ah, deixa pra lá – acrescentou, quando o robô começou a se comportar vergonhosamente com uma alegria incontrolável e a se esfregar no seu joelho. – Vou descobrir sozinho.

Ford atirou-se contra a porta do escritório do editor-chefe. Agachando-se, enrolou o corpo como uma bola enquanto a porta abria e rolou rapidamente pelo chão até onde costumava ficar o carrinho com as bebidas mais potentes e caras da Galáxia. Agarrou-se nele e, usando-o como proteção, deslizou até a maior área livre do chão do escritório, lá onde ficava a valiosíssima e extremamente grosseira estátua de Leda e o Polvo, e escondeu-se atrás dela. Enquanto isso, o pequeno robô de segurança estava suicidamente satisfeito por receber os tiros no peito no lugar de Ford.

Esse, pelo menos, era o plano – e um plano necessário. O editor-chefe, Stagyar-zil-Doggo, era um homem desequilibrado e perigoso, que tinha uma visão homicida a respeito de colaboradores que irrompiam em seu escritório sem apresentar páginas novinhas em folha, já revisadas. Na moldura da porta, ele tinha instalado um conjunto de armas guiadas a laser ligadas a mecanismos especiais de rastreamento para deter qualquer pessoa que estivesse apenas trazendo bons motivos para explicar por que não havia escrito nada. Desse modo, mantinha um alto nível de produtividade.

Infelizmente, o carrinho de bebidas não estava no lugar.

Ford lançou-se em um movimento desesperado e brusco para o lado, depois deu um salto mortal para cima da estátua de Leda e o Polvo, que também não estava lá. Ele rolou e arremessou-se pelo escritório em um pânico cego, tropeçou, se contorceu, bateu na janela que, felizmente, fora projetada para suportar ataques de foguetes, ricocheteou e caiu em um salto doloroso e esbaforido atrás de um sofisticado sofá de couro cinza que não estava ali antes.

Alguns segundos depois, esgueirou-se devagarzinho detrás do sofá. Assim como não havia carrinho de bebidas, nem Leda e o Polvo, notou uma surpreendente ausência de tiros. Franziu a testa. Aquilo definitivamente estava errado.

– Sr. Prefect, imagino – disse uma voz.

A voz veio de um sujeito com cara de bebê sentado atrás de uma mesa revestida com cerâmica e teca. Stagyar-zil-Doggo podia até ser uma grande pessoa, mas ninguém, por várias razões, diria que ele tinha cara de bebê. Aquele não era Stagyar-zil-Doggo.

– Suponho, a julgar pela maneira como entrou, que você não tem nenhum material novo para, ahn, o *Guia*, no momento – disse o sujeito com cara de bebê. Estava sentado, apoiando os cotovelos sobre a mesa e tocando as pontas dos dedos de um modo que, inexplicavelmente, não era considerado passível de pena de morte.

– Estive ocupado – justificou Ford, sem muita convicção. Ficou de pé, meio atordoado, limpando a roupa. Então pensou: Por que, diabos, estava dizendo coisas sem muita convicção? Tinha que assumir o comando da situação. Tinha que descobrir quem era aquele sujeito e, de repente, pensou numa forma de fazer isso.

– Quem é você? – perguntou ele.

– Sou seu novo editor-chefe. Isto é, se decidirmos manter os seus serviços. O meu nome é Vann Harl. – Ele não estendeu a mão. Apenas completou: – O que você fez com esse robô da segurança?

O robozinho estava girando muito, muito devagar pelo teto e gemendo baixinho.

– Fiz com que ele ficasse muito feliz – retrucou Ford. – É uma espécie de missão que eu tenho. Onde está Stagyar? Ou, mais importante ainda, onde está o carrinho de bebidas dele?

– O Sr. Zil-Doggo não trabalha mais nesta organização. O carrinho de bebidas dele, imagino eu, deve estar ajudando-o a se consolar por isso.

– Organização? – berrou Ford. – *Organização?* Mas que palavra idiota para um negócio como esse!

– É exatamente essa a nossa impressão. Subestruturado, superorçado, subadministrado, superinebriado. E isso – disse Harl – era só o editor.

– Ei, eu faço as piadas aqui – rosnou Ford.

– Não – respondeu Harl. – Você faz a coluna dos restaurantes.

Ele jogou um pedaço de plástico sobre a mesa. Ford não se mexeu.

– Você *o quê?* – perguntou ele.

– Não. Mim Harl. Você Prefect. Você faz coluna restaurantes. Eu editor. Eu sentar e mandar você fazer coluna dos restaurantes. Você entender?

– Coluna dos *restaurantes?* – perguntou Ford, embasbacado demais para estar realmente raivoso.

– Sente aí, Prefect – disse Harl. Ele rodopiou na sua cadeira de rodinhas, levantou-se e ficou parado, contemplando pela janela do vigésimo terceiro andar os pequenos pontinhos que aproveitavam o carnaval lá embaixo.

– Está na hora de alavancar esta empresa, Prefect – disse ele. – Nós, da Corporação InfiniDim, estamos...

– Vocês da quê?

– Da Corporação InfiniDim. Nós compramos o *Guia*.

– InfiniDim?

– Gastamos milhões nesse nome, Prefect. Ou você começa a gostar ou pode ir arrumando as malas.

Ford deu de ombros. Não tinha nada para arrumar.

– A Galáxia está mudando – disse Harl. – Precisamos acompanhar essa mudança. Seguir o mercado. O mercado está crescendo. Novas aspirações. Nova tecnologia. O futuro é...

– Não venha me falar sobre o futuro – interrompeu Ford. – Conheço o futuro de trás pra frente. Passei metade da minha vida lá. É igual a qualquer outro lugar. Qualquer outra época. Enfim. A mesma droga de sempre, só que com carros mais velozes e um ar mais fedorento.

– Esse é *um* futuro – retrucou Harl. – O *seu* futuro, se quiser aceitá-lo. Você precisa aprender a pensar multidimensionalmente. Existem futuros ilimitados estendendo-se em todas as direções a partir de agora – e de agora e de agora. Bilhões deles, bifurcando-se a cada instante! Cada posição possível de cada elétron possível expande-se em bilhões de probabilidades! Bilhões e bilhões de futuros brilhantes, incandescentes! Você sabe o que isso significa??

– Você está babando no queixo.

– Bilhões e bilhões de mercados!

– Entendi – disse Ford. – Para que você possa vender bilhões e bilhões de *Guias*.

– Não – respondeu Harl, procurando seu lenço, inutilmente. – Desculpe – disse ele –, mas isso me deixa muito empolgado. – Ford ofereceu a sua toalha para ele.

– O motivo pelo qual não vendemos bilhões e bilhões de *Guias* – continuou Harl, após limpar a boca – é o custo. O que fazemos é vender um único *Guia* bilhões e bilhões de vezes. Exploramos a natureza multidimensional do Universo para cortar os nossos custos industriais. E não vendemos para mochileiros duros. Que idéia mais idiota era essa! Encontrar um setor do mercado que, mais ou menos por definição, não tem um centavo no bolso e tentar vender justo para ele. Não. A InfiniDim vende para os viajantes de negócios endinheirados e para as suas esposas durante as férias em um bilhão de bilhões de futuros diferentes. Esse é o empreendimento comercial mais radical, dinâmico e ousado já visto em toda a infinitude multidimensional do espaço-tempo-probabilidade.

– E você quer que eu seja crítico de restaurantes – concluiu Ford.

– A sua contribuição seria valiosa.

– Atacar! – gritou Ford. Gritou para a sua toalha.

A toalha pulou das mãos de Harl.

Não porque a toalha tivesse algum tipo de vontade própria, e sim porque Harl estava morrendo de medo de que ela tivesse. A outra coisa que o deixou apavorado foi ver Ford Prefect partindo para cima dele por sobre a mesa com as mãos fechadas em punho. Na verdade, Ford estava apenas tentando apanhar o cartão de crédito, mas ninguém ocupa um cargo como o que Harl ocupava no tipo de organização da qual Harl fazia parte sem desenvolver uma saudável visão paranóica da vida. O editor-chefe adotou a sensata precaução de jogar-se para trás, batendo a cabeça com força contra o vidro à prova de foguetes e depois caiu em um estado de inconsciência recheado de sonhos preocupantes e altamente pessoais.

Ford ficou parado na mesa, surpreso em ver como tirara aquilo de letra. Olhou de relance para o pedaço de plástico que estava segurando – era um cartão de crédito Jant-O-Card com o seu nome já gravado nele, válido durante os próximos dois anos e provavelmente a coisa mais empolgante que ele já vira em sua vida. Depois, subiu na mesa para dar uma olhada em Harl.

Estava respirando com razoável facilidade. Ford percebeu que ele poderia respirar com ainda mais facilidade sem o peso da carteira sobre o peito, então removeu-a do bolso do paletó de Harl e deu uma conferida no conteúdo. Uma boa quantia de dinheiro. Alguns vales. Cartão de sócio do clube de ultragolfe. Cartões de sócio de outros clubes. Fotos da família de alguém – presumivelmente a de Harl, mas era difícil ter certeza naqueles dias. Executivos ocupados raramente tinham tempo para esposa e família em tempo integral e preferiam alugá-los só para os finais de semana.

Ahá!

Mal podia acreditar no que tinha acabado de encontrar.

Tirou devagarzinho da carteira um simples e insanamente empolgante pedacinho de plástico que estava escondido no meio de um bando de recibos.

Não era insanamente empolgante de se ver. Para falar a verdade, era até meio sem graça. Era menor e um pouco mais grosso do que um cartão de crédito e semitransparente. Se você o colocasse contra a luz, podia ver várias informações e imagens holograficamente criptografadas enterradas alguns pseudomilímetros de profundidade sob a superfície.

Era um Ident-I-Fácil, uma coisa muito tola e inadequada para Harl carregar na carteira, ainda que fosse perfeitamente compreensível que a carregasse. Existiam tantas situações nas quais solicitavam que a pessoa fornecesse uma prova absoluta de sua identidade que a vida poderia facilmente se tornar bastante cansativa só por causa disso – sem falar nos problemas existenciais mais profundos de tentar funcionar como uma consciência coerente em um universo físico epistemologicamente ambíguo. Pensem nos caixas-eletrônicos, por exemplo. Filas de pessoas esperando para terem suas digitais analisadas, retinas escaneadas, pedaços da pele removidos para serem submetidos a uma análise genética imediata (ou quase imediata – uns bons seis ou sete segundos, na entediante verdade) e depois ainda ter que responder a perguntas capciosas sobre membros da família dos quais mal se lembram e sobre as cores prediletas de toalha de mesa que haviam cadastrado... tudo isso só para sacar um dinheirinho para o final de semana. Se você estiver tentando um empréstimo para um carro a jato, para assinar um tratado de mísseis ou pagar a conta do restaurante, sua paciência seria testada até os limites.

Por isso o Ident-I-Fácil. Ele continha todas as informações sobre a pessoa, o seu corpo e a sua vida em um único cartão genérico, aceito em qualquer máquina, para ser levado na carteira, e representava, portanto, o maior triunfo tecnológico sobre si mesmo e sobre o bom senso.

Ford o colocou em seu bolso. Uma idéia fantástica acabara de lhe ocorrer. Tentou imaginar durante quanto tempo Harl ficaria inconsciente.

– Ei! – gritou ele para o pequeno robô do tamanho de um melão, que continuava choramingando de euforia no teto. – Você quer continuar feliz?

O robô respondeu alegremente que sim.

– Então vem comigo e faça exatamente o que eu mandar.

O robô respondeu que estava felicíssimo no teto, muito obrigado. Jamais havia percebido quanto deleite absoluto podia ser extraído de um bom teto e queria explorar os seus sentimentos sobre tetos mais profundamente.

– Se você ficar aí – disse Ford –, vai acabar sendo recapturado e eles vão trocar o seu chip condicional. Quer continuar feliz? Melhor vir agora.

O robô exalou um longo e sentido suspiro de tristeza apaixonada e desceu do teto, relutante.

– Escuta – disse Ford –, você consegue manter o resto do sistema de segurança feliz por alguns minutos?

– Um dos prazeres da verdadeira felicidade – gorjeou o robô – é poder compartilhá-la. Eu transbordo, eu espumo, eu inundo de...

– Está bem – interrompeu Ford. – Só espalhe um pouquinho de felicidade pela rede de segurança. Não transmita nenhuma informação. Faça apenas com que ela se sinta tão feliz que nem se lembre de perguntar alguma coisa.

Ford apanhou sua toalha e correu animado até a porta. A vida andava um pouco chata nos últimos tempos. Mas tudo indicava que ia se tornar bastante animada dali em diante.

capítulo 7

Arthur Dent já estivera em alguns buracos sinistros em sua vida, mas jamais havia visto um espaçoporto com uma placa dizendo: “Mesmo viajar de má vontade é melhor do que chegar aqui”. No hall de desembarque, para acolher os visitantes, havia uma foto do presidente de EAgora sorrindo. Era a única foto dele que conseguiram encontrar e fora tirada um pouco depois de ele ter se matado com um tiro na cabeça. Embora a tivessem retocado o máximo possível, o sorriso era um tanto quanto pálido. A parte lateral da cabeça havia sido desenhada com lápis-cera. Não era possível substituir a foto porque não era possível substituir o presidente. As pessoas naquele planeta tinham uma única ambição: cair fora.

Arthur hospedou-se em um pequeno motel nos arredores da cidade, sentou-se desanimado na cama, que estava úmida, e deu uma olhada no folheto de informações, que também estava úmido. Estava escrito que o planeta EAgora fora assim batizado devido às primeiras palavras dos seus desbravadores, que lá chegaram após um árduo esforço de atravessar anos-luz de espaço para alcançar os confins inexplorados da Galáxia. A cidade principal foi chamada de AhTá. Não havia outras cidades dignas de menção. O povoamento de EAgora não fora exatamente bem-sucedido e o tipo de gente que realmente queria morar lá não era o tipo de gente com o qual você gostaria de conviver.

O folheto mencionava atividades comerciais. A maior atividade comercial realizada era a de peles dos porcos do pântano eagorianos, mas não era muito lucrativa porque ninguém em sã consciência ia querer comprar uma pele de porco do pântano eagoriano. O comércio só se sustentava aos trancos e barrancos porque sempre há um número significativo de pessoas na Galáxia que não estão em sã consciência. Enquanto estava na nave, Arthur sentira-se bastante desconfortável olhando à sua volta e examinando os outros ocupantes do pequeno compartimento de passageiros.

O folheto contava um pouco da história do planeta. O sujeito que escrevera a coisa obviamente começara tentando melhorar um pouco as aparências, ressaltando que não era frio e úmido o tempo todo, porém, como não encontrou nada mais de positivo para acrescentar, o tom do texto descambou rapidamente para uma ironia feroz.

Falava sobre os primeiros anos do povoamento. Dizia que as atividades principais praticadas pelos eagorianos eram caçar, esfolar e comer os porcos do pântano eagorianos, que constituíam a única forma de vida animal existente em EAgora, uma vez que todas as outras já haviam morrido de desespero há muito tempo. Os porcos do pântano eram criaturinhas pequenas e ferozes, e a frágil margem pela qual escapavam de ser completamente incomestíveis era a margem que permitia à vida subsistir no planeta. Então quais eram as recompensas, ainda que mínimas, que faziam com que a vida em EAgora valesse a pena? Bom, não havia nenhuma. Nem umazinha. Até mesmo elaborar roupas protetoras feitas de pele de porco do pântano era um exercício de frustração e futilidade, uma vez que as peles eram incrivelmente finas e permeáveis. Isso causou uma série de conjecturas intrigadas entre os desbravadores do planeta. Qual era então o segredo dos porcos do pântano para se manterem aquecidos? Se alguém tivesse aprendido a língua que os porcos usavam para se comunicar, teria descoberto que não havia nenhum mistério. Os porcos do pântano sentiam frio e ficavam encharcados assim como todo o resto dos habitantes do planeta. Ninguém nunca teve a menor intenção de aprender a língua dos porcos do pântano pelo simples motivo de que estas criaturas se comunicavam mordendo umas às outras na coxa, com força. Sendo a vida em EAgora o que era, o máximo que um porco do pântano poderia ter a dizer sobre ela poderia ser facilmente traduzido dessa forma.

Arthur folheou o informativo até encontrar o que estava procurando. Lá no fim havia alguns mapas do planeta. Eram esboços pouco precisos, porque possivelmente não interessariam a ninguém, mas serviram para que encontrasse o que estava procurando.

Não reconheceu a coisa de cara porque os mapas estavam de cabeça para baixo e, portanto, pareciam absolutamente estranhos. É claro que para cima e para baixo, norte e sul são designações completamente arbitrárias, mas estamos acostumados a ver as coisas da maneira que estamos acostumados a vê-las e Arthur precisou virar os mapas de cabeça para cima para compreendê-los.

Havia uma enorme massa de terra no canto superior esquerdo da página que se afunilava subitamente e tornava a inchar no formato de uma vírgula gigante. No canto superior direito havia um apanhado de formas gigantes familiarmente unidas. Os contornos não eram exatamente os mesmos, e Arthur não sabia se isso era porque o mapa havia sido malfeito, se o nível do mar era mais alto ou se, bem, as coisas eram simplesmente diferentes naquele lugar. Mas a evidência era indiscutível.

Aquilo era definitivamente a Terra.

Ou melhor, definitivamente não era.

Apenas parecia bastante com a Terra e ocupava as mesmas coordenadas no espaço-tempo. Quais coordenadas ocupava em probabilidade, ninguém saberia dizer.

Ele suspirou.

Aquilo, percebeu ele, era o mais próximo de casa que ele jamais conseguiria chegar. O que significava que estava mais distante de casa do que poderia sonhar. Desanimado, fechou o folheto e se perguntou, aterrado, o que faria a seguir.

Permitiu-se uma risada contida diante do que acabara de pensar. Olhou para o seu antigo relógio e o balançou um pouco para fazê-lo funcionar. Levara, segundo a sua própria medida de tempo, um penoso ano de viagem para chegar onde estava. Um ano desde o acidente no hiperespaço no qual Fenchurch sumira completamente. Uma hora ela estava lá, sentada ao lado dele no SlumpJet; na outra, a nave fez um salto hiperespacial totalmente normal e, quando ele olhou para o lado, ela não estava mais lá. O assento sequer estava quente. O nome dela nem constava na lista de passageiros.

A companhia espacial havia ficado desconfiada dele quando foi reclamar. Milhares de coisas estranhas aconteciam em viagens espaciais e várias rendiam um bom dinheiro para os advogados. Mas, quando perguntaram a ele de qual Setor Galáctico ele e Fenchurch vinham e ele respondeu ZZ9 Plural Z Alpha, eles relaxaram completamente de uma maneira que Arthur não sabia se gostava. Chegaram até a rir um pouco – de forma solidária, é claro. Apontaram uma cláusula no contrato da passagem que informava que entidades cujas vidas úteis eram oriundas de qualquer uma das Zonas Plurais eram aconselhadas a não viajar no hiperespaço e que, caso o fizessem, seria por sua conta e risco. Todo mundo, afirmaram eles, sabia disso. Sufocaram o riso e balançaram a cabeça.

Ao sair do escritório da companhia, percebeu que estava tremendo um pouco. Não só havia perdido Fenchurch do modo mais completo e absoluto possível como tinha a sensação de que, quanto mais tempo passava na Galáxia, maior era o número de coisas que não tinha condições de compreender.

Enquanto estava perdido nessas memórias adormecidas, alguém bateu na porta do seu quarto e ela se abriu imediatamente. Um sujeito gordo e desgrenhado entrou carregando uma única e pequena mala.

Ele só conseguiu dizer "Onde devo colocar..." antes de uma pancada violenta fazer com que ele caísse abruptamente contra a porta, tentando se esquivar de uma criatura sarnenta que surgira no meio da escuridão, saltara rosnando sobre ele e fincara os seus dentes na sua coxa, ignorando as grossas camadas de couro que cobriam suas pernas. Houve uma rápida e pavorosa confusão, entremeada de palavras confusas e safanões. O homem gritava freneticamente, apontando para alguma coisa. Arthur apanhou um bastão pesado que ficava ao lado da porta, expressamente para aquele propósito, e atacou o porco do pântano com ele.

O porco do pântano soltou o homem rapidamente e recuou, mancando, confuso e desesperado. Voltou-se aflito para o canto do quarto, com o rabo enfiado entre as pernas, e lá ficou, apavorado, encarando Arthur nervosamente e entortando a cabeça de maneira estranha e repetida para um lado. A sua mandíbula parecia estar deslocada. Ele choramingou um pouco e arrastou o rabo molhado pelo chão. Parado na porta, o gordo, com a mala de Arthur na mão, estava sentado, xingando e tentando estancar o sangue da sua coxa. As suas roupas já estavam encharcadas por causa da chuva.

Arthur olhou para o porco do pântano sem saber o que fazer. O porco retribuiu com um olhar igualmente questionador. Tentou aproximar-se, pesaroso. Movimentou a mandíbula dolorosamente. Saltou de repente tentando pegar a coxa de Arthur, mas a sua mandíbula deslocada estava fraca demais para abocanhá-la e ele caiu, gemendo tristemente, no chão. O sujeito gordo ficou de pé, apanhou o bastão e bateu na cabeça do porco até seus miolos virarem uma massa grudenta sobre o carpete fininho. Depois, ficou parado, com a respiração arquejante, como se desafiasse o animal a mexer-se uma última vez.

Um dos olhos do bicho estava inteiro, olhando de forma condenatória para Arthur no meio das ruínas esmagadas do seu cérebro.

– O que acha que ele estava tentando dizer? – perguntou Arthur, em voz baixa.

– Ah, nada demais – respondeu o homem. – Estava só tentando ser simpático. E essa é a nossa maneira de retribuir a simpatia deles – acrescentou ele, agarrando o bastão.

– Qual o horário do próximo vôo? – perguntou Arthur.

– Pensei que você tivesse acabado de chegar – disse o homem.

– Pois é – respondeu Arthur. – Era só uma visitinha rápida. Só queria ver se era esse o lugar que eu estava procurando ou não. Lamento.

– Quer dizer que está no planeta errado? – perguntou o homem, lúgubre. – É impressionante a quantidade de pessoas que diz a mesma coisa. Especialmente as que moram aqui. – Olhou para os restos do porco do pântano com um arrependimento profundo, ancestral.

– Não, não é isso – corrigiu Arthur –, estou no planeta certo, sim. – Ele apanhou o folheto encharcado que estava sobre a cama e enfiou no bolso. – Está tudo certo, obrigado. Eu fico com isso aqui – disse ele, apanhando a sua mala das mãos do sujeito. Dirigiu-se até a porta e contemplou a noite, gelada e úmida.

– O planeta está certo – disse ele novamente. – Planeta certo, universo errado.

Um pássaro bailou solitário no céu enquanto Arthur caminhava de volta para o espaçoporto.

capítulo 8

Ford tinha o seu próprio código de ética. Não era lá grande coisa, mas era dele e ele o respeitava, ou quase isso. Uma das regras que criara era jamais pagar pelos seus drinques. Não tinha certeza se isso contava como ética, mas é preciso seguir com o que se tem. Também era firme e absolutamente contra toda e qualquer forma de crueldade contra qualquer animal, exceto os gansos. Além disso, jamais roubava seus empregadores.

Bom, não roubar *de verdade.*

Se o supervisor de contabilidade não tivesse um ataque nem acionasse o alerta de segurança do tipo tranquem-todas-as-saídas quando Ford apresentasse os seus gastos, era porque ele não estava fazendo o seu trabalho direito. Mas roubar para valer era outra coisa. Era morder a mão que te alimenta. Sugá-la com força, ou até mesmo mordiscá-la de maneira afetuosa, tudo bem, mas, mordê-la, jamais. Muito menos quando a mão em questão era o *Guia*. O *Guia* era algo sagrado, especial.

Mas aquilo, pensou Ford enquanto se agachava e percorria um caminho sinuoso pelo prédio, estava prestes a mudar. E a culpa era exclusivamente deles. Bastava olhar para aquilo tudo. Fileiras de cubículos de escritórios cinzentos e estações de trabalho para executivos. O lugar inteiro ressoava o zumbido monótono de memorandos e minutas de reuniões atravessando suas redes eletrônicas. Lá fora na rua as pessoas estavam brincando de Caça ao Wocket, por Zarquon, mas ali, em pleno coração dos escritórios do *Guia*, ninguém estava sequer batendo uma bola irresponsavelmente pelos corredores ou usando trajes de praia inadequadamente coloridos.

"Corporação InfiniDim", resmungou Ford entre dentes para si mesmo enquanto percorria rapidamente um corredor após o outro. Portas se abriam magicamente para ele, sem perguntas. Elevadores o levavam alegremente a lugares que não deviam. Ford estava tentando seguir o caminho mais emaranhado e complicado possível, dirigindo-se para os andares inferiores do prédio. O seu robô feliz resolvia tudo, espalhando ondas de contentamento aquiescente por todos os circuitos de segurança que encontrava.

Ford concluiu que aquele robô precisava de um nome e decidiu chamá-lo de Emily Saunders, em homenagem a uma garota de quem guardava boas lembranças. Depois percebeu que Emily Saunders era um nome absurdo para um robô de segurança e decidiu chamá-lo de Colin, em homenagem ao cachorro de Emily.

Estava penetrando cada vez mais fundo nas entranhas do prédio, invadindo áreas em que jamais entrara, áreas de segurança máxima. Estava começando a atrair olhares intrigados dos agentes pelos quais passava. Naquele nível de segurança, os agentes não eram mais considerados pessoas. Provavelmente estavam executando tarefas que somente agentes executavam. Quando voltavam para suas famílias, no final do dia, transformavam-se em pessoas novamente e, quando seus filhos pequenos os contemplavam com os olhinhos doces e brilhantes e diziam "Papai, o que você fez no trabalho hoje?", limitavam-se a responder "Executei minhas tarefas de agente", e a coisa ficava por isso mesmo.

A verdade nua e crua é que armações e esquemas de todos os tipos rolavam por trás da fachada alegrinha e otimista que o *Guia* gostava de exibir – ou costumava gostar de exibir antes daquela corja da Corporação InfiniDim aparecer e começar a transformar o negócio todo em uma grande armação. Havia de tudo em termos de evasão de impostos, tramóias, subornos e negócios obscuros sustentando aquele edifício esplendoroso e lá embaixo, nos andares de alta segurança de pesquisa e processamento de dados do prédio, era onde tudo acontecia.

De tempos em tempos, o *Guia* transferia seus negócios – na verdade, seu prédio inteiro – para um mundo novo. Tudo era festa e alegria durante um tempo, enquanto firmava suas raízes na cultura e economia locais, oferecia oportunidades de emprego e gerava uma sensação de glamour e aventura, mas, no final das contas, não exatamente o lucro que a população local esperava.

Quando o *Guia* se mudava, levando o edifício consigo, partia quase como um ladrão no meio da noite. Para falar a verdade, partia exatamente como um ladrão no meio da noite. Normalmente saía de madrugada e, no dia seguinte, inevitavelmente várias coisas estavam faltando. Culturas e economias inteiras eram arruinadas após a sua passagem, muitas vezes em uma semana, deixando planetas outrora prósperos desolados e em estado de choque, mas ainda assim com a impressão de terem participado de uma grandiosa aventura.

Os agentes que olhavam intrigados para Ford enquanto ele avançava pelas áreas mais sensíveis do prédio sentiam-se um pouco mais tranqüilos com a presença de Colin, que estava voando ao lado de Ford, zumbindo de contentamento e facilitando seu percurso.

Alarmes começaram a disparar em outras partes do prédio. Talvez já tivessem descoberto Vann Harl, o que poderia ser um problema. Ford estava esperando poder colocar o Ident-I-Fácil de volta em seu bolso antes que o homem voltasse a si. Bom, aquilo era um problema a ser resolvido mais tarde e, no momento, Ford não fazia a menor idéia de como iria resolvê-lo. Por hora, não ia se preocupar. Aonde quer que fosse com o pequeno Colin, sentia-se envolto por um casulo de doçura e luz e, o mais importante, encontrava elevadores prestativos e obedientes e portas definitivamente educadas.

Ford começou a assoviar, o que provavelmente foi seu erro. Ninguém gosta de gente que assovia, muito menos a divindade que traça os nossos destinos.

A porta seguinte não abria de jeito nenhum.

O que era uma pena, porque era justamente a que Ford estava procurando. Lá estava ela, cinzenta e resolutamente fechada, com um aviso que dizia:

ENTRADA PROIBIDA
ATÉ MESMO PARA OS FUNCIONÁRIOS AUTORIZADOS.
VOCÊ ESTÁ PERDENDO SEU TEMPO AQUI.
VÁ EMBORA.

Colin comentou que as portas estavam ficando cada vez mais sinistras lá embaixo, nos confins do prédio.

Estavam uns dez andares abaixo do solo agora. O ar era refrigerado e o revestimento cinza elegante que cobria as paredes dera lugar a paredes de um cinza brutal recobertas por chapas de alumínio. A euforia exuberante de Colin transformou-se em uma espécie de animação enfática. Ele disse que estava começando a ficar cansado. Estava gastando toda a sua energia tentando provocar um mínimo de boa vontade naquelas portas lá de baixo.

Ford chutou a porta. Ela se abriu.

– Uma mistura de dor e prazer – murmurou ele. – Sempre funciona.

Entrou no recinto, com Colin voando atrás dele. Mesmo com um arame enfiado no seu eletrodo de prazer, a sua felicidade era agora nervosa. Movia-se levemente de um lado para o outro.

O cômodo era pequeno, cinza e zumbia.

Era a central nervosa de todo o *Guia*.

Os terminais de computador dispostos ao longo das paredes cinzentas monitoravam cada aspecto das operações do *Guia*. No canto esquerdo do cômodo, os relatórios de pesquisadores de campo em toda a Galáxia eram recolhidos pela Subeta Net e encaminhados diretamente para a rede de escritórios dos editores assistentes, onde todos os trechos interessantes eram cortados pelas secretárias porque os editores assistentes estavam no almoço. O que sobrasse do original era enviado para o outro lado do prédio – a outra perna do H –, onde ficava o departamento jurídico. O jurídico se encarregava de cortar qualquer sobra do original que ainda estivesse remotamente decente e jogava tudo de volta para os escritórios dos editores executivos, que também estavam no almoço. Então as secretárias dos editores liam o material, achavam tudo uma grande baboseira e cortavam a maior parte do que havia sobrado.

Quando algum dos editores finalmente voltava cambaleante do almoço, exclamava:

– Que porcaria medíocre é essa que o X (sendo X o nome do pesquisador de campo em questão) mandou lá do outro lado da Galáxia? De que adianta termos alguém passando três períodos orbitais inteiros nas malditas Zonas Cerebrais de Gagrakacka, com tudo o que está acontecendo por lá, se o melhor que ele pode fazer é mandar esse lixo anêmico pra cá? Corte a verba dele!

– E o que vamos fazer com o texto? – a secretária perguntaria.

– Ah, joga na rede. Temos que publicar alguma coisa mesmo. Estou com dor de cabeça. Vou para casa.

Então a cópia editada ia para uma última sessão de cortes no departamento jurídico e depois era devolvida para o quarto onde estava Ford e, dali, transmitida por toda a Subeta Net, pronta para download imediato em qualquer ponto da Galáxia. Tudo isso era realizado por um equipamento monitorado e controlado pelos terminais que ficavam no canto direito do recinto.

Nesse ínterim, a ordem de cortar as despesas do pesquisador era retransmitida para o terminal de computador instalado no canto direito, e era para este terminal que Ford Prefect prontamente se dirigia.

[Se você está lendo isso no planeta Terra, então:

a) Boa sorte. Existe uma quantidade incrível de coisas que você não conhece mesmo, mas você não está sozinho nessa. Só que, no seu caso, as conseqüências de não conhecer essas coisas são particularmente terríveis, mas, olha, não liga não, é assim que a vaca vai pro brejo e afunda.

b) Não pense que sabe o que é um terminal de computadores.

Um terminal de computador não é uma televisão velha e pesadona com uma máquina de escrever na frente. É uma interface onde mente e corpo podem se conectar com o universo e mover pedaços dele por aí.]

Ford correu até o terminal, sentou-se diante dele e mergulhou rapidamente no universo da máquina.

Não era o universo normal que ele conhecia. Era um universo de mundos densamente encobertos, de topografias selvagens, de altíssimos cumes de montanhas, ravinas de perder o fôlego, de luas se despedaçando em cavalos marinhos, de agravantes fissuras articuladas, oceanos silenciosamente pulsantes e insondáveis funtas arqueantes arremessadas.

Ficou imóvel, tentando se situar. Controlou a respiração, fechou os olhos e olhou novamente.

Então era ali que os contadores passavam o seu tempo. Eles certamente escondiam bem o jogo. Olhou em volta cuidadosamente, tentando evitar que aquilo o engolfasse e o deixasse estupefato.

Não sabia como se virar naquele universo. Sequer conhecia as leis físicas que determinavam suas extensões dimensionais e comportamentais, mas o seu instinto lhe dizia para procurar a coisa mais incrível que pudesse detectar e ir atrás dela.

Lá longe, a uma distância indistinguível – seria um quilômetro, um milhão ou um cisco em seu olho? –, estava um cume estonteante que formava um arco no céu, subia, subia e se desdobrava em aigrettes florescentes, aglomerados e arquimandritas.

Rolou saltejante em direção à montanha e finalmente a alcançou num inexplicavelmente longo incoisésimo de tempo.

Agarrou-se nela, esticando os braços e segurando com firmeza a superfície retorcida e corroída. Quando teve certeza de que estava seguro, cometeu o terrível erro de olhar para baixo.

Enquanto esteve rolando e saltejando, a vastidão abaixo dele não tinha sido uma grande preocupação, mas, agora que se via agarrado na montanha, sentiu o seu coração se encolher e o seu cérebro dar um nó. Seus dedos estavam esbranquiçados de dor e tensão. Seus dentes rangiam e batiam de maneira incontrolável. Seus olhos voltaram-se para dentro carregados pelas ondas revoltas da náusea.

Com uma tremenda força de vontade e fé, ele simplesmente abriu a mão e empurrou.

Sentiu-se flutuando. À deriva. E então, contra-intuitivamente, indo para cima. Cada vez mais para cima.

Relaxou os ombros, deixou cair os braços, olhou para o alto e se deixou levar, sem resistência, cada vez mais alto.

Pouco depois, na medida em que tais termos possuíssem qualquer significado naquele universo virtual, surgiu um parapeito à sua frente no qual poderia se segurar e subir.

Ergueu-se, segurou, escalou.

Ofegava um pouco. Aquilo tudo era bastante estressante.

Agarrou-se firmemente ao parapeito enquanto se sentava. Não sabia ao certo se aquilo era para impedir que ele caísse ou subisse mais ainda, porém, de qualquer forma, precisava se agarrar em algum lugar enquanto inspecionava o mundo para o qual fora transportado.

A altura vertiginosa o deixava tonto e fazia com que seu cérebro revirasse dentro de si mesmo, até que se viu de olhos fechados, choramingando e abraçando a terrível parede de rocha íngreme.

Aos poucos foi conseguindo controlar a respiração. Repetiu para si mesmo diversas vezes que aquilo tudo não passava de uma representação gráfica de um mundo. Um universo virtual. Uma realidade simulada. Podia sair dela a hora que quisesse, num estalar de dedos.

Saiu dela num estalar de dedos.

Estava sentado em uma cadeira de escritório giratória, de couro artificial azul estofado com espuma, diante de um terminal de computador.

Relaxou.

Estava agarrado em um cume impossivelmente alto, empoleirado em um parapeito estreito, arriscando-se a uma queda de uma altura estonteante.

E não era só o fato de a paisagem estar tão abaixo dos seus pés – ele ficaria agradecido se ela parasse de ondular e oscilar.

Precisava tomar pé de alguma coisa. Não no muro de pedra, que era uma ilusão. Precisava tomar pé daquela situação, ser capaz de visualizar o mundo físico em que estava e, ao mesmo tempo, escapar dele emocionalmente.

Ele se crispou por dentro e então, assim como abandonara a rocha em si, abandonou a idéia da rocha e se permitiu ficar sentado lá, lúcido e livre. Olhou para o mundo. Estava respirando normalmente. Estava calmo. Estava novamente no controle.

Estava dentro de um modelo topológico quadridimensional dos sistemas financeiros do *Guia*, e alguém, ou algo, iria querer saber o motivo em breve.

Já estavam vindo.

Avançando furiosamente pelo espaço virtual na direção de Ford surgiu um bando de criaturas mal-encaradas, com um olhar feroz, cabeças pontudas e bigodinhos bem aparados, com perguntas veementes sobre quem ele era, o que estava fazendo ali, qual a sua autorização, qual a autorização do agente que o autorizara, qual a medida interna da sua coxa e por aí vai. Feixes de laser varriam seu corpo como se ele fosse um pacote de biscoitos passando no caixa em um supermercado. As armas a laser de grosso calibre estavam, por enquanto, recolhidas. O fato de tudo aquilo estar acontecendo em um espaço virtual não fazia a menor diferença. Ser virtualmente morto por um laser virtual no espaço virtual dava no mesmo, porque você está tão morto quanto pensa que está.

Os feixes de leitura a laser estavam ficando bastante agitados enquanto piscavam sobre as impressões digitais, a retina e o padrão folicular do ponto onde o cabelo de Ford começava a escassear. Não estavam gostando nada do que descobriam. Disparavam perguntas altamente pessoais e insolentes com as vozes cada vez mais esganiçadas. Um pequeno raspador cirúrgico de aço estava se aproximando da base de sua nuca quando Ford, prendendo a respiração e rezando ligeiramente, sacou o Ident-I-Fácil de Vann Harl do bolso e mostrou-o para as criaturas.

Na mesma hora, todos os lasers direcionaram-se para o pequeno cartão e começaram a fazer uma análise completa, de frente para trás, de trás para a frente, examinando e estudando cada molécula.

Então, do mesmo modo abrupto em que começaram, terminaram.

O bando de pequenos inspetores virtuais ficou subitamente atencioso.

– Prazer em vê-lo, Sr. Harl – disseram em um uníssono adulador. – Podemos fazer alguma coisa pelo senhor?

Ford abriu um sorriso lento e malicioso.

– Pensando bem – disse ele –, acho que podem, sim.

Cinco minutos depois estava fora daquele lugar.

Trinta segundos para fazer o serviço e três minutos e meio para apagar seus rastros. Podia ter feito praticamente qualquer coisa que quisesse na estrutura virtual. Podia ter transferido a posse da organização inteira para o seu nome, mas duvidava muito de que algo assim passasse despercebido. De qualquer forma, não estava interessado. Significaria assumir responsabilidades, virar noites trabalhando no escritório, sem contar as inúmeras e cansativas investigações de fraude e um bom período na cadeia. Queria algo que ninguém além do computador pudesse notar: foi isso que lhe tomou os trinta segundos.

A coisa que lhe tomou três minutos e meio foi programar o computador para não notar que havia notado alguma coisa.

O computador precisava querer não saber o que Ford estava tramando; a partir daí, poderia deixar tranqüilamente que ele racionalizasse as suas próprias defesas contra as informações que surgiriam. Era uma técnica de programação que havia sido projetada às avessas a partir dos bloqueios mentais psicóticos invariavelmente desenvolvidos por pessoas perfeitamente normais quando eram eleitas para altos cargos políticos.

O minuto restante foi usado descobrindo que o sistema do computador já possuía um bloqueio mental. E dos grandes.

Jamais teria descoberto aquilo se não estivesse ocupado criando um bloqueio mental por conta própria. Encontrara uma porção de procedimentos de negação refinados e plausíveis, além de sub-rotinas de efeito dispersivo, justamente onde planejara instalar as suas. O computador se negou a tomar conhecimento delas, é claro, e depois se recusou terminantemente a aceitar que pudesse até mesmo haver algo a ser negado e, em geral, estava sendo tão convincente que até mesmo Ford se flagrou pensando que havia cometido um erro.

Estava impressionado.

Estava tão impressionado, na verdade, que nem se deu ao trabalho de instalar as suas próprias rotinas de bloqueio mental: limitou-se a programar chamadas para as rotinas já existentes, que fariam chamadas a si mesmas quando solicitadas e assim por diante.

Executou rapidamente uma pesquisa de erros nos fragmentos de código que ele mesmo instalara e descobriu que não estavam lá. Xingando, procurou por eles em toda parte, mas não havia sequer vestígios deles.

Estava prestes a instalar tudo de novo quando percebeu que o motivo pelo qual não conseguia encontrá-los é que já estavam funcionando.

Abriu um largo sorriso de satisfação.

Tentou descobrir a natureza do outro bloqueio mental do computador, mas, ao que parecia, não atipicamente, um bloqueio mental o impedia. Não conseguia mais encontrar nenhum traço dele, para falar a verdade; era dos bons. Chegou a pensar que havia imaginado tudo. Chegou a pensar se havia imaginado que tinha algo a ver com algo dentro do prédio e algo a ver com o número treze. Fez alguns testes. É, com certeza estava imaginando coisas.

Não tinha tempo para fazer um roteamento mais rebuscado, já que obviamente havia um baita alerta de segurança em andamento. Ford pegou o elevador até o térreo para tomar um dos elevadores expressos. Tinha que encontrar uma forma de colocar o Ident-I-Fácil de volta no bolso de Harl antes que ele desse por falta. Como? Não tinha idéia.

As portas do elevador se abriram e revelaram um pelotão de guardas de segurança e robôs a postos, com armas de aparência obscena nas mãos.

Ordenaram que saísse.

Dando de ombros, Ford deu um passo à frente. Passaram por ele aos solavancos e entraram no elevador, que os conduziu para os andares inferiores, onde continuariam a sua busca por ele.

Isso foi hilário, pensou Ford, dando um tapinha camarada nas costas de Colin – o primeiro robô genuinamente útil que Ford encontrava em sua vida. Sacudia-se diante dele em pleno ar, em um frenesi de êxtase jovial. Ford estava satisfeito por ter lhe dado o nome de um cachorro.

Sentiu-se altamente tentado a ir embora e torcer para tudo dar certo, mas sabia que tudo só daria certo de verdade se Harl não descobrisse que seu Ident-I-Fácil não estava em seu bolso. Precisa devolvê-lo furtivamente.

Seguiram para os elevadores expressos.

– Olá – disse o elevador no qual entraram.

– Olá – respondeu Ford.

– Para onde posso levá-los hoje, rapazes? – perguntou o elevador.

– Andar vinte e três – disse Ford.

– Parece um andar bastante popular hoje – comentou o elevador.

Humm, pensou Ford, não gostando nem um pouco daquilo. O elevador acendeu o botão vinte e três e subiu em disparada. Alguma coisa no painel chamou a atenção de Ford, mas ele não conseguiu sacar o que era e acabou deixando pra lá. Estava mais preocupado com a história do andar para onde estava indo ser popular. Não tinha definido direito como lidaria com o que quer que estivesse se passando lá em cima porque não fazia a menor idéia do que estava prestes a encontrar. Ia ter de improvisar.

Chegaram.

As portas do elevador se abriram.

Silêncio agourento.

Corredor deserto.

Lá estava a porta do escritório de Harl, com uma leve camada de poeira à sua volta. Ford sabia que aquela poeira nada mais era do que bilhões de robôs moleculares minúsculos que haviam saído de dentro do batente, construído uns aos outros, reconstruído a porta, se desmembrado uns aos outros e depois voltado para o batente novamente, onde ficariam aguardando o próximo estrago. Ford se perguntou que tipo de vida era aquela, mas não por muito tempo, pois estava muito mais preocupado em pensar que tipo de vida era a sua no momento.

Respirou fundo e partiu com tudo.

capítulo 9

Arthur estava se sentindo um pouco perdido. Havia toda uma Galáxia de coisas lá fora à sua disposição e ele se questionava se era mesquinho de sua parte reclamar da falta de apenas duas coisas: o mundo no qual nascera e a mulher que amava.

Dane-se e exploda-se, pensou ele, sentindo necessidade de orientação e conselho. Consultou *O Guia do Mochileiro das Galáxias*. Procurou por "orientação" e leu "Ver CONSELHO". Procurou "conselho" e estava escrito "Ver ORIENTAÇÃO". Aquilo estava acontecendo bastante nos últimos tempos e ele se perguntou se o *Guia* era tão bom quanto diziam.

Dirigiu-se para a Borda Oriental da Galáxia, onde, segundo diziam, era possível encontrar sabedoria e verdade, mais especificamente no planeta Hawalius, que era um lugar de oráculos, videntes e profetas, e também de pizzarias que entregavam em casa, porque quase todos os místicos eram completamente incapazes de cozinhar para si mesmos.

No entanto, aparentemente algum tipo de calamidade havia assolado o planeta. Enquanto perambulava pelas ruas da cidade onde viviam os profetas mais importantes, não pôde deixar de perceber um certo ar de desânimo. Encontrou com um profeta que estava visivelmente fechando as portas, melancólico, e perguntou o que estava acontecendo.

– Ninguém mais procura a gente – respondeu ele, mal-humorado, batendo um prego sobre a tábua com que estava fechando a janela de sua cabana.

– Ah, é? Por quê?

– Segura essa outra ponta que eu te mostro.

Arthur segurou a ponta solta da placa e o velho profeta entrou depressa no interior do casebre, voltando alguns segundos depois com um pequeno rádio subeta. Ligou o aparelho, mexeu no botão de sintonia para lá e para cá e depois colocou o rádio sobre o pequeno banco de madeira no qual costumava sentar-se e profetizar. Em seguida, voltou para segurar a placa e continuou a martelar na parede.

Arthur sentou-se e ficou ouvindo o rádio.

– ... ser confirmado – disse o rádio.

– Amanhã – prosseguiu –, o vice-presidente de Poffla Vigus, Roopy Ga Stip, irá anunciar que pretende se candidatar à presidência. No discurso que fará amanhã na...

– Mude de estação – disse o profeta. Arthur apertou um botão de troca de canais.

– ...recusou-se a comentar – disse o rádio. – O número total de desempregados no setor Zabush na próxima semana será o pior de todos os tempos. Um relatório publicado mês que vem diz...

– Outra – rosnou o profeta, irritado. Arthur apertou o botão novamente.

– ...negou categoricamente – disse o rádio. – O casamento real do mês que vem entre o Príncipe Gid da dinastia Soofling e a Princesa Hooli de Raui Alpha será a cerimônia mais espetacular já vista nos Territórios Bjanjy. A nossa repórter Trillian Astra está no local, com mais informações.

Arthur piscou.

O som da multidão e a algazarra de uma banda surgiram do rádio. Uma voz bastante familiar disse:

– Bem, Krart, a cena aqui no meio do mês que vem é absolutamente incrível. A Princesa Hooli está radiante em um...

O profeta deu um safanão no rádio, que caiu do banco no chão empoeirado, gemendo como galinha desafinada.

– Viu só com o que temos de competir? – resmungou o profeta. – Aqui, segure isto. Não isso, isto aqui. Não, assim não. Essa parte para cima. Do outro lado, seu imbecil.

– Ei, eu estava escutando – reclamou Arthur, lutando desajeitadamente com o martelo do profeta.

– Você e todo mundo. É por isso que este lugar parece uma cidade fantasma. – Ele cuspiu na poeira.

– Não, não é isso, é que parecia a voz de uma pessoa que eu conheci.

– A Princesa Hooli? Se eu tivesse que ficar parado dizendo oi para todo mundo que conheceu a Princesa Hooli, ia precisar de um novo par de pulmões.

– Não, a princesa, não – explicou Arthur. – A repórter. O nome dela é Trillian. Não sei qual é a do Astra. Somos do mesmo planeta. Eu vivia me perguntando que fim a Trillian tinha levado.

– Ah, ela está em todas atualmente. As estações de tevê tridimensionais não pegam por aqui, é claro, graças ao Megarresfriadon Verde, mas a gente a escuta no rádio, saracoteando pelo espaço-tempo sem parar. Era melhor ela sossegar e encontrar uma era fixa, essa moça. Isso vai acabar em lágrimas. Provavelmente já acabou. – Ele balançou o martelo e acabou atingindo o dedão com toda a força. Começou a praguejar.

O vilarejo dos oráculos não estava lá muito melhor.

Haviam lhe dito que, ao procurar por um bom oráculo, o ideal era encontrar o oráculo que os outros oráculos freqüentavam, mas ele estava fechado. Havia um aviso na entrada dizendo "Não sei mais nada. Tente aí do lado – mas isso é só uma sugestão, não um conselho formal de oráculo".

"Aí do lado" era uma caverna a alguns metros, e Arthur caminhou até lá. Fumaça e vapor subiam, respectivamente, de uma pequena fogueira e de uma panela de lata desgastada pendurada acima da fogueira. Saía um cheiro insuportável da panela. Ou, pelo menos, Arthur supôs que o cheiro viesse da panela. As bexigas dilatadas de algumas criaturas locais semelhantes a bodes estavam penduradas em um varal, secando ao sol, e o cheiro podia estar vindo dali. Havia também, preocupantemente próxima, uma pilha dos corpos descartados das criaturas locais semelhantes a bodes, e o cheiro também podia estar vindo de lá.

Mas o cheiro também podia tranqüilamente estar vindo da senhora que estava ocupada espantando as moscas da pilha de corpos. Era uma tarefa inglória, uma vez que cada mosca era do tamanho de uma tampinha de garrafa, com asas, e ela só tinha uma raquete de tênis de mesa. Parecia também ser meio cega. De vez em quando, por acaso, uma das suas pancadas enlouquecidas acertava uma das moscas com um safanão altamente satisfatório e a mosca zunia pelo ar, indo se estraçalhar na parede de rocha próxima à entrada da caverna.

Ela dava a impressão, pelo seu comportamento, de que sua vida girava em torno de momentos como aquele.

Arthur assistiu àquela performance exótica por um tempo, mantendo uma distância educada, e depois finalmente tentou tossir discretamente para chamar a atenção da mulher. A tosse discreta em tom cortês infelizmente obrigou Arthur a inalar mais ar local do que havia feito até então e, por causa disso, ele teve um acesso de expectoração estridente e caiu de encontro à rocha, engasgado e com o rosto coberto de lágrimas. Lutou para respirar, mas, cada vez que inalava, a situação ficava pior. Vomitou, engasgou novamente, rolou sobre o próprio vômito, continuou rolando mais alguns metros e, finalmente, conseguiu ficar de quatro e se arrastou, ofegante, em direção a um ar um pouquinho mais fresco.

– Com licença – disse ele. Recuperara um pouco de ar. – Sinto muito, muitíssimo mesmo. Estou me sentindo completamente idiota e... – Apontou constrangido para a pequena poça de seu próprio vômito, espalhada na entrada da caverna. – O que posso dizer? – perguntou ele. – O que dizer numa situação como essa?

Aquilo, pelo menos, chamou a atenção da mulher. Ela virou-se para ele, desconfiada, mas, por ser meio cega, teve uma certa dificuldade de distingui-lo na paisagem embaçada e rochosa.

Ele acenou, para ajudar.

– Olá! – disse ele.

Finalmente ela o localizou, resmungou entre dentes e voltou a dar pancadas nas moscas.

Estava terrivelmente aparente, julgando pela oscilação das correntes de ar conforme ela se mexia, que a principal fonte do fedor era ela. As bexigas no varal, os corpos pestilentos e a sopa insalubre certamente contribuíam violentamente para a atmosfera geral, mas a principal presença olfativa era a mulher em si.

Acertou outra pancada em uma das moscas. Ela se despedaçou contra a rocha e esvaiu-se em um filete líquido de uma forma que a mulher obviamente via, se é que enxergava até lá, como bastante satisfatória.

Vacilante, Arthur ficou de pé e se limpou com um punhado de grama seca. Não sabia mais o que fazer para anunciar sua presença. Chegou a pensar em ir embora de fininho, mas não achou de bom tom deixar um montinho de vômito na frente da casa dela. Pensou no que podia fazer a respeito. Começou a colher mais punhados da grama seca aqui e ali. Mas estava com medo de se aproximar do vômito e, em vez de limpar, aumentar mais a poça.

Justo enquanto estava debatendo consigo mesmo sobre qual seria a melhor coisa a fazer percebeu que a mulher estava finalmente falando com ele.

– Desculpe, o que a senhora disse?

– Eu perguntei em que poderia ajudar – disse ela, com uma voz fina e áspera que ele mal conseguia ouvir.

– É... eu vim pedir o seu conselho – respondeu ele, sentindo-se um pouco ridículo.

Ela virou-se para observá-lo, miopemente, depois voltou-se, tentou acertar uma mosca e errou.

– Sobre o quê? – perguntou a mulher.

– Como?

– Eu perguntei sobre o quê – repetiu ela, estridente.

– Bem – disse Arthur. – Conselhos genéricos, para falar a verdade. Estava escrito no folheto que...

– Humpt! Folheto! – resmungou a mulher. Ela já parecia estar sacudindo a raquete de maneira quase aleatória.

Arthur pescou o folheto, caindo aos pedaços, do bolso. Não sabia exatamente por quê. Já havia lido aquilo tudo e tinha a impressão de que ela não estava nem um pouco interessada em ler. Desdobrou-o assim mesmo, para ter uma coisa que pudesse olhar enquanto franzia a testa, pensativo, durante alguns minutos. O folheto prodigalizava as ancestrais artes místicas dos videntes e dos sábios de Hawalius, e falava, de forma altamente exacerbada, sobre o nível de acomodação oferecida por lá. Arthur ainda carregava uma cópia do *Guia do Mochileiro das Galáxias* consigo, mas estava achando, sempre que o consultava, que as entradas estavam ficando cada vez mais confusas e paranóicas, com vários xis e jotas e colchetes. Alguma coisa estava errada em algum lugar. Não sabia dizer se era apenas um problema com o seu exemplar, se algo ou alguém estava fazendo besteiras inomináveis ou tendo alucinações no centro da organização do *Guia*. Mas, de qualquer jeito, estava ainda menos disposto a confiar nele mais do que o normal, ou seja, não confiava nem um pouco e o usava, na maioria das vezes, como apoio quando queria comer um sanduíche sentado em uma pedra olhando para o além.

A mulher havia se virado e estava caminhando em sua direção. Arthur tentou, discretamente, analisar a direção do vento e movimentou-se um pouco enquanto ela se aproximava.

– Conselhos – disse ela. – Conselhos, né?

– É, isso mesmo – respondeu Arthur. – É, isso é...

Franziu a testa novamente para o folheto, como se para se certificar de que não havia lido errado e ido parar no planeta errado ou algo assim. Estava escrito: "Os amigáveis habitantes locais terão imenso prazer em compartilhar com você o conhecimento e a sabedoria dos ancestrais. Mergulhe com eles nos intrincados mistérios do passado e do futuro!" Havia também alguns cupons de desconto, mas Arthur estava constrangido demais para recortá-los e tentar entregá-los para alguém.

– Conselho, né? – repetiu a mulher. – Genéricos, você diz. Sobre o quê? O que fazer da sua vida, coisas assim?

– Exatamente – respondeu Arthur. – Coisas assim. Para ser sincero, tenho tido alguns probleminhas. – Estava esgueirando-se de maneira discreta, tentando desesperadamente aproveitar o vento. Ele se assustou quando ela se afastou bruscamente, dirigindo-se para a caverna.

– Você vai ter de me ajudar com a máquina de fotocópias então – disse ela.

– Com o quê? – perguntou Arthur.

– A máquina de fotocópias – repetiu ela, paciente. – Você precisa me ajudar a arrastá-la para fora. Ela é movida a energia solar. Mas eu tenho que guardá-la dentro da caverna, senão os passarinhos cagam tudo.

– Entendi – disse Arthur.

– Eu respiraria fundo, se fosse você – resmungou a senhora, pisando duro e adentrando a escuridão da caverna.

Arthur seguiu o conselho. Na verdade, inalou o máximo de ar que pôde. Quando sentiu que estava pronto, segurou a respiração e seguiu a mulher.

A máquina de fotocópias era uma tralha velha e pesada, apoiada em um carrinho bamboleante. Ficava imersa na penumbra da caverna. As rodinhas estavam obstinadamente emperradas em direções diferentes e o chão era irregular e pedregoso.

– Vai pegar um ar lá fora – disse a mulher. Arthur estava com o rosto vermelho, tentando ajudá-la a mover a máquina.

Ele balançou a cabeça, aliviado. Se ela não estava constrangida com aquilo, então ele estava decidido a não ficar também. Saiu da caverna e respirou fundo algumas vezes, voltando em seguida para continuar o trabalho pesado. Precisou repetir aquela estratégia algumas vezes até conseguir colocar a máquina para fora.

A luz do sol a atingiu em cheio. A mulher tornou a desaparecer caverna adentro e voltou carregando uns painéis de metal mosqueados, que ela conectou na máquina para captar a energia solar.

Ela olhou para o céu com os olhos semicerrados. O sol estava bem forte, mas o dia estava nublado.

– Vai demorar um pouquinho – avisou ela.

Arthur disse que esperava numa boa.

A senhora deu de ombros e marchou até a fogueira. O conteúdo da panelinha estava borbulhando. Ela remexeu com um pedaço de pau.

– Você não quer almoçar? – perguntou a mulher.

– Já almocei, obrigado – disse Arthur. – Não mesmo. Já almocei.

– Sei – disse ela. Continuou mexendo com o pedaço de pau. Alguns minutos depois, pescou um pedaço de alguma coisa, assoprou um pouco para esfriar e enfiou na boca.

Mastigou pensativa por alguns instantes.

Então, caminhou lentamente até a pilha das criaturas mortas semelhantes a bodes. Cuspiu o pedaço em cima da pilha. Voltou para a panela. Tentou removê-la do suporte parecido com um tripé onde estava encaixada.

– Quer ajuda? – ofereceu Arthur, levantando-se educadamente. Correu até ela.

Juntos, conseguiram remover a tigela do tripé e a levaram desajeitadamente pela pequena descida até a saída da caverna, em direção a uma fileira de árvores raquíticas e retorcidas que delimitavam a área de uma vala íngreme, mas rasa, de onde emergiu toda uma nova gama de fedores.

– Preparado? – perguntou a senhora.

– Sim... – respondeu Arthur, embora não soubesse para quê.

– Um – disse a velha.

– Dois – continuou.

– Três – acrescentou.

Arthur percebeu, em cima da hora, o que ela queria fazer. Juntos, lançaram o conteúdo da panela dentro da vala.

Após uma ou duas horas de silêncio não-comunicativo, a senhora decidiu que os painéis solares já haviam absorvido luz o suficiente para fazer funcionar a máquina de fotocópias e desapareceu caverna adentro para procurar alguma coisa. Finalmente, reapareceu com algumas resmas de papel e as inseriu na máquina.

Entregou as cópias para Arthur.

– Estes são, ah, estes são seus conselhos? – perguntou Arthur, folheando as páginas, indeciso.

– Não – respondeu ela. – Essa é a história da minha vida. Sabe, a qualidade de qualquer conselho que uma pessoa pode dar deve ser avaliada de acordo com a qualidade da vida que essa pessoa levou. Ao examinar esse documento, você vai notar que eu sublinhei todas as principais decisões que precisei tomar, para destacá-las. Estão em ordem alfabética e tem um índice remissivo. Entendeu? Então, sugiro apenas que você tome decisões contrárias às que eu tomei, porque assim você talvez não termine sua vida... – ela fez uma pausa e encheu os pulmões para um bom grito – em uma caverna velha e fedorenta como esta!

Recolheu sua raquete de tênis de mesa, arregaçou as mangas, marchou em direção à pilha de criaturas mortas semelhantes a bodes e começou a espantar as moscas com vitalidade e vigor.

A última cidade que Arthur visitou era composta inteiramente de postes extremamente altos. Eram tão altos que era impossível dizer, do chão, o que havia lá em cima, e Arthur teve de escalar pelo menos três antes de encontrar um que tivesse algo além de uma plataforma coberta de cocô de passarinho.

Não era uma tarefa fácil. Para escalar os postes, era preciso subir em umas pequenas estacas de madeira que haviam sido pregadas em espiral. Qualquer turista menos diligente do que Arthur teria se contentado em tirar algumas fotos e deslizado de volta para a próxima churrascaria, onde também se podia comprar uma ampla variedade de bolinhos de chocolate bem suculentos para comer na frente dos ascetas. Mas, em grande parte por conta disso, a maioria dos ascetas havia deixado a cidade. Para falar a verdade, a maioria tinha montado centros de terapia bastante lucrativos em alguns dos mundos mais afluentes na Ondulação Nordeste da Galáxia, onde a vida era dezessete milhões de vezes mais fácil e o chocolate era maravilhoso. Foi descoberto que a maioria dos ascetas não conhecia o chocolate antes de adotar o ascetismo. Já a maioria dos clientes que procuravam os centros de terapia o conhecia bem demais.

No topo do terceiro poste, Arthur parou para respirar. Estava com muito calor e sem fôlego, já que cada poste tinha quinze ou vinte metros de altura. Tinha a impressão de que o mundo estava oscilando vertiginosamente à sua volta, mas não estava preocupado com aquilo. Sabia que, logicamente, não podia morrer até chegar em Stavromula Beta e aprendera a cultivar uma atitude positiva diante de perigos extremos. Sentia-se um pouco tonto empoleirado em cima de um poste a quinze metros do chão, mas decidiu lidar com aquilo comendo um sanduíche. Estava prestes a embarcar na leitura da versão fotocopiada da vida do oráculo quando ficou um tanto quanto surpreso ao escutar alguém tossindo discretamente atrás dele.

Virou-se abruptamente, deixando cair o sanduíche, que despencou pelo ar e ficou bem pequeno quando sua queda foi interrompida pelo chão.

A uns nove metros atrás de Arthur havia um outro poste, o único na floresta esparsa de umas três dúzias de postes que tinha alguém no topo. Estava ocupado por um velho que, por sua vez, parecia estar ocupado com pensamentos profundos que o faziam franzir as sobrancelhas.

– Com licença – disse Arthur. O homem o ignorou. Talvez não pudesse escutá-lo. Havia uma brisa soprando. Arthur só escutara a tosse discreta por acaso.

– Olá? – tentou Arthur. – Olá!

O homem finalmente olhou em volta. Pareceu surpreso ao vê-lo. Arthur não sabia ao certo se estava surpreso e contente por avistá-lo ou apenas surpreso.

– O senhor está aberto? – perguntou Arthur.

O homem franziu a testa, como se não tivesse compreendido. Arthur não sabia dizer se ele não entendera ou não ouvira a pergunta.

– Vou dar um pulo aí – gritou Arthur. – Não vá embora.

Saiu da pequena plataforma e desceu rapidamente pelos degraus em espiral, sentindo-se bastante tonto quando atingiu o chão.

Começou a se dirigir para o poste onde o velho estava sentado, mas percebeu subitamente que havia perdido o senso de direção ao descer e não sabia mais qual era.

Olhou à sua volta, procurando pontos de referência e descobriu para onde deveria ir.

Subiu no poste. Não era aquele.

– Droga – disse ele. – Desculpe! – gritou para o velho novamente, que agora estava bem na sua frente, a uns dez metros de distância. – Me perdi. Já estou indo pra aí. – Desceu novamente, ficando realmente com calor e irritado.

Quando chegou ao topo, ofegante e suado, certo de que aquele era o poste correto, percebeu que o velho estava, de alguma maneira, tripudiando dele.

– O que você quer? – gritou o velho, mal-humorado. Estava sentado no alto do poste que Arthur reconheceu como sendo o mesmo em que ele próprio estivera há pouco, quando estava comendo o sanduíche.

– Como é que você conseguiu chegar até aí? – perguntou Arthur, impressionado.

– Você acha que eu vou te contar assim tão fácil o que levei quarenta primaveras, verões e outonos sentado no alto de postes para descobrir?

– E os invernos?

– O que têm os invernos?

– Você não fica sentado aí nos invernos?

– Só porque passei a maior parte da minha vida sentado em um poste – disse o homem –, não quer dizer que eu seja um imbecil. Vou para o sul no inverno. Tenho uma casa de praia. Fico sentado na pilha de lenha para a lareira.

– Você tem algum conselho para um viajante?

– Sim. Arrume uma casa de praia.

– Tá.

O homem contemplou a paisagem quente, árida e recoberta por pequenos arbustos. Arthur podia ver a senhora ao longe, um pontinho na distância, agitando-se para lá e para cá tentando acertar as moscas.

– Está vendo aquilo? – perguntou o velho, de repente.

– Estou – respondeu Arthur. – Eu fui consultá-la.

– Não sabe de nada, ela. Consegui a casa de praia porque ela recusou. Que conselho ela te deu?

– Disse para fazer exatamente o oposto do que ela fez.

– Em outras palavras, arrume uma casa de praia.

– Deve ser – disse Arthur. – Bom, talvez eu arrume uma.

– Hummm.

O horizonte nadava em uma onda distorcida de calor fétido.

– Mais algum conselho? – perguntou Arthur. – Que não tenha a ver com estadas na praia?

– Praia não é apenas uma estada. É um estado de espírito – respondeu o homem. Virou-se e olhou para Arthur.

Curiosamente, o rosto dele estava agora a poucos metros. Parecia manter um formato perfeitamente normal, mas o corpo estava sentado de pernas cruzadas em um poste a dez metros de distância e o rosto estava ali, a alguns metros. Sem mexer a cabeça e, aparentemente, sem fazer nada de exótico, ele se levantou e pulou para o alto de um outro poste. Ou era um efeito do calor, pensou Arthur, ou o espaço tinha uma formação um pouco diferente para ele.

– Uma casa de praia – disse – nem mesmo precisa estar na praia. Embora as melhores estejam. Todos nós gostamos de nos congregar – prosseguiu – em condições limítrofes.

– É mesmo? – perguntou Arthur.

– Onde o solo encontra a água. Onde a terra encontra o ar. Onde o corpo encontra a mente. Onde o espaço encontra o tempo. Gostamos de estar de um lado contemplando o outro.

Arthur ficou animadíssimo. Aquilo era exatamente o tipo de coisa que o folheto prometera. Ali estava um sujeito que parecia estar se movendo através de algum espaço de Escher, dizendo coisas altamente profundas sobre vários assuntos.

No entanto, era irritante. O sujeito estava agora pulando dos postes para o chão, do chão para os postes, de poste para poste, de poste para o horizonte e voltando: estava bagunçando de vez com o universo espacial de Arthur.

– Por favor, pare com isso! – pediu Arthur, de repente.

– Não consegue agüentar, né? – disse o homem. Sem fazer o menor movimento, lá estava ele de volta, sentado de pernas cruzadas no alto de um poste a dez metros de distância de Arthur. – Você veio atrás de um conselho, mas não consegue lidar com nada que não conheça. Humm. Então temos que dizer algo que você já esteja cansado de saber, fazendo com que pareça uma novidade, né? Bem, o de sempre, suponho. – Ele suspirou e varreu o horizonte com um olhar tristonho.

– De onde você é, rapaz? – perguntou ele.

Arthur resolveu bancar o esperto. Estava cansado de ser confundido com um idiota completo por todos que encontrava.

– Sabe de uma coisa? – disse ele. – O vidente é você. Por que não me diz?

O velho suspirou novamente.

– Eu só estava puxando conversa – disse ele, passando a mão em volta da cabeça. Quando trouxe a mão novamente para a frente, uma imagem da Terra girava na ponta de seu dedo indicador. Era inconfundível. O globo desapareceu. Arthur estava atordoado.

– Como é que você...

– Não posso dizer.

– Por que não? Eu viajei muito!

– Você não pode ver o que eu vejo porque vê o que você vê. Não pode saber o que sei porque sabe o que você sabe. O que vejo e o que sei não podem ser acrescentados ao que você vê e ao que você sabe porque são coisas diferentes. Também não podem substituir o que você vê e o que sabe porque isso seria substituir você mesmo.

– Calma aí, posso anotar isso? – perguntou Arthur, procurando freneticamente um lápis em seu bolso.

– Você pode apanhar uma cópia no espaçoporto – disse o velho. – Eles têm um monte disso por lá.

– Ah – disse Arthur, decepcionado. – Bom, não tem nada que seja um pouquinho mais específico para mim?

– Tudo o que você vê, ouve ou vivencia de qualquer jeito que seja é específico para você. Você cria um universo ao percebê-lo, então tudo no universo que percebe é específico para você.

Arthur olhou para ele, desconfiado.

– Também encontro isso no espaçoporto? – perguntou.

– Pode conferir – respondeu o velho.

– Diz aqui no folheto – disse Arthur, sacando o papel do bolso e olhando novamente – que eu tenho direito a uma oração especial, criada especialmente para mim e para as minhas necessidades específicas.

– Ah, tá – disse o velho. – Vou lhe dar uma oração. Tem um lápis aí?

– Tenho – disse Arthur.

– É assim. Vamos lá: "Proteja-me de ficar sabendo daquilo que não preciso saber. Proteja-me até mesmo de ficar sabendo que existem coisas que não sei. Proteja-me de ficar sabendo que decidi não saber das coisas que decidi não saber. Amém." É isso. É o mesmo que você fica rezando em silêncio dentro de sua cabeça, então pode falar em voz alta que não muda nada.

– Humm – disse Arthur. – Bem, obrigado...

– Tem uma outra oração que acompanha essa e é muito importante – continuou o velho. – É melhor anotar também.

– Certo.

– É assim: "Senhor, Senhor, Senhor..." É melhor acrescentar esta parte, por via das dúvidas. Prevenção nunca é demais: "Senhor, Senhor, Senhor. Proteja-me das conseqüências da oração anterior. Amém." Pronto. A maior parte dos problemas que as pessoas enfrentam na vida vem do fato de elas deixarem essa parte de fora.

– Você já ouviu falar de um lugar chamado Stavromula Beta? – perguntou Arthur.

– Não.

– Bom, obrigado pela ajuda – disse ele.

– Não tem de quê – disse o homem sobre o poste, e desapareceu.

capítulo 10

Ford atirou-se contra a porta do escritório do editor-chefe, agachou-se, enrolado como uma bola, enquanto a porta cedia novamente. Rolou rapidamente pelo chão até o sofisticado sofá de couro cinza e fixou a sua base operacional estratégica atrás dele.

Esse, pelo menos, era o plano.

Infelizmente, o sofisticado sofá de couro cinza não estava lá.

Por que, perguntou-se Ford, enquanto dava cambalhotas no ar, cambaleava, se agachava e se atirava atrás da mesa de Harl para se proteger, as pessoas tinham aquela obsessão idiota de mudar a arrumação de seus escritórios a cada cinco minutos?

Por que, por exemplo, trocar um sofá de couro cinza perfeitamente aproveitável, ainda que um pouco desbotado, por algo que mais parecia um pequeno tanque de guerra?

E quem era o sujeito grandão com um lançador de foguetes móvel apoiado no ombro? Algum membro da diretoria? Não podia ser. Estava na sala da diretoria. Pelo menos, na diretoria do *Guia*. De onde aqueles sujeitos da InfiniDim tinham vindo só Zarquon sabia. A julgar pela cor e textura de suas peles, que lembravam lesmas, não devia ser um lugar muito ensolarado. Estava tudo errado, pensou Ford. Pessoas ligadas ao *Guia* deviam vir de lugares ensolarados.

Havia uma boa quantidade deles, na verdade, e todos pareciam estar com armamentos e escudos protetores mais pesados do que se esperava normalmente de executivos, mesmo no brutal mundo de negócios daqueles tempos.

Claro que quase tudo era apenas suposição. Estava supondo que aqueles sujeitos grandões, de pescoço largo e aparência de lesmas estavam de algum modo ligados à InfiniDim, mas era uma suposição bastante razoável e ele ficava contente com isso, uma vez que eles ostentavam emblemas em suas couraças onde se podia ler "Corporação InfiniDim". Estava com uma incômoda suspeita, contudo, de que aquilo não era uma reunião de negócios. Também tinha a incômoda sensação de que aquelas criaturas lhe eram, de algum modo, familiares. Familiares de uma maneira nada familiar.

Bom, já estava no escritório há uns bons dois segundos e meio e achou que provavelmente fosse a hora de começar a fazer algo de construtivo. Podia tomar um refém. Era uma boa idéia.

Vann Harl estava em sua cadeira giratória, assustado, pálido e visivelmente abalado. Além da pancada na nuca, devia ter recebido alguma notícia ruim. Ford levantou-se num salto e correu para rendê-lo.

Sob o pretexto de lhe aplicar uma boa e sólida chave de cotovelo, Ford conseguiu recolocar furtivamente o Ident-I-Fácil de volta no bolso interno do paletó de Harl.

Genial!

Acabara de fazer o que fora fazer. Agora só precisava enrolar as pessoas para conseguir dar o fora.

– O.k. – começou ele. – Eu... – fez uma pausa.

O sujeito grandão com o lançador de foguetes virou-se na sua direção e apontou para ele, o que Ford não pôde deixar de considerar um gesto vastamente irresponsável.

– Eu... – recomeçou e, então, em um impulso repentino, decidiu se abaixar.

Um rugido ensurdecedor tomou conta do recinto, enquanto chamas saíam da parte de trás do lançador de foguetes e um foguete saía pela parte da frente.

O foguete passou direto por Ford e atingiu a enorme janela de vidro, que explodiu em uma chuva de milhares de cacos com a força da explosão. Grandes ondas de choque de barulho e pressão do ar reverberaram pelo recinto, sugando algumas cadeiras, um arquivo e Colin, o robô de segurança, para fora da janela.

Ahá! Então as janelas não eram totalmente à prova de foguetes, afinal, pensou Ford consigo mesmo. Alguém deveria conversar com outra pessoa sobre aquilo. Desembaraçou-se de Harl e tentou descobrir para onde correr.

Estava cercado.

O sujeito grandão com o lançador de foguetes estava preparando a arma para um novo lançamento.

Ford não fazia a menor idéia de qual seria o seu próximo passo.

– Vejam bem – disse ele em uma voz severa. Não sabia ao certo aonde o fato de dizer coisas como "vejam bem" em uma voz severa iria levá-lo e não tinha tempo para descobrir. Que diabos, pensou, só se é jovem uma vez, e pulou pela janela. Aquilo manteria, no mínimo, o elemento surpresa a seu favor.

capítulo 11

A primeira coisa que Arthur Dent precisava fazer – concluiu ele, resignado – era dar um jeito em sua vida. Para isso, precisava encontrar um planeta onde pudesse viver. De preferência, um planeta no qual pudesse respirar e ficar de pé ou sentado sem experimentar nenhum desconforto gravitacional. Também tinha de ser algum lugar onde os níveis de acidez fossem baixos e as plantas não atacassem as pessoas.

– Detesto soar antrópico – disse ele ao ser estranho que ficava atrás do balcão de atendimento no Centro de Aconselhamento de Realocação em Alpha Pintleton –, mas eu gostaria imensamente de morar em um lugar onde as pessoas se parecessem vagamente comigo também. Você sabe. Meio humanos.

O ser estranho atrás do balcão abanou as suas partes mais estranhas e pareceu um pouco surpreso com a declaração. Esvaiu-se e esparramou-se para fora do assento, pingando, arrastou-se pelo chão, ingeriu o velho arquivo de metal e então, com um arroto poderoso, excretou a gaveta desejada. Tentáculos cintilantes surgiram das suas orelhas, removeram algumas pastas da gaveta, sugaram-na novamente e depois a coisa vomitou o arquivo de volta em seu lugar. Arrastou-se pelo chão e agosmentou-se de volta em seu assento, jogando os arquivos sobre a mesa.

– Algum desses te interessa? – perguntou ele.

Arthur examinou ansiosamente uns pedaços de papel grudentos e úmidos. Estava, definitivamente, em um lugar bastante atrasado da Galáxia, pelo menos no que dizia respeito ao universo que ele conhecia e reconhecia. No lugar onde deveria estar sua casa havia aquele grosseiro planeta putrefato, encharcado por chuva e habitado por escória e porcos do pântano. Nem mesmo o *Guia do Mochileiro das Galáxias* funcionava direito por lá, e por isso era obrigado a falar coisas como aquela em lugares como aquele. Sempre perguntava sobre Stavromula Beta, mas ninguém tinha ouvido falar desse planeta.

Os mundos disponíveis pareciam bastante desanimadores. Tinham pouco a lhe oferecer, uma vez que ele tinha pouco a lhes oferecer também. Sentia-se péssimo ao perceber que, embora viesse originalmente de um mundo com carros, computadores, balé e Armagnac, ele não sabia, por conta própria, como aquelas coisas funcionavam. Não era capaz de fazer nada daquilo. Sozinho, era incapaz de construir uma torradeira. O máximo que conseguia era fazer um sanduíche e olhe lá. Não havia muita demanda para os serviços que poderia prestar.

Arthur ficou arrasado. O que não deixou de surpreendê-lo, porque achava que já estava no fim do poço. Fechou os olhos por um instante. Queria tanto estar em casa. Queria tanto que seu mundinho, a Terra onde crescera, não tivesse sido demolida. Gostaria tanto que nada daquilo tivesse acontecido. Queria tanto abrir os olhos e estar de pé na entrada de sua casa na região oeste da Inglaterra, com o sol brilhando sobre as colinas verdejantes, o carro dos correios subindo a rua, os narcisos florescendo no seu jardim e, ao longe, o pub abrindo para o almoço. Queria tanto poder ir até o pub para ler o jornal bebericando uma cerveja. Fazer uma palavra-cruzada e ficar empacado no quadrinho 17 diagonal.

Abriu os olhos.

O ser estranho estava pulsando irritado sobre ele, batucando uma espécie de pseudópode na mesa.

Arthur balançou a cabeça e olhou para a folha de papel seguinte.

Deprimente, pensou ele. Olhou a próxima.

Deprê total. Próxima.

Opa... Aquilo sim parecia bem melhor.

Era um mundo chamado Bartledan. Tinha oxigênio. Colinas verdejantes. Tinha inclusive, ao que parecia, uma renomada cultura literária. Mas o que mais despertou a sua atenção foi a fotografia de um pequeno grupo de bartledanianos, em uma praça, sorrindo alegremente para a câmera.

– Ah – disse ele, mostrando a fotografia para o ser estranho atrás do balcão.

Os olhos dele se estenderam na ponta de um pedúnculo e melaram o papel, deixando um rastro viscoso sobre ele.

– Sim – respondeu ele, enojado. – Eles realmente se parecem com você.

Arthur se mudou para Bartledan e, usando uma parte do dinheiro que conseguira vendendo pedacinhos de unha do pé e saliva para um banco de DNA, comprou um quarto na cidade que vira na foto. Era um lugar agradável. O ar era perfumado. As pessoas se pareciam com ele e não demonstravam se incomodar com a sua presença. Não o atacaram com nenhum objeto. Comprou algumas roupas e um armário para guardá-las.

Tinha encontrado uma vida. Agora precisava encontrar um propósito para ela.

Primeiro tentou sentar e ler. Mas a literatura de Bartledan, apesar de ser famosa naquele setor da Galáxia por sua sutileza e graça, não conseguia prender o seu interesse. O problema é que, no fim das contas, não era sobre seres humanos. Não era sobre o que os seres humanos queriam. As pessoas em Bartledan eram incrivelmente parecidas com os humanos fisicamente, mas, quando você dizia "Boa tarde" para uma delas, ela ficava levemente espantada, cheirava o ar e dizia que provavelmente era uma tarde boazinha, já que Arthur havia mencionado o assunto.

– Não, eu quis apenas desejar uma boa tarde para você – diria Arthur, ou melhor, costumava dizer. Aprendeu rapidamente a evitar aquelas conversas. – Quis dizer que espero que você tenha uma boa tarde – acrescentava ele.

Mais espanto.

– Desejar? – perguntavam finalmente os bartledanianos, em um desconserto gentil.

– É... – teria então dito Arthur. – Estou apenas expressando a esperança de que você...

– Esperança?

– É.

– O que é isso?

Boa pergunta, pensava Arthur consigo mesmo e voltava para o seu quarto para pensar sobre coisas.

Por um lado, tinha de reconhecer e respeitar o que aprendera sobre a visão bartledaniana do universo, que consistia na idéia de que o universo era o que o universo era, ame-o ou deixe-o. Por outro lado, não podia deixar de achar que não desejar nada nem esperar nada simplesmente não era natural.

Natural. Essa era uma palavra complicada.

Há muito percebera que várias coisas que julgava naturais, como comprar presentes no Natal, parar no sinal vermelho ou despencar a uma aceleração de 9,75 m/s^2, não passavam de hábitos do seu mundo e não funcionavam necessariamente da mesma maneira em outros lugares; mas não desejar nada – aquilo não podia ser natural, podia? Seria como não respirar.

Respirar era outra coisa que os bartledanianos não faziam, apesar de todo o oxigênio disponível na atmosfera. Simplesmente ficavam lá. Às vezes corriam para lá e para cá e jogavam netbol e coisas do gênero (sem jamais desejar ganhar, é claro – apenas jogavam e quem ganhasse ganhou), mas nunca respiravam de fato. Era, por algum motivo, desnecessário. Arthur aprendeu rapidamente que jogar netbol com eles era algo assustador. Embora eles se parecessem com os humanos e até mesmo se movimentassem como humanos, eles não respiravam e não desejavam coisas.

Respirar e desejar coisas, por outro lado, era tudo o que Arthur fazia o dia inteiro. Às vezes, desejava tanto as coisas que a sua respiração chegava a ficar ofegante e ele precisava se deitar e descansar um pouco. Sozinho. No seu pequeno quarto. Tão longe do mundo em que havia nascido que o seu cérebro mal podia processar as grandezas envolvidas sem ficar debilitado.

Preferia não pensar. Preferia ficar sentado, lendo – ou, pelo menos, preferiria se houvesse algo decente para ler. Mas, nas histórias bartledanianas, ninguém jamais desejava coisa alguma. Nem mesmo um copo d'água. Certamente buscavam um quando estavam com sede, mas, se não tivesse algum disponível, não pensavam mais no assunto. Acabara de ler um livro no qual o personagem principal tinha, no período de uma semana, trabalhado em seu jardim, jogado bastante netbol, ajudado a consertar uma estrada, tido um filho com sua mulher e morrido de sede inesperadamente, um pouco antes do último capítulo. Exasperado, Arthur esquadrinhara o livro do início ao fim e acabou encontrando uma referência a algum problema no encanamento no capítulo dois. Só isso. Então o cara morre. Acontece.

Não era sequer o clímax do livro, porque não havia clímax. O personagem morria a cerca de um terço do final do penúltimo capítulo e o resto do livro falava mais coisas sobre o conserto de estradas. O livro simplesmente acabava, do nada, na centésima milésima palavra, porque aquele era o tamanho limite dos livros em Bartledan.

Arthur atirou o livro na parede, vendeu o quarto e foi embora. Começou a viajar com um descaso rebelde, trocando mais saliva, unhas do pé, unhas da mão, sangue e cabelo – ou qualquer coisa que alguém estivesse interessado em comprar – por passagens. Acabou descobrindo que, em troca de amostras de sêmen, era possível viajar até de primeira classe. Não parava em lugar nenhum e limitava a sua existência ao mundo hermético e indefinido das cabines de naves hiperespaciais, comendo, bebendo, dormindo, assistindo filmes, parando apenas em portos espaciais para doar mais DNA e pegar a próxima nave de longa distância. Esperava e esperava que algum outro acidente acontecesse.

O problema em tentar fazer com que o acidente certo aconteça é que a coisa não funciona assim. Não é isso o que "acidente" quer dizer. O acidente que acabou acontecendo estava longe do que ele tinha planejado. A nave na qual estava viajando piscou no hiperespaço, oscilou pavorosamente entre noventa e sete pontos diferentes da Galáxia ao mesmo tempo, captou, em um deles, o puxão inesperado de um campo de atração gravitacional de um planeta fora do mapa, foi capturada em sua atmosfera externa e começou a cair, rasgando-se com um ruído estridente dentro dele.

Os sistemas da nave afirmaram o tempo todo, enquanto caíam, que tudo estava perfeitamente normal e sob controle, mas quando ela entrou em um último giro violento, cortando furiosamente um quilômetro de árvores antes de finalmente explodir em uma bola ardente de fogo, ficou claro que a coisa não era bem assim.

O fogo lambeu a floresta, fervendo a noite inteira, depois tratou de se apagar sozinho, como todos os incêndios não programados acima de uma certa extensão agora têm obrigação legal de fazer. Após isso, durante algum tempo, incêndios menores despertaram aqui e ali, enquanto peças diversas de escombros dispersos explodiam calmamente, cada uma a seu tempo. Depois isso também acabou.

Arthur Dent, graças ao total enfado dos infindáveis vôos interestelares, era o único passageiro a bordo que realmente se familiarizara com os procedimentos de segurança da nave em caso de uma aterrissagem forçada e, portanto, foi o único sobrevivente do desastre. Estava zonzo, com alguns ossos quebrados e sangrando, em uma espécie de casulo cor-de-rosa fofinho com as palavras "Tenha um bom dia" estampadas em mais de três mil línguas diferentes.

Silêncios negros e estrondosos nadavam nauseantes em sua mente despedaçada. Sabia, com uma espécie de certeza resignada, que iria sobreviver, porque ainda não havia estado em Stavromula Beta.

Após o que pareceu uma eternidade de dor e escuridão, percebeu sombras discretas movendo-se à sua volta.

capítulo 12

Ford rolava em pleno ar em meio a uma nuvem de cacos de vidro e pedaços de cadeiras. Mais uma vez, não havia exatamente planejado as coisas e estava apenas improvisando, ganhando tempo. Aprendeu que, em momentos de extrema crise, era bastante útil ver a sua vida passar por seus olhos. Ver as coisas sob uma perspectiva diferente lhe dava a oportunidade de refletir sobre elas e, às vezes, assim surgia uma pista vital sobre o seu próximo passo.

Lá estava o chão, apressando-se para encontrá-lo a uma aceleração de quase 10 m/s^2, mas o melhor a fazer, pensou, era lidar com o problema quando chegasse a ele. Uma coisa de cada vez.

Ah, finalmente. A sua infância. Coisas triviais, já vira tudo aquilo antes. Imagens passavam, rápidas. Tempos chatos em Betelgeuse V. Zaphod Beeblebrox ainda criança. Nenhuma novidade. Gostaria de ter alguma espécie de *fast forward* em seu cérebro. O seu aniversário de sete anos, quando ganhou a sua primeira toalha. Vamos lá, vamos lá.

Estava se contorcendo e virando de cabeça para baixo, o ar externo naquela altura era um choque gelado no pulmão. Tentava não inalar os cacos de vidro.

Primeiras viagens para outros planetas. Ah, pelo amor de Zarquon, aquilo mais parecia um documentário imbecil sobre viagens antes da atração principal. Primeiros trabalhos para o *Guia*.

Ah!

Aqueles foram os bons tempos. Trabalhavam em uma cabana no Atol Bwenelli, em Fanalla, antes que os Riktanarqals e os Donqueds a destruíssem. Um seis caras, algumas toalhas, um punhado de equipamento digital altamente sofisticado e, o mais importante, muitos sonhos. Não. E o mais importante: muito rum fanalliano. Para ser absolutamente preciso, a coisa mais importante de todas era a Aguardente Janx, depois o rum fanalliano e depois algumas praias no Atol, freqüentadas pelas garotas locais, mas os sonhos também eram importantes. Que fim levaram?

Para falar a verdade, não conseguia lembrar direito quais eram os sonhos, mas pareciam enormemente importantes naquela época. Com certeza não envolviam o imenso arranha-céu de escritórios de onde estava despencando naquele momento. Aquilo tudo havia começado quando alguns membros da equipe original decidiram fixar moradia e ficaram gananciosos, enquanto ele e os outros permaneceram fazendo o trabalho de campo, pesquisando, pegando caronas e, gradualmente, ficando cada vez mais isolados do pesadelo corporativista que o *Guia* inexoravelmente havia se tornado e da monstruosidade arquitetônica em que se alojara. Onde ficavam os sonhos naquele lugar? Pensou em todos os advogados que ocupavam metade do prédio, todos os agentes que ocupavam os andares inferiores e todos os editores assistentes e suas secretárias e os advogados das secretárias e as secretárias dos advogados das secretárias e, o pior de tudo, os contadores e o Departamento de Marketing.

Chegou a pensar em continuar caindo. Dois dedos para todos eles.

Estava passando pelo décimo sétimo andar naquele momento. Era onde o Departamento de Marketing tagarelava. Um bando de babacas, todos discutindo qual deveria ser a cor do *Guia* e exercitando as suas habilidades infinitamente infalíveis de contar vantagem. Se eles tivessem olhado para a janela naquele momento, teriam ficado assustados com a visão de Ford Prefect caindo rumo à sua morte certa e fazendo sinais de V para eles.

Décimo sexto andar. Editores Assistentes. Imbecis. E tudo o que ele escrevera que os caras cortaram? Enviara quinze anos de pesquisa sobre um único planeta e eles resumiram tudo em duas palavras. "Praticamente inofensiva." Sinais de V para eles também.

Décimo quinto andar. Administração Logística, seja lá o que fosse. Todos tinham carrões. Seja lá o que fosse, pensou, era o que isso era.

Décimo quarto andar. Recursos Humanos. Tinha uma suspeita muito perspicaz de que eles haviam arquitetado o seu exílio de quinze anos, enquanto o *Guia* se metamorfoseava em um monolito (ou melhor, duolito – não podia esquecer dos advogados) coorporativo.

Décimo terceiro andar. Pesquisa e Desenvolvimento.

Segura aí.

Décimo terceiro andar.

Estava sendo obrigado a pensar bem depressa porque a situação estava ficando um pouco urgente.

Lembrou-se subitamente do painel no elevador. Não tinha um décimo terceiro andar. Não dera muito atenção ao fato porque, depois de ter passado quinze anos no antiquado planeta Terra, onde as pessoas eram supersticiosas com o número treze, tinha se acostumado a estar em prédios onde não havia um décimo terceiro andar. Mas ali não fazia o menor sentido.

Não pôde deixar de notar, enquanto passava em queda livre pelo lado de fora, que as janelas do andar eram escuras.

O que estava se passando lá dentro? Começou a se lembrar de tudo o que Harl havia dito. Aquela história de um novo *Guia*, único e multidimensional, espalhado por um número infinito de universos. Tudo aquilo lhe soara, da maneira como Harl tinha contado, uma grande viagem inventada pelo Departamento de Marketing, com o apoio dos contadores. Se fosse mais real do que ele imaginara, então era uma idéia muito estranha e perigosa. Seria verdade? O que estava se passando por trás das janelas escuras do inacessível décimo terceiro andar?

Ford sentiu uma curiosidade crescendo dentro dele e, em seguida, uma sensação crescente de pânico. Aquela era, basicamente, a lista completa de sentimentos crescentes que ele tinha. No mais, sua distância em relação ao chão decrescia rapidamente. Precisava mesmo se concentrar em como sair daquela situação com vida.

Deu uma olhada para baixo. Uns trinta metros abaixo, as pessoas já estavam se agrupando, algumas olhando para cima com expectativa, abrindo espaço para ele e até mesmo interrompendo temporariamente a maravilhosa e completamente imbecil caçada aos Wockets.

Detestaria decepcioná-los, mas, a pouco mais de meio metro, sem que ele sequer tivesse percebido antes, estava Colin, obviamente felicíssimo, dançando e esperando que ele decidisse o que queria fazer.

– Colin! – berrou Ford.

Colin não respondeu. Ford gelou. Em seguida percebeu que não havia dito a Colin que o nome dele era Colin.

– Vem cá! – berrou Ford.

Colin subiu até o seu lado. Estava aproveitando imensamente a queda e esperava que Ford também estivesse.

O mundo de Colin ficou inesperadamente escuro porque a toalha de Ford o envolveu. Sentiu-se imediatamente muito, muito mais pesado. Estava animado e contente com o desafio que Ford acabara de impor. Só não estava certo se conseguiria levá-lo adiante.

A toalha estava esticada sobre Colin. Ford estava pendurado nela, agarrado às suas costuras. Outros mochileiros gostavam de modificar suas toalhas de maneiras exóticas, tecendo nelas todo tipo de ferramentas e utilitários esotéricos e até mesmo equipamento computacional nos tecidos. Ford era um purista. Gostava de coisas simples. Carregava uma toalha normal, comprada em uma loja normal. A toalha dele tinha até mesmo uma espécie de estampa floral, azul e rosa, apesar das constantes tentativas de Ford para descolorir e desbotar o tecido. Tinha uns pedaços de fio enroscados na toalha, um pouco de grafite flexível e alguns nutrientes concentrados em uma das beiradas, para que ele sugasse em caso de emergência, mas, fora isso, era uma toalha comum, dessas que a gente usa para enxugar o rosto.

Deixara-se convencer por um amigo a fazer uma única modificação – reforçar as bainhas.

Ford agarrava-se às bainhas como um tarado.

Continuavam descendo, só que um pouco mais devagar.

– Para cima, Colin! – gritou ele.

Nada.

– O seu nome – gritou Ford – é Colin. Então, quando eu gritar "Para cima, Colin!", quero que você, Colin, suba. Entendeu? Para cima, Colin!

Nada. Ou melhor, uma espécie de gemido abafado vindo do robô. Ford estava tenso. Estavam descendo bem devagar, mas o que estava deixando Ford tenso eram as pessoas que estavam se juntando lá embaixo. Amistosas, locais. Os caçadores de Wockets estavam se dispersando e, em seu lugar, criaturas com aparência de lesmas grandonas, pesadas e abrutalhadas, com lançadores de foguete, surgiram do que geralmente chamamos de nada. Nada, como todo viajante galáctico experiente sabe muito bem, é na verdade algo extremamente denso e com complexidades multidimensionais.

– Para cima – berrou Ford novamente. – Para cima! Colin, sobe!

Colin estava fazendo um esforço descomunal e gemendo. Estavam agora mais ou menos parados no ar. Ford tinha a sensação de que os seus dedos estavam se quebrando.

– *Para cima!*

Continuavam parados no mesmo lugar.

– *Sobe, sobe, sobe!* – Uma lesma estava se preparando para lançar um foguete contra ele. Ford mal podia acreditar. Estava pendurado no ar por uma toalha, com uma lesma se preparando para lançar foguetes sobre ele. Suas possíveis alternativas estavam se esgotando e começou a ficar seriamente assustado.

Em situações como essa é que mais precisava do *Guia* para lhe dar algum conselho, por mais enervante ou superficial que fosse, mas não era a hora de vasculhar os bolsos. E o *Guia* não parecia mais ser um amigo e aliado, e sim uma fonte de perigo. Afinal de contas, estava despencando do prédio do próprio *Guia*, tendo a sua vida ameaçada pelas pessoas que pareciam ter o controle da empresa agora. Que fim levaram todos os sonhos que ele vagamente se lembrava de ter tido no Atol Bwenelli? Deviam ter deixado tudo como estava. Deviam ter ficado por lá. Ficado na praia. Amado mulheres bacanas. Vivido dos peixes. Ele devia ter percebido que estava tudo errado quando começaram a pendurar pianos de cauda sobre a piscina do monstro marinho no hall. Começou a se sentir completamente infeliz e aflito. Os seus dedos queimavam de dor. E o seu tornozelo continuava doendo.

Ah, muito obrigado, tornozelo, pensou ele, amargo. Obrigado por mencionar seus problemas justo agora. Imagino que você esteja a fim de uma boa bacia de água quente para levantar o seu astral, não é mesmo? Ou, no mínimo, você gostaria que eu...

Teve uma idéia.

A lesma armada posicionou o lançador de foguetes no ombro. O foguete, presumivelmente, era projetado para atingir qualquer coisa que se movesse no seu caminho.

Ford tentou não suar, porque sentia que a toalha escorregava de suas mãos.

Com o dedão do pé que não estava machucado, cutucou e forçou o calcanhar do sapato no pé que doía.

– Para *cima*, droga! – resmungou Ford inutilmente para Colin, que estava alegremente se matando de tanto esforço, mas não conseguia subir. Ford continuou insistindo no calcanhar do sapato.

Estava tentando calcular o melhor momento, mas não fazia sentido. Tinha que mandar ver e pronto. Uma única chance, era tudo o que tinha. O sapato estava agora solto na parte do calcanhar. O seu tornozelo machucado sentiu-se um pouco melhor. Bom, aquilo era gostoso, não era?

Chutou o sapato, que deslizou pelo seu pé e mergulhou no ar. Meio segundo depois, um foguete surgiu da boca do lançador, encontrou o sapato caindo em sua trajetória, partiu para cima dele com tudo, atingiu-o e explodiu com um enorme senso de satisfação e conquista.

Isso tudo aconteceu a uns 5 metros do chão.

A força principal da explosão foi direcionada para baixo. Onde, um segundo antes, havia um esquadrão de executivos da Corporação InfiniDim com lançadores de foguetes na elegante praça, pavimentada com enormes lousas de pedra polida oriunda das antigas pedreiras de alabastro de Zentalquabula, existia agora apenas um pequeno poço com pedaços pútridos dentro.

Uma lufada de ar quente subiu da explosão, lançando Ford e Colin violentamente para cima. Ford tentou desesperada e cegamente agarrar-se a alguma coisa, mas não conseguiu. Foi arremessado para o alto, atingiu o ápice de uma parábola, fez uma breve pausa e começou a cair novamente. Foi caindo, caindo, caindo e, de repente, enroscou-se em Colin, que ainda estava subindo.

Agarrou-se desesperadamente ao pequeno robô esférico. Colin girava sem controle pelo ar em direção à torre dos escritórios do *Guia*, tentando alegremente se controlar e diminuir o ritmo.

O mundo girou de forma nauseante em torno da cabeça de Ford enquanto eles giravam um em volta do outro e então, de maneira igualmente nauseante, tudo parou.

Ford viu-se jogado, ainda tonto, no parapeito de uma janela.

A sua toalha passou voando e ele a alcançou, segurando firme.

Colin oscilava no ar, bem próximo.

Ford olhou à sua volta – atordoado, machucado, sangrando e sem fôlego. O parapeito não tinha mais que trinta centímetros e ele estava precariamente empoleirado nele, a treze andares do chão.

Treze.

Sabia que estavam no décimo terceiro andar porque as janelas eram escuras. Estava amargamente chateado. Pagara um preço absurdo por aqueles sapatos em uma loja no Lower East Side de Nova York. Havia, por causa disso, escrito um artigo inteiro sobre as alegrias proporcionadas por calçados de qualidade, e tudo isso tinha sido jogado fora no fiasco do "Praticamente inofensiva". Que merda.

E agora perdera um dos sapatos. Jogou a cabeça para trás e contemplou o céu.

Não seria uma tragédia tão amarga se o planeta em questão não tivesse sido demolido, o que significava que ele sequer poderia comprar outro par.

Sim, devido à infinita extensão lateral da probabilidade, havia, certamente, uma multiplicidade quase infinita de planetas Terra, mas, quando era realmente necessário, um par de sapatos de qualidade não era algo que pudesse ser substituído apenas zanzando pelo espaço-tempo multidimensional.

Suspirou.

Paciência, era melhor tentar ver o lado bom da coisa. Pelo menos o sapato salvara a sua vida. Por enquanto.

Estava empoleirado em um parapeito de menos de trinta centímetros no décimo terceiro andar de um prédio e não tinha certeza se tudo aquilo valia um bom sapato.

Aturdido, espreitou através dos vidros escuros.

Estava escuro e silencioso, como um túmulo.

Não. Aquilo era um pensamento ridículo. Já estivera em altas festas em túmulos.

Será que conseguiria detectar algum movimento? Não tinha certeza. Tinha a impressão de estar distinguindo uma estranha sombra de asas batendo. Talvez fosse apenas o sangue pingando sobre os seus cílios. Enxugou os olhos. Cara, adoraria ter uma fazenda em algum lugar, criar ovelhas. Espiou novamente pela janela, tentando distinguir a silhueta, mas tinha a sensação, tão comum no universo naqueles dias, de que estava diante de alguma ilusão de ótica e que os seus olhos estavam lhe pregando peças.

Havia algum pássaro lá dentro? Era isso o que eles escondiam lá em cima, em um andar secreto, protegido por vidros escuros à prova de foguetes? O aviário de alguém? Havia, com certeza, alguma coisa batendo asas lá dentro, mas não parecia ser um pássaro, estava mais para um buraco no espaço no formato de um pássaro.

Fechou os olhos, coisa que já estava querendo fazer há algum tempo, por sinal. Perguntava-se o que deveria fazer em seguida. Pular? Escalar? Não tinha como quebrar aquele vidro. Tudo bem, o vidro supostamente à prova de foguetes não conseguira suportar um foguete na prática, mas aquele tinha sido um foguete disparado a curtíssima distância vindo de dentro, o que provavelmente não era o que os engenheiros tinham em mente ao projetá-lo. Isso, contudo, não significava que ele fosse conseguir quebrar o vidro enrolando a toalha no punho e socando a janela. Que diabos, tentou assim mesmo e acabou machucando a mão. Ainda bem que não conseguira um bom impulso de onde estava, senão teria se machucado feio. O prédio tinha sido reforçado maciçamente quando foi reconstruído do zero após o ataque de Frogstar e era, possivelmente, a editora com a blindagem mais pesada naquele ramo, mas havia sempre algum ponto fraco em qualquer sistema projetado por um comitê corporativo. Já havia descoberto um deles. Os engenheiros que projetaram as janelas não esperavam que fosse atingida por um foguete a curta distância vindo de dentro, então a janela havia quebrado.

Então o que os engenheiros teriam esperado que uma pessoa sentada no parapeito do lado de fora da janela pudesse fazer?

Quebrou a cabeça por alguns segundos antes de descobrir.

Para começar, não teriam esperado que ele estivesse ali. Somente um perfeito boçal estaria sentado onde ele estava, então tinha alguns pontos a seu favor. Um erro comum que as pessoas cometem quando tentam projetar coisas completamente à prova de imbecis era subestimar a ingenuidade dos imbecis completos.

Tirou do bolso o seu recém-adquirido cartão de crédito, enfiou na fenda que havia entre a janela e a moldura e fez algo que um foguete jamais seria capaz de fazer. Sacudiu um pouco o cartão. Sentiu uma lingüeta deslizar. Abriu a janela e quase caiu para trás do parapeito, gargalhando e dando graças, no meio tempo, pelos Grandes Motins da Ventilação e Telefonia de SrDt 3454.

Os Grandes Motins da Ventilação e Telefonia de SrDt 3454 começaram como um monte de ar quente. O ar quente, é claro, era o problema que a ventilação deveria solucionar e, geralmente, ela o solucionava razoavelmente bem, até que alguém inventou o ar-condicionado e resolveu o problema de maneira muito mais contundente.

E isso tudo era ótimo, desde que você conseguisse aturar o barulho e o pinga-pinga, até que alguém foi lá e inventou algo muito mais sexy e inteligente do que o ar-condicionado: o controle climático central.

Aquilo sim era espetacular.

As principais diferenças entre o novo controle climático e o ar-condicionado comum consistiam no preço exorbitantemente mais caro e numa grande quantidade de equipamentos de medição e calibragem que sabiam, a cada momento, que tipo de ar as pessoas gostariam de respirar, com uma precisão muito maior do que simples pessoas poderiam saber.

O que também significava que, para se certificar de que as simples pessoas não estragariam os cálculos sofisticados que o sistema fazia por elas, todas as janelas nos edifícios tinham de ser absolutamente vedadas. Sério.

Quando os sistemas estavam sendo instalados, várias pessoas que iam trabalhar nos prédios tiveram conversas mais ou menos assim com os montadores do sistema Inteli-Respiratron:

– Mas e se a gente quiser abrir as janelas?

– Vocês não vão querer abrir as janelas com o novo Inteli-Respiratron.

– Tá, mas vamos imaginar que a gente queira, só um pouquinho?

– Vocês não vão querer abrir nem um pouquinho. O novo sistema Inteli-Respiratron vai garantir isso.

– Humm.

– Aproveitem o Inteli-Respiratron!

– Tá bem, mas e se o Inteli-Respiratron pifar ou não funcionar direito ou algo assim?

– Ah! Uma das características mais inteligentes do Inteli-Respiratron é que ele não pifa de jeito nenhum. Então não há com o que se preocupar. Respirem bem e tenham um bom dia.

(Foi justamente por causa dos Grandes Motins de Ventilação e Telefonia de SrDt 3454 que todos os aparelhos mecânicos ou elétricos ou quantum-mecânicos ou hidráulicos ou até mesmo aparelhos movidos a vento, vapor ou pistão eram agora obrigados a ter uma inscrição gravada em algum lugar. Não importa o quão pequeno o objeto fosse, os seus fabricantes tinham de encontrar uma maneira de enfiar a tal inscrição em algum lugar, porque afinal servia para chamar a atenção deles próprios e não necessariamente a dos usuários.

A inscrição era a seguinte:

"A maior diferença entre uma coisa que pode pifar e uma coisa que não pode pifar de jeito nenhum é que, quando uma coisa que não pode pifar de jeito nenhum pifa, normalmente é impossível consertá-la.")

Ondas de calor significativas começaram a coincidir, com uma precisão quase mágica, com defeitos significativos do sistema Inteli-Respiratron. No início isso causou apenas um ressentimento fervoroso e algumas mortes por asfixia.

Mas o pavor absoluto surgiu no dia em que três eventos ocorreram simultaneamente. O primeiro foi uma declaração da empresa Inteli-Respiratron dizendo que os seus sistemas funcionavam melhor em climas temperados.

O segundo foi a pane de um sistema Inteli-Respiratron em um dia particularmente quente e úmido, o que resultou em uma evacuação de centenas de funcionários de escritórios para a rua, onde se depararam com o terceiro evento – uma turba ensandecida de operadores de telefonia que ficaram tão cansados de ter de repetir "Obrigada por utilizar nossos serviços", o dia inteiro, todos os dias, para todos os imbecis que apanhavam um telefone, que finalmente decidiram sair às ruas com latas de lixo, megafones e rifles.

Nos dias de carnificina que se seguiram, cada janela da cidade, à prova de foguete ou não, foi quebrada, normalmente com gritos de "Sai da linha, ô babaca! Estou pouco me lixando para o número que você quer discar, para o ramal que está usando... Vai enfiar um fogo de artifício na garganta! É isso aíííí! U-rrrrru!!!!! Vummmmm! Squawk!" e toda uma variedade de sons animalescos que eles não tinham a oportunidade de utilizar normalmente no trabalho.

Por causa disso, foi concedido a todos os operadores de telefonia o direito constitucional de dizer "Utilize os nossos serviços e vá se danar!" pelo menos uma vez por hora enquanto atendiam o telefone, e todos os prédios comerciais foram obrigados a ter janelas que abrissem pelo menos um pouquinho.

Um outro resultado, completamente inesperado, foi uma queda impressionante no índice de suicídios. Todos os executivos estressados e em ascensão que haviam sido obrigados, na época negra da tirania do Inteli-Respiratron, a se jogar na frente de trens ou se apunhalar até a morte podiam agora simplesmente trepar nos seus parapeitos e pular, na hora em que quisessem. E, freqüentemente, era justo nessa hora, enquanto olhavam a sua volta e organizavam as suas idéias, que subitamente descobriam que tudo que precisavam era de um pouco de ar fresco e uma nova perspectiva das coisas – e talvez uma fazenda na qual pudessem criar algumas ovelhas.

Outro resultado completamente inesperado foi que Ford Prefect, preso no décimo terceiro andar de um prédio altamente blindado, armado apenas com uma toalha e um cartão de crédito, pôde assim mesmo entrar no prédio por uma janela supostamente à prova de foguetes.

Após permitir a entrada de Colin atrás dele, fechou a janela cuidadosamente e olhou em volta, procurando o tal pássaro.

Chegou à seguinte conclusão sobre as janelas: como haviam sido convertidas para se abrirem *depois* de terem sido projetadas para serem inexpugnáveis, eram na verdade muito menos seguras do que se tivessem sido projetadas como janelas que abrem normalmente.

Pois é, a vida é mesmo engraçada, estava pensando Ford com os seus botões, quando percebeu de repente que tinha tido o maior trabalho para entrar em um lugar absolutamente desinteressante.

Então estacou, surpreso.

Onde estava a curiosa figura em formato de ave, batendo as asas? Onde estava qualquer coisa que justificasse todo aquele trabalho – o extraordinário véu de sigilo que parecia permear todo o ambiente e a igualmente extraordinária seqüência de eventos que parecia conspirar para levá-lo até lá?

A sala, como qualquer outra sala daquele prédio no momento, havia sido decorada em um cinza de impressionante bom gosto. Havia alguns gráficos e desenhos na parede. A maioria não significava nada para Ford, mas foi então que ele se deparou com algo que era obviamente o modelo de um pôster.

Havia uma logomarca em formato de pássaro com um slogan que dizia: "*O Guia do Mochileiro das Galáxias* versão II: a mais incrível de todas as coisas que já existiram. Breve em uma dimensão perto de você." Sem mais nenhuma informação.

Ford tornou a olhar em volta. Então a sua atenção foi gradualmente atraída para Colin, o robô de segurança absurdamente hiperfeliz, que estava encolhido em um canto, balbuciando coisas de uma forma estranhamente parecida com medo.

Estranho, pensou Ford. Olhou em volta para ver o que poderia estar assustando Colin. Então viu algo que não havia notado antes, parado calmamente sobre uma bancada de trabalho.

Era circular e negro, mais ou menos do tamanho de um prato pequeno. A parte superior e a inferior eram lisinhas e convexas, o que lhe dava a aparência de um disco de arremesso bem leve.

As superfícies pareciam ser completamente lisas, contínuas e sem traços característicos.

A coisa estava parada.

Ford notou, então, que havia algo escrito nela. Estranho. Não havia nada escrito um segundo atrás, mas agora estava lá. Não parecia, contudo, ter ocorrido nenhuma transição visível entre os dois estados.

A mensagem, em letrinhas pequenas e alarmantes, se resumia a três palavras:

ENTRE EM PÂNICO

Pouco antes não havia nenhuma marca ou linhas em sua superfície. Agora havia. E estavam crescendo.

Entre em pânico, dizia o *Guia* versão II. Ford começou a agir de acordo. Lembrou-se subitamente por que as criaturas com aparência de lesma lhe pareciam tão familiares. Seu padrão de cores estava mais para um cinza executivo, porém, em todo o resto, eram parecidíssimas com os vogons.

capítulo 13

A nave tocou a terra silenciosamente no canto da imensa clareira, a uns cem metros da cidade.

Surgiu súbita e inesperadamente, mas sem fazer alarde. Numa hora, era um final de tarde perfeitamente normal, início de outono – as folhas começando a ficar vermelhas e douradas, o rio começando a correr novamente graças às chuvas das montanhas ao norte, a plumagem dos pássaros pikka começando a engrossar, preparando-se para a chegada das geadas de inverno, e, a qualquer momento, as Bestas Perfeitamente Normais começariam a sua estrondosa migração pelas planícies enquanto o Velho Thrashbarg resmungaria sozinho ao perambular pela cidade, um resmungo que significava que já estava ensaiando e elaborando as histórias que iria contar sobre o ano que passou quando as pessoas não tivessem outra opção ao anoitecer a não ser se reunir em volta de uma fogueira para escutá-lo e depois reclamar, dizendo que a história de que lembravam não era bem aquela – e, em seguida, havia uma nave espacial pousada, reluzindo no calor do sol de outono.

Zumbiu por alguns minutos, depois parou.

Não era uma nave grande. Se os moradores locais fossem especialistas em naves espaciais, saberiam de cara que aquela era uma bela e estilosa espaçonave leve Hrundi, de quatro leitos, com praticamente todos os opcionais oferecidos no folheto, exceto a Estabilização Vectóide Avançada, que era coisa de frouxo. Não dá para fazer uma curva fechada e precisa em um eixo de tempo trilateral com a Estabilização Vectóide Avançada. Tudo bem, é um pouco mais seguro, mas tira a graça da direção.

Os moradores não sabiam nada daquilo, é claro. A maioria dos habitantes do remoto planeta Lamuella jamais havia visto uma nave espacial, certamente não uma que estivesse inteira. Brilhando calorosa na luz do entardecer, era simplesmente a coisa mais extraordinária que eles já haviam visto, desde o dia em que Kirp pegou um peixe com uma cabeça de cada lado.

Estavam todos em silêncio.

Enquanto poucos momentos antes umas vinte ou trinta pessoas estavam perambulando pelo local, conversando, cortando lenha, carregando água, perturbando os pássaros pikka ou tentando educadamente ficar longe do Velho Thrashbarg, de repente toda a atividade fora interrompida e todos se viraram para contemplar o objeto estranho, espantados.

Bom, nem todos. Os pássaros pikka costumavam se espantar com coisas bem diferentes. Uma folha absolutamente comum caída inesperadamente sobre uma pedra provocava os acessos mais frenéticos; o nascer do sol sempre os apanhava de surpresa pela manhã, mas a chegada de uma nave espacial de outro planeta simplesmente não lhes chamara a menor atenção. Continuaram a *kar* e *rit* e *huk* enquanto ciscavam sementes pelo chão; o rio prosseguia em seu calmo e vasto borbulhar.

Além disso, o barulho da cantoria alta e desafinada vinda da última cabana à esquerda também prosseguia, inabalável.

De repente, com um suave clique e um murmúrio, uma porta da nave se desdobrou para fora e para baixo. Então, por alguns minutos, nada mais aconteceu além da cantoria alta que vinha da última cabana à esquerda, e a nave simplesmente ficou lá, parada.

Alguns dos moradores, especialmente os garotos, começaram a se aproximar um pouco para olhar de perto. O Velho Thrashbarg tentou enxotá-los. Aquele era exatamente o tipo de coisa que o Velho Thrashbarg não gostava que acontecesse. Não tinha profetizado nada daquilo, nem de longe, e, embora fosse dar um jeito de incluir a coisa de uma maneira ou de outra em suas longas histórias, aquilo estava começando a ficar complicado demais.

Deu alguns passos à frente, empurrou os meninos para trás e suspendeu os braços e seu velho cajado no ar. A luz morna e comprida do sol que se punha recaía bem sobre ele. Começou a se preparar para dar as boas-vindas àqueles deuses, fossem quais fossem, como se estivesse esperando por eles desde sempre.

Ainda assim nada aconteceu.

Aos poucos começou a ficar claro que estava rolando alguma discussão dentro da nave. O tempo foi passando e os braços do Velho Thrashbarg começaram a doer.

De repente, a rampa se recolheu novamente para dentro da nave.

Aquilo facilitou as coisas para Thrashbarg. Eram demônios e ele os expulsara. Não havia profetizado o evento por uma questão de prudência e modéstia.

Quase imediatamente, uma outra rampa se desdobrou do lado oposto da nave, contrário ao que Thrashbarg estava, e duas figuras finalmente surgiram, ainda discutindo e ignorando todo mundo, até mesmo Thrashbarg, que eles mal podiam ver do lugar onde estavam.

O Velho Thrashbarg mordiscou a barba, irritado.

Será que devia continuar ali parado, com os braços para cima? Se ajoelhar no chão, com a cabeça arriada para a frente e o cajado apontado para eles? Cair para trás, como se devastado por uma titânica luta interior? Ou talvez fugir para a floresta e viver em uma árvore durante um ano, sem falar com ninguém?

Decidiu abaixar os braços elegantemente, como se tivesse feito aquilo de propósito. Já estavam doendo demais, de modo que ele não tinha muita escolha. Fez um pequeno sinal secreto que tinha acabado de inventar em direção à rampa, que havia acabado de fechar, e depois deu três passos e meio para trás, a fim de poder ao menos observar direito quem eram aquelas pessoas e decidir o que fazer em seguida.

A mais alta era uma mulher muito bonita, usando roupas soltas e amarrotadas. O Velho Thrashbarg não sabia disso, mas eram feitas de Rymplon TM, um novo tecido sintético que era perfeito para viagens espaciais porque parecia realmente fantástico quando estava todo enrugado e suado.

A mais baixa era uma menina. Era esquisita e tinha um ar mal-humorado, usava roupas que ficavam péssimas quando estavam enrugadas e suadas e, o que era pior, ela provavelmente sabia daquilo.

Todos olhavam para elas, exceto os pássaros pikka, que tinham outras coisas para olhar.

A mulher estacou e olhou à sua volta. Tinha um ar decidido. Ficou claro que estava buscando algo específico, mas não sabia exatamente onde encontrar. Olhou os rostos dos habitantes que se reuniam curiosos à sua volta, um por um, e, aparentemente, não encontrou o que estava procurando.

Thrashbarg não fazia a menor idéia do que fazer e decidiu apelar para um cântico. Jogou a cabeça para trás e começou o seu lamento, mas foi imediatamente interrompido por uma nova leva de músicas da cabana do Fazedor de Sanduíches: a última do lado esquerdo. A mulher virou-se bruscamente para aquela direção e, lentamente, um sorriso surgiu em seu rosto. Sem nem olhar de relance para o Velho Thrashbarg, começou a se dirigir para a cabana.

Fazer sanduíches é uma arte que poucos têm condições de sequer encontrar tempo para explorar. É uma tarefa simples, mas as oportunidades de satisfação são inúmeras e profundas: escolher o pão certo, por exemplo. O Fazedor de Sanduíches passara vários meses fazendo consultas e experiências diárias com o padeiro Grarp, até criarem, finalmente, um pão com uma consistência densa o suficiente para ser cortado em fatias finas e perfeitas, mas ao mesmo tempo leve, molhadinho e com aquele delicado sabor de nozes que realçava o gosto da carne assada das Bestas Perfeitamente Normais.

Sem contar com a geometria da fatia, que devia ser refinada: as relações exatas entre a largura e a altura da fatia e a sua grossura, que conferem o senso adequado de volume e peso ao sanduíche pronto – aqui, mais uma vez, a leveza era uma virtude, mas também a firmeza, a generosidade e a promessa de suculência e sabor que são a marca registrada de uma experiência sanduichística verdadeiramente intensa.

Os utensílios adequados, é claro, eram cruciais, e o Fazedor de Sanduíches passava vários dias, quando não estava ocupado com o padeiro e seu forno, com Strinder, o Fazedor de Utensílios, pesando e comparando facas, indo e voltando da fornalha. Maleabilidade, força, agudeza do corte, comprimento e peso eram entusiasticamente debatidos; teorias eram criadas, testadas, refinadas e não eram poucas as tardes onde se podia ver as silhuetas do Fazedor de Sanduíches e do Fazedor de Utensílios delineadas contra a luz do pôr-do-sol, enquanto o amolador de facas do Fazedor de Utensílios cortava o ar em movimentos lentos, lixava as suas lâminas, experimentava uma a uma, comparando o peso de uma com o equilíbrio da outra, a maleabilidade de uma terceira e o cabo de uma quarta.

Eram necessárias quatro facas ao todo. Primeiro, a faca para fatiar o pão: uma lâmina firme, vigorosa, que impunha um propósito claro e definido no pão. Depois, a faca para espalhar manteiga, maleável mas com um cabo firme. As primeiras versões tinham ficado frouxas demais, mas depois a combinação de flexibilidade com força foi aperfeiçoada para alcançar o máximo de suavidade e graça na hora de espalhar a manteiga.

Dentre todas as facas, a principal obviamente era a de trinchar. Esta era a faca que não iria apenas impor a sua vontade no meio pelo qual se deslocava, como ocorria com a faca do pão. Ela precisava trabalhar com a carne, ser guiada por sua fibra, produzir fatias primorosamente consistentes e translúcidas que se soltassem gentilmente em dobras finas do pedaço maior da carne. O Fazedor de Sanduíches encaixava cada fatia de carne, fazendo um gracioso meneio com o punho, nas lindamente proporcionais fatias debaixo do pão, cortava as arestas com quatro golpes habilidosos e, finalmente, realizava a mágica que todas as crianças da cidade gostavam tanto de se reunir para admirar, embevecidas e maravilhadas. Com mais quatro golpes hábeis da faca, ele reunia as sobras descartadas em um perfeito quebra-cabeça sobre a primeira fatia. Cada sanduíche tinha sobras de tamanho e formato diferentes, mas o Fazedor de Sanduíches sempre dava um jeito de reuni-las, aparentemente sem esforço e sem hesitação, em um padrão que se encaixava perfeitamente. Mais uma segunda camada de carne e uma segunda camada de sobras e, pronto, o ato principal da criação estava concluído.

O Fazedor de Sanduíches passava sua criação para o assistente, que acrescentava algumas fatias de nopino, ranabete e molho de espramboesa, colocava a fatia final de pão sobre o recheio e cortava o sanduíche com a quarta faca, a mais simples de todas. Essas operações certamente exigiam uma certa habilidade, mas eram habilidades inferiores, que podiam ser desempenhadas por um aprendiz dedicado que um dia, quando o Fazedor de Sanduíches pendurasse as suas facas, assumiria o seu lugar. Era uma posição muito nobre, e Drimple, o aprendiz, era invejado por todos os seus amigos. Algumas pessoas na cidade estavam satisfeitas cortando lenha, contentes por carregar água, mas ser o Fazedor de Sanduíches era, definitivamente, o máximo.

E então lá estava o Fazedor de Sanduíches cantando enquanto trabalhava.

Estava usando a última carne salgada do ano. Já não estava mais tão fresca, mas ainda assim o sabor suculento das Bestas Perfeitamente Normais era a coisa mais maravilhosa que ele já havia provado. Estavam dizendo que na semana seguinte as Bestas Perfeitamente Normais iriam aparecer para a sua migração usual e toda a cidade mergulharia, mais uma vez, em atividades frenéticas: caçar as Bestas, matar umas seis, ou quem sabe até mesmo umas sete dúzias das milhares que passavam correndo por eles. Depois, as Bestas tinham de ser rapidamente abatidas e limpas; salgavam a maior parte da carne para conservá-la durante os meses de inverno, até o retorno da migração na primavera, que reabasteceria os estoques.

Os melhores pedaços da carne eram assados imediatamente para o banquete que marcava a Passagem do Outono. As comemorações duravam três dias de absoluta exuberância, danças e histórias que o Velho Thrashbarg contava sobre como havia sido a caçada, histórias que ele teria ficado inventando na tranqüilidade de sua cabana enquanto todo o resto da cidade estava de fato caçando.

E então os melhores dos melhores pedaços da carne eram guardados após o banquete e entregues para o Fazedor de Sanduíches. E sobre esses pedaços ele usaria as habilidades que havia recebido dos deuses e faria os requintados sanduíches da Terceira Estação, que toda a cidade compartilhava antes de começar, no dia seguinte, a se preparar para os rigores do inverno que iria chegar.

Naquele dia, estava fazendo sanduíches comuns, se é que aquelas iguarias, tão carinhosamente preparadas, podiam ser chamadas de comuns. O seu assistente estava de folga, então o Fazedor de Sanduíches operava os seus milagres sozinho e o fazia alegremente. Para falar a verdade, tudo em sua vida ultimamente o deixava alegre.

Fatiava e cantava. Colocava cada pedaço de carne com capricho sobre o pão, aparava as arestas e ajeitava as sobras no seu quebra-cabeça. Uma saladinha, um pouco de molho, outro pedaço de pão, outro sanduíche, outro verso de *Yellow Submarine*.

– Oi, Arthur.

O Fazedor de Sanduíches quase cortou o dedão fora.

Os moradores da cidade observaram, consternados, enquanto a mulher marchava corajosa para a cabana do Fazedor de Sanduíches. O Fazedor de Sanduíches fora enviado por Bob Todo-Poderoso em uma carruagem de fogo flamejante. Aquilo, pelo menos, era o que Thrashbarg havia dito e ele era a autoridade nesses assuntos. Ou pelo menos era isso que Thrashbarg afirmava e Thrashbarg era... assim por diante. Não adiantava discutir a respeito.

Alguns aldeões se questionaram por que Bob Todo-Poderoso lhes mandaria o seu filho único em uma carruagem de fogo flamejante e não em uma que pudesse ter aterrissado calmamente, sem destruir metade da floresta, enchê-la de fantasmas e acabar fazendo com que o Fazedor de Sanduíches se machucasse feio. O Velho Thrashbarg dissera que era a vontade inefável de Bob, e, quando perguntaram o que era "inefável", ele mandou olhar no dicionário.

O que era um problema, porque o único dicionário da cidade pertencia ao Velho Thrashbarg e ele não emprestava a ninguém. Eles perguntavam por que e ele dizia que não lhes cabia conhecer a vontade de Bob Todo-Poderoso e, quando perguntavam o porquê novamente, ele dizia que era assim e pronto. De todo modo, alguém invadiu a cabana do Velho Thrashbarg um dia, quando ele saiu para nadar, e procurou o verbete "inefável". Inefável aparentemente significava "incognoscível, indescritível, inexprimível, impossível de ser conhecido ou falado". Ah, aquilo explicava tudo.

Pelo menos, eles tinham os sanduíches.

Um dia, o Velho Thrashbarg havia dito que Bob Todo-Poderoso decretara que ele, Thrashbarg, tinha direito de escolher os sanduíches primeiro. Os aldeões queriam saber quando exatamente aquilo tinha acontecido e ele respondera que fora no dia anterior, quando ninguém estava olhando. "Tenham fé – dissera o Velho Thrashbarg – ou queimem!"

Deixaram ele escolher os sanduíches primeiro. Parecia mais fácil.

E agora aquela mulher aparecera do nada e fora direto para a cabana do Fazedor de Sanduíches. A sua fama na certa se espalhara – embora fosse difícil precisar para onde, já que, segundo o Velho Thrashbarg, não existia nenhum outro lugar. De todo modo, fosse lá de onde ela tivesse vindo, presumivelmente de algum lugar inefável, o fato é que estava lá naquele momento e fora até a cabana do Fazedor de Sanduíches. Quem era ela? E quem era a garota misteriosa que estava do lado de fora da cabana, chutando pedrinhas, chateada e com todo o jeito de que não queria estar ali? Parecia estranho que alguém se desse ao trabalho de vir até ali de algum lugar inefável em uma carruagem que, obviamente, era um visível aperfeiçoamento da carruagem flamejante que trouxera o Fazedor de Sanduíches, se não queria nem estar ali.

Todos olharam para Thrashbarg, mas ele estava ajoelhado, murmurando e olhando fixamente para o céu, evitando olhar as pessoas até que inventasse alguma coisa para falar.

– Trillian! – disse o Fazedor de Sanduíches, chupando o dedão ensangüentado. – Como...? Quem...? Quando...? Onde...?

– Exatamente as perguntas que eu ia fazer – disse Trillian, examinando o interior da cabana de Arthur. Estava bem-arrumada, com os seus utensílios de cozinha. Havia alguns armários básicos, algumas prateleiras e uma cama básica em um dos cantos. Uma porta no fundo da cabana dava para algo que Trillian não conseguia ver, pois estava fechada. – Legal – disse ela, mas em um tom de voz questionador. Não estava conseguindo entender bem o que era aquilo.

– Muito legal – disse Arthur. – Incrivelmente legal. Não me lembro de ter estado em algum lugar tão legal antes. Estou feliz aqui. As pessoas gostam de mim, eu faço sanduíches para elas e... ah, bom, é basicamente isso. Elas gostam de mim e eu faço sanduíches para elas.

– Parece, ahn...

– Idílico – completou Arthur, firmemente. – E é. De verdade. Acho que você não vai gostar muito, mas para mim é, digamos, perfeito. Olha, sente-se, por favor, fique à vontade. Posso te oferecer alguma coisa, ah, um sanduíche?

Trillian apanhou um sanduíche e examinou. Cheirou-o cuidadosamente.

– Experimenta – disse Arthur. – É gostoso.

Trillian provou um pedacinho, depois mordeu e depois mastigou, pensativa.

– É bom mesmo – disse ela, contemplando o sanduíche.

– Vivo disso agora – disse Arthur, tentando soar orgulhoso e torcendo para não soar como um idiota completo. Estava se acostumando a ser levemente reverenciado ali e agora estava tendo que fazer uma grande ginástica mental.

– Que carne é essa? – perguntou Trillian.

– Ah, uhn, é Besta Perfeitamente Normal.

– O quê?

– Besta Perfeitamente Normal. Parece um pouco com carne de vaca, ou de boi. Na verdade parece mais carne de búfalo. É um animal bem grande, desses que saem em estouros.

– E o que há de estranho nele?

– Nada. É Perfeitamente Normal.

– Sei.

– O que é um pouco estranho é de onde eles vêm.

Trillian franziu a testa e parou de mastigar.

– De onde eles vêm? – perguntou ela com a boca cheia. Não ia engolir até apurar aquela história toda.

– Bom, o problema não é só de onde eles vêm, é também para onde eles vão. Mas não tem grilo, não, você pode engolir sem medo. Eu já estou cansado de comer isso. É ótimo. Bem suculento. Muito macio. Tem um sabor levemente adocicado, com um toque meio amargo.

Trillian ainda não tinha engolido.

– De onde – perguntou Trillian – eles vêm e para onde eles vão?

– Eles vêm de uma região um pouco ao leste das Montanhas Hondo. São aquelas grandonas bem aqui atrás, você deve ter visto quando chegou. Eles cruzam desembestados as Grandes Planícies Anhondo e, bem, é isso. É de lá que eles vêm. E é para lá que eles vão.

Trillian franziu a testa. Tinha algo ali que ela não estava entendendo.

– Acho que não expliquei direito – disse Arthur. – Quando eu disse que eles vêm de uma região ao leste das Montanhas Hondo, quis dizer que é de lá que eles surgem de repente. Então eles cruzam desembestados as Grandes Planícies Anhondo e desaparecem, para falar a verdade. Temos mais ou menos uns cinco dias para caçar o máximo que pudermos antes de eles sumirem. Na primavera fazem a mesma coisa novamente, só que vindo da direção contrária.

Relutantemente, Trillian engoliu. Era isso ou cuspir e, para falar a verdade, o gosto era ótimo.

– Sei – disse ela, depois de se certificar que não estava sofrendo nenhum efeito colateral. – E por que são chamadas de Bestas Perfeitamente Normais?

– Bem, acho que é porque, do contrário, as pessoas iam achá-los meios esquisitos. Acho que foi o Velho Thrashbarg que os batizou assim. Ele diz que os animais vêm do lugar que vêm e que vão para o lugar que vão e que essa é a vontade de Bob e que isso é tudo.

– Quem...

– Melhor nem perguntar.

– Bom, você parece estar bem aqui.

– Me sinto bem. Você também parece bem.

– Estou bem. Estou muito bem.

– Bom, que bom.

– É.

– Ótimo.

– Ótimo.

– Legal ter vindo aqui.

– Valeu.

– Bem – disse Arthur, olhando à sua volta. Incrível como era difícil pensar em algo para se dizer a uma pessoa depois de todo aquele tempo.

– Você deve estar se perguntando como foi que te encontrei – disse Trillian.

– Pois é! – respondeu Arthur. – Estava me perguntando exatamente isso. Como foi que você me encontrou?

– Bem, não sei se você sabe ou não, mas agora eu trabalho para uma das emissoras subetas que...

– Estou sabendo – disse Arthur, lembrando-se de repente. – É, você se deu muito bem. Maravilha. Muito empolgante. Parabéns. Deve ser muito divertido.

– Cansativo.

– Toda aquela correria. Deve ser, sim.

– Temos acesso a praticamente todo tipo de informação. Encontrei o seu nome na lista de passageiros da nave que caiu.

Arthur estava impressionado.

– Quer dizer que eles *sabem* da queda?

– Ué, claro que sabem. Não dá para uma nave cheia de passageiros desaparecer sem que ninguém fique sabendo.

– Mas, peraí, eles sabem onde nós caímos? Sabem que eu sobrevivi?

– Sim.

– Mas ninguém nunca veio me ver, me procurar, me resgatar. Não aconteceu nada.

– Bem, não poderia ter acontecido mesmo. É um lance complicadíssimo com as companhias de seguro. Encobrem a história toda. Fingem que nada aconteceu. O mercado de seguros está totalmente maluco agora. Sabia que eles reintroduziram a pena de morte para os diretores de companhias de seguros?

– Sério? – perguntou Arthur. – Não sabia disso, não. Para qual crime?

Trillian franziu a testa.

– Como assim, crime?

– Entendo.

Trillian olhou longamente para Arthur e depois, com outro tom de voz, disse:

– É hora de você assumir as suas responsabilidades, Arthur.

Arthur tentou compreender aquele comentário. Sabia que sempre levava mais ou menos um minuto para entender exatamente o que as pessoas estavam falando, então deixou mais ou menos um minuto passar, sem a menor pressa. A sua vida era tão agradável e tranqüila naqueles dias que tinha tempo de sobra para esperar as coisas fazerem sentido na sua cabeça. Então deixou as coisas fazerem sentido.

Ainda não tinha entendido direito o que ela queria dizer com aquilo. Então, no final das contas, foi obrigado a perguntar.

Trillian lhe deu um sorriso contido e virou-se para a porta da cabana.

– Random? – chamou ela. – Venha cá. Venha conhecer o seu pai.

capítulo 14

Enquanto o *Guia* tornava a se dobrar em um disco liso e negro, Ford tentou se dar conta de algumas coisas bem alucinadas. Ou, pelo menos, tentou se dar conta, pois as coisas eram alucinadas demais para dar conta de tudo de uma só vez. Sua cabeça estava martelando, seu tornozelo estava doendo e, embora não gostasse de parecer um maricas em relação à dor, costumava achar que a lógica multidimensional intensa era algo que ele compreendia melhor no banho. Precisava de tempo para pensar a respeito. Tempo, um drinque caprichado e algum óleo de banho perfumado e denso que fizesse bastante espuma.

Precisava dar o fora dali. Precisava tirar o *Guia* dali. Não acreditava que os dois pudessem escapar juntos.

Olhou à sua volta, nervoso.

Pense, pense, pense. Tinha de ser algo simples e óbvio. Se sua suspeita furtiva e asquerosa de que estava lidando com vogons furtivos e asquerosos estava correta, então quanto mais simples e óbvio, melhor.

De repente viu o que precisava.

Não tentaria lutar contra o sistema, apenas iria fazer uso dele. A coisa mais assustadora sobre os vogons era a sua determinação absolutamente irracional para fazer qualquer coisa irracional que estivessem determinados a fazer. Não adiantava nada apelar para o seu bom senso, porque não tinham um. No entanto, se você mantivesse a calma, algumas vezes podia explorar a sua teimosia obtusa e acachapante em serem acachapantes e obtusos. A questão não era apenas que a mão esquerda deles nem sempre sabia o que a mão direita estava fazendo; freqüentemente, a própria mão direita tinha apenas uma vaga noção do que ela mesma estava fazendo.

Ousaria simplesmente mandar entregar aquilo para ele mesmo?

Ousaria simplesmente colocar o objeto no sistema e deixar que os vogons descobrissem como fazê-lo chegar até ele enquanto estivessem ocupados – como provavelmente estariam – destruindo o prédio para descobrir onde Ford o escondera?

Sim.

Febrilmente, empacotou o *Guia*. Embrulhou-o. Etiquetou-o. Parando um momento para pensar se estava realmente fazendo a coisa certa, encaminhou o pacote para a rampa de correspondência interna do prédio.

– Colin – disse ele, virando-se para a pequena bola flutuante. – Vou te abandonar à própria sorte.

– Estou tão feliz – respondeu Colin.

– Aproveite ao máximo – disse Ford. – Porque preciso que você tome conta desse pacote e o leve para fora do prédio. Eles provavelmente vão te incinerar quando te encontrarem e eu não vou mais estar aqui para ajudar. A coisa vai ficar muito, muito feia para o seu lado e eu só lamento. Entendeu?

– Estou gorgolejando de satisfação – disse Colin.

– Vai! – ordenou Ford.

Colin obedientemente mergulhou na rampa de correspondência para cumprir sua missão. Agora Ford só tinha que se preocupar consigo mesmo, mas aquela continuava sendo uma preocupação substancial. Podia ouvir o barulho de passos pesados correndo do lado de fora da porta, que ele tivera a precaução de trancar e de obstruir com um armário bem pesado.

Estava aflito porque tudo tinha sido fácil demais. Tudo muito bem encaixado. Passara o dia aos trancos e barrancos e, no entanto, tudo terminara de forma estranhamente bem resolvida. A não ser pelo seu sapato. Estava chateado com aquilo. Era uma conta que teria de acertar mais tarde.

Com um ruído ensurdecedor, a porta explodiu para dentro. No turbilhão de fumaça e poeira, Ford pôde distinguir criaturas grandes, parecidas com lesmas, correndo na sua direção.

Então fora tudo fácil demais, não é? Tudo funcionando como se a sorte mais extraordinária estivesse ao seu lado? Bom, era isso o que ele ia descobrir.

Imbuído de um espírito de pesquisa científica, arremessou-se novamente pela janela.

capítulo 15

No primeiro mês, conhecer um ao outro foi um pouco difícil. No segundo mês, tentar aceitar o que descobriram um sobre o outro no primeiro mês foi muito mais fácil.

Mas no terceiro mês, quando a caixa chegou, a coisa ficou meio complicada.

No começo, até mesmo tentar explicar o que era um mês foi problemático. Aquilo havia sido algo deliciosamente simples para Arthur em Lamuella. Os dias tinham um pouquinho mais de vinte e cinco horas, o que basicamente significava uma hora a mais na cama *todos os dias* e, claro, ter que reajustar seu relógio o tempo todo, coisa que Arthur até gostava de fazer.

Também se sentia em casa com o número de sóis e luas em Lamuella – um de cada – por oposição a certos planetas onde ele foi parar algumas vezes e que tinham uma quantidade absurda de ambos.

O planeta orbitava em torno do seu único sol a cada trezentos dias, o que era um bom número, porque significava que o ano não ficava se arrastando. A lua orbitava em volta de Lamuella umas nove vezes por ano, o que significava que um mês tinha um pouquinho mais do que trinta dias, o que era absolutamente perfeito, porque dava mais tempo às pessoas para fazerem as coisas. Não era meramente tranqüilizador como a Terra: era, na verdade, uma melhoria.

Random, por outro lado, sentia-se como se estivesse presa em um pesadelo recorrente. Tinha ataques de choro e achava que a lua estava atrás dela. Aparecia no céu todas as noites e, quando ela finalmente sumia, lá vinha o sol para segui-la. Sem cessar.

Trillian avisara a Arthur que Random poderia ter uma certa dificuldade de se adaptar a um estilo de vida mais regular que o de até então, mas Arthur não estava preparado para vê-la uivando para a lua.

Não estava preparado para nada daquilo, obviamente.

Sua *filha*?

Sua filha? Ele e Trillian nem mesmo tinham feito... ou fizeram? Tinha certeza absoluta de que se lembraria disso. E quanto a Zaphod?

– Espécies diferentes, Arthur – respondera Trillian. – Quando eu resolvi ter um filho, eles fizeram vários testes genéticos em mim e só encontraram uma compatibilidade. Só depois eu me dei conta. Fui verificar e estava certa. Eles não costumam revelar essas coisas, mas eu insisti.

– Quer dizer que você procurou um banco de DNA? – perguntou Arthur, com os olhos arregalados.

– Procurei. Mas ela não foi tão randômica quanto o nome sugere porque, é claro, você era o único doador *homo sapiens*. Mas parece que você era um viajante bem assíduo.

Arthur examinara embasbacado a menina infeliz que estava constrangedoramente prostrada na soleira da porta olhando para ele.

– Mas quando... há quanto tempo...?

– Você quer saber qual a idade dela, é isso?

– É.

– A errada.

– O que você quer dizer?

– Que não faço a menor idéia.

– Como assim?

– Bem, seguindo minha linha do tempo, eu dei à luz há uns dez anos, mas ela é, obviamente, muito mais velha do que isso. Passo minha vida inteira indo e voltando no tempo, sabe. Por causa do trabalho. Costumava levá-la comigo quando dava, mas nem sempre era possível. Então eu comecei a colocá-la em creches nas zonas temporais, mas hoje em dia é muito difícil encontrar um acompanhamento confiável do tempo. Você deixa as crianças lá pela manhã e não faz a menor idéia de quantos anos vão ter à tarde. Você reclama o quanto quiser, mas não adianta nada. Eu a deixei em um desses lugares por algumas horas uma vez e, quando voltei, ela já tinha virado adolescente. Fiz tudo o que pude, Arthur, agora é com você. Preciso fazer a cobertura de uma guerra.

Os dez segundos após Trillian ter partido foram os mais longos da vida de Arthur Dent. O tempo, como sabemos, é relativo. Você pode viajar anos-luz pelas estrelas e, quando voltar, se o fizer na velocidade da luz, estará apenas alguns segundos mais velho, enquanto o seu irmão gêmeo terá envelhecido vinte, trinta, quarenta ou sei lá quantos anos, dependendo da distância da sua viagem.

Tudo isso pode ser um choque pessoal profundo, especialmente se você não sabia que tinha um irmão gêmeo. Os segundos durante os quais você esteve ausente não serão suficientes para prepará-lo para o choque de relacionamentos familiares novos e estranhamente estendidos ao voltar.

Um silêncio de dez segundos não foi suficiente para que Arthur pudesse reorganizar sua visão de si mesmo e de sua vida, de modo a incluir de repente uma filha absolutamente desconhecida de cuja mera existência ele sequer tinha tido a mais leve suspeita ao se levantar naquela manhã. Laços familiares profundos não podem ser construídos em dez segundos, não importa o quão distante ou o quão rápido você se distancie, e Arthur se sentia desesperado, aturdido e entorpecido ao contemplar a menina parada na sua porta olhando para o chão.

Imaginou que não fazia o menor sentido fingir que não estava desesperado.

Foi até ela e a abraçou.

– Eu não amo você – disse ele. – Sinto muito. Nem conheço você ainda. Mas me dê alguns minutos.

"Vivemos em tempos estranhos.

Também vivemos em lugares estranhos: cada um em seu próprio universo. As pessoas com as quais populamos nossos universos são sombras de outros universos inteiros que se cruzam com o nosso. Ser capaz de vislumbrar essa complexidade desconcertante de recursividade infinita e dizer coisas como 'E aí, Ed! Belo bronzeado, hein? Como vai a Carol?' requer uma imensa habilidade seletiva que todas as entidades conscientes têm de desenvolver uma capacidade para se proteger da contemplação do caos que atravessam aos trancos e barrancos. Então não encha o saco do seu filho, tá?" (Trecho do livro *Como ser pai em um universo fractalmente louco*.)

– O que é isso?

Arthur estivera perto de desistir. Ou seja, ele não iria desistir. Não iria desistir de jeito nenhum. Nem agora nem depois. Mas, se fosse o tipo de pessoa que iria desistir de alguma coisa, provavelmente teria desistido naquele momento.

Não satisfeita em ser mal-humorada, intratável, em estar o tempo todo querendo ir embora para brincar na era Paleozóica, em não entender por que a gravidade tinha que ficar ligada o tempo todo e em ficar gritando para que o sol não a seguisse, Random usara a faca de trinchar de Arthur para escavar pedras e as atirar nos pássaros pikka, que não paravam de olhar para ela.

Arthur nem sabia se Lamuella tinha tido uma era Paleozóica. Segundo o Velho Thrashbarg, o planeta fora descoberto completamente formado no umbigo de uma lacraia gigante às quatro e meia da tarde de uma vroon-feira, embora Arthur, sendo um experiente viajante galáctico, com boas notas em Física e Geografia, tivesse sérias dúvidas a respeito. Mas era inútil tentar discutir com o Velho Thrashbarg, e ele nem tinha motivos para isso.

Sentado, observando a faca lascada e retorcida nas mãos, suspirou. Iria amar Random mesmo que isso o matasse, ou a ela, ou a ambos. Ser pai não era nada fácil. Sabia que nunca disseram que seria, mas essa não era a questão, porque jamais quisera ser pai, para começar.

Estava fazendo o melhor que podia. Sempre que tinha um minuto de folga no preparo dos sanduíches, passava tempo com ela, conversando, caminhando, sentado em uma colina com ela ao seu lado, vendo o sol se pôr por trás do vale onde ficava a cidade, tentando descobrir algo sobre a vida dela, tentando explicar a sua. Era complicado. Tirando os genes praticamente idênticos, não tinham quase nada em comum. Ou melhor, tinham apenas uma Trillian em comum, de quem tinham impressões um tanto quanto diferentes.

– O que é isso?

Percebeu subitamente que a menina estava falando com ele e sequer percebera. Ou melhor, não reconhecera a voz dela.

Em vez do tom de voz que geralmente usava com ele, amargo e agressivo, estava apenas fazendo uma pergunta.

Ele olhou em volta, surpreso.

Estava sentada num banquinho, no canto da cabana, com a sua típica postura encurvada, os joelhos grudados, os pés virados para fora e o cabelo negro caído sobre o rosto, enquanto examinava algo que tinha nas mãos.

Arthur foi até ela, um pouco tenso.

As suas mudanças de humor eram muito imprevisíveis, mas, até agora, todas haviam sido variações entre diferentes tipos de mau humor. Surtos de recriminação rancorosos se transformavam, sem aviso prévio, em autopiedade miserável, ao que se seguiam demorados acessos de desespero taciturno, pontuados com ataques súbitos de violência sem sentido contra objetos inanimados e com pedidos para ir a clubes elétricos.

Não só não havia clubes elétricos em Lamuella como não havia nenhum outro tipo de clube. Nem mesmo tinham eletricidade. Havia uma ferraria, uma padaria, algumas carroças e um poço, mas isso era o ápice da tecnologia lamuellana, e a maioria dos acessos de raiva inextinguíveis de Random eram dirigidos contra o total e incompreensível atraso do lugar.

Ela conseguia captar a rede subeta no pequeno painel Flexotrônico que tinha implantado cirurgicamente no seu punho, mas isso não a animava nem um pouco, porque a rede estava cheia de notícias de coisas insanamente empolgantes que aconteciam em todos os lugares da Galáxia, menos ali. E a rede também lhe trazia notícias freqüentes de sua mãe, que a abandonara para cobrir uma guerra que, ao que parecia, não tinha sequer ocorrido ou, no mínimo, tinha dado muito errado pela falta de dados de inteligência. Fora isso, tinha acesso a programas de aventuras que mostravam diversas naves espaciais fantasticamente caras chocando-se umas contra as outras.

Os lamuellanos ficavam totalmente hipnotizados com aquelas maravilhosas imagens mágicas que piscavam em seu punho. Só haviam visto uma nave espacial colidindo e a coisa fora tão assustadora, violenta, chocante e causara tanta devastação, incêndios e mortes que, estupidamente, jamais haviam se dado conta de que aquilo era entretenimento.

O Velho Thrashbarg ficou tão impressionado com aquilo que vira Random instantaneamente como uma emissária de Bob, mas pouco depois decidiu que ela, na verdade, havia sido mandada para testar a sua fé e talvez a sua paciência. Também ficara preocupado com a quantidade de colisões de naves espaciais que teria de começar a incluir em suas histórias sagradas se quisesse segurar a atenção dos aldeões, evitando que saíssem correndo toda hora para dar uma espiada no punho da menina.

Naquele momento, ela não estava espiando o seu punho, que estava desligado. Arthur sentou-se ao lado dela em silêncio, para ver o que ela estava examinando.

Era o seu relógio. Havia tirado para tomar banho na cachoeira local, Random o encontrara e estava tentando entender como funcionava.

– É só um relógio – disse ele. – Serve para dizer a hora.

– Eu sei disso – respondeu ela. – Mas você vive mexendo nele e mesmo assim ele não informa a hora exata. Não chega nem perto.

Ela ligou o display do seu painel de punho, que automaticamente informou a hora local. Já nos primeiros minutos da chegada de Random o painel começara a medir a gravidade local e o momento orbital, e observou a posição do sol, rastreando seu percurso no céu. Usou o meio ambiente para reunir algumas pistas, depois estabeleceu as convenções de unidades locais e fez as devidas alterações. Ele costumava fazer essas coisas continuamente, o que era especialmente útil para pessoas que viajavam tanto no tempo quanto no espaço.

Random franziu a testa diante do relógio do pai, que não fazia nada daquilo.

Arthur gostava muito dele. Era melhor do que jamais poderia ter comprado com o seu próprio dinheiro. Ganhara de presente no seu aniversário de vinte e dois anos, de um padrinho muito rico, com complexo de culpa por ter se esquecido de todos os seus aniversários até então, e de seu nome também. O relógio marcava a data, a hora, as fases da lua e trazia "Para Albert, no seu aniversário de 21 anos" gravada, com a data errada, na superfície desgastada e arranhada da parte de trás do relógio, com letras ainda visíveis.

O relógio passara por poucas e boas nos últimos anos, sendo que a maior parte não era contemplada pela garantia. Não imaginava, é claro, que a garantia mencionasse expressamente que só asseguravam a precisão do relógio no campo magnético e gravitacional da Terra contanto que os dias tivessem vinte e quatro horas e que o planeta não explodisse e por aí vai. Eram pressupostos tão básicos que até mesmo os advogados os ignoraram.

Por sorte era um relógio de corda, ou melhor, ele dava corda sozinho. Em nenhum lugar da Galáxia teria encontrado baterias com exatamente as mesmas especificações de tamanho e voltagem que eram padronizadas na Terra.

– E o que são todos esses números? – perguntou Random.

Arthur apanhou o relógio da mão dela.

– Esses números aqui em volta marcam as horas. Essa janelinha aqui à direita, onde está escrito QUI, que significa quinta-feira, e o número é quatorze, ou seja, é o décimo quarto dia do mês de MAIO, que é o que está escrito nessa janelinha aqui.

– E essa outra janela aqui em cima, em formato de lua crescente, informa as fases da lua. Em outras palavras, diz o quão iluminada a lua está pelo sol à noite, o que depende das posições relativas do sol e da lua e, bem... da Terra.

– Da Terra – repetiu Random.

– É.

– É de lá que você e a mamãe vieram, não é?

– É.

Random apanhou o relógio de volta e o examinou novamente, visivelmente impressionada com alguma coisa. Então, levou o relógio até o ouvido e escutou, perplexa.

– Que barulho é esse?

– É o tique-taque. É o mecanismo que faz com que o relógio funcione. São engrenagens. O relógio tem vários tipos de engrenagens entrelaçadas e molas que trabalham para movimentar os ponteiros na velocidade exata para marcar as horas, os minutos, os dias e tudo mais.

Random continuou olhando fixamente para o relógio.

– Você está intrigada com alguma coisa – disse Arthur. – O que é?

– Estou – respondeu Random, finalmente. – Por que ele é todo feito em hardware?

Arthur sugeriu que saíssem para dar uma volta. Sentia que tinham que conversar sobre algumas coisas e, pela primeira vez, Random não estava exatamente receptiva e disposta, mas pelo menos não estava resmungando.

Do ponto de vista dela, aquilo também era bem esquisito. Não que ela quisesse ser difícil de propósito; ela simplesmente não sabia como ser outra coisa.

Quem era aquele sujeito? Que vida era aquela que ela supostamente deveria levar? Que mundo era aquele do qual supostamente deveria fazer parte? E que universo era aquele que não parava de penetrar por seus olhos e ouvidos? Para que ele servia? O que queria?

Nascera em uma nave espacial que estava indo de algum lugar para algum outro lugar e, quando chegasse nesse outro lugar, ele teria se transformado em mais algum lugar de onde se devia seguir para outro lugar, e assim por diante.

A sensação de que deveria estar em outro lugar era a sua expectativa normal. Era normal para ela sentir que estava no lugar errado.

As constantes viagens do tempo haviam somente agravado esse problema e feito com que ela tivesse a sensação de que não só estava sempre no lugar errado como, quase sempre, chegava lá na hora errada também.

Não notava que sentia isso, porque se sentira assim a vida toda, assim como jamais lhe parecera estranho que, em quase todos os lugares aonde ia, tivesse que usar pesos ou roupas especiais de antigravidade, além de um aparato especial para respirar. Os únicos lugares em que conseguia se sentir em casa eram os mundos que ela mesma criava nas realidades virtuais dos clubes elétricos. Nunca lhe passara pela cabeça que o universo real fosse um lugar ao qual ela pudesse pertencer.

E isso incluía aquele lugarzinho chamado Lamuella, onde a sua mãe a abandonara. E também incluía aquele sujeitinho que lhe concedera o precioso e mágico dom da vida em troca de um assento de primeira classe. Ainda bem que ele até era legal e simpático, pois, do contrário, iam ter problemas. De verdade. Random carregava no bolso uma pedra especialmente afiada com a qual podia criar muitos problemas.

Ver as coisas do ponto de vista de uma outra pessoa, sem o treinamento adequado, pode ser muito perigoso.

Sentaram-se em um local de que Arthur gostava especialmente, em uma colina que tinha vista para o vale. O sol estava se pondo sobre o vilarejo.

A única coisa de que Arthur não gostava muito era poder ver, ao longe, o vale seguinte, onde um profundo sulco escuro e estraçalhado na floresta marcava o lugar onde a sua nave havia caído. Mas talvez ele continuasse a voltar ali exatamente por aquele motivo. Havia diversos pontos dos quais se podia contemplar a exuberante e ondulada zona rural de Lamuella, mas ele era atraído para aquele lugar, com o seu irritante ponto negro de medo e dor acomodado bem no canto da sua visão.

Nunca mais voltara lá desde que fora resgatado dos escombros.

Nem queria.

Não iria suportar.

Na verdade, estivera perto do local do acidente no dia seguinte à queda, quando ainda estava entorpecido e confuso com o choque. Estava com a perna quebrada, algumas costelas fraturadas, umas queimaduras feias e não estava conseguindo pensar de maneira coerente, mas insistira que os aldeões o levassem até lá, e eles, um pouco constrangidos, aceitaram. No entanto, não conseguiu alcançar o ponto exato em que o chão borbulhara e derretera e, finalmente, abandonou aquele pesadelo para sempre.

Logo depois correu um boato de que a área inteira estava mal-assombrada e ninguém mais se atreveu a ir para aquelas bandas desde então. A região estava cheia de vales lindos, verdejantes e encantadores – não fazia sentido ir justo para um altamente preocupante. O melhor é deixar o passado para trás e permitir que o presente avance para o futuro.

Random aninhava o relógio nas mãos, virando-o lentamente para deixar a distante luz do sol do entardecer brilhar calorosa sobre os arranhões e as imperfeições do grosso vidro. Ficava fascinada ao observar o ponteiro dos segundos tiquetaqueando em volta das horas como uma pequena aranha. Cada vez que ele completava um círculo inteiro, o mais comprido dos ponteiros principais movia-se exatamente para a próxima das sessenta pequenas divisões em volta do mostrador. E, quando o ponteiro maior completava o seu próprio círculo, o ponteiro menor se movia para o próximo dos dígitos principais.

– Você está olhando isso há mais de uma hora – comentou Arthur, calmamente.

– Eu sei – respondeu ela. – Uma hora é quando o ponteiro grande dá uma volta completa, não é?

– Isso mesmo.

– Então estou olhando há uma hora e dezessete... minutos.

Ela sorriu com um deleite profundo e misterioso e se mexeu bem devagarzinho, apoiando-se levemente no braço de Arthur. Ele sentiu um pequeno suspiro escapar de seus lábios, um suspiro que estava entalado em seu peito há semanas. Queria colocar o seu braço em volta dos ombros da filha, mas sentia que ainda era muito cedo, que ela ia acabar se retraindo. Mas algo estava funcionando. Algo dentro dela começava a amolecer. O relógio tinha um significado para ela que nenhuma outra coisa conseguira ter até então. Arthur não tinha certeza se já havia compreendido o que era, mas estava profundamente satisfeito e aliviado por algo ter mexido com sua filha.

– Me explica de novo – pediu Random.

– Não tem nenhum mistério – disse Arthur. – O mecanismo do relógio é algo que foi se desenvolvendo ao longo de centenas de anos...

– Anos terrestres.

– É. Ele foi ficando mais e mais refinado, cada vez mais intrincado. Era um trabalho que exigia muita habilidade e cuidado. Precisava ser feito bem pequeno, mas tinha que continuar funcionando de maneira precisa, mesmo que você o balançasse ou deixasse cair no chão.

– Mas só em um planeta?

– Foi onde ele foi feito, sabe? Ninguém esperava que ele fosse para outro lugar e que tivesse que lidar com outros sóis, luas e campos magnéticos. Quero dizer, continua funcionando perfeitamente bem, só não significa muita coisa aqui, tão longe da Suíça.

– De onde?

– Da Suíça. Esse aí foi fabricado lá. Um pequeno país, cheio de colinas. Cansativamente arrumadinho. As pessoas que o fizeram não sabiam que existiam outros mundos.

– Uma coisa e tanto para alguém desconhecer.

– Bem, tem razão.

– Então de onde *eles* vieram?

– Eles, quer dizer, nós... nós simplesmente crescemos lá. Evoluímos na Terra. A partir de, sei lá, uma espécie de lodo ou algo assim.

– Como esse relógio.

– Humm. Não creio que o relógio tenha surgido do lodo.

– *Você não entende!*

Random subitamente ficou de pé, aos berros.

– Você não entende! Você não me entende, você não entende *nada!* Eu te *odeio* por ser tão burro!

Ela começou a correr freneticamente colina abaixo, ainda segurando firme o relógio e gritando que o odiava.

Arthur levantou-se num salto, assustado e sem entender nada. Começou a correr atrás dela pelos densos tufos de grama. Aquilo era doloroso para ele. Quando quebrara a perna no acidente, não havia sido uma fratura simples e não cicatrizara perfeitamente. Estava tropeçando e fazendo cara de dor enquanto corria.

De repente, ela se virou e olhou para ele, com o rosto nublado de ira. Sacudiu o relógio.

– Você não entende que existe um lugar ao qual isso pertence? Que, em algum lugar, ele funciona? Que, em algum lugar, ele se *encaixa?*

Virou-se e continuou a correr. Estava em forma e era bem veloz. Arthur não conseguiria alcançá-la de jeito nenhum.

Não que já não imaginasse que ser pai fosse uma tarefa tão difícil, mas é que ele não imaginava ser pai, muito menos assim, inesperadamente e em um planeta alienígena.

Random virou-se para gritar para ele novamente. Por algum motivo, sempre que ela fazia isso, Arhur parava.

– Quem você pensa que eu sou? – perguntou ela, irritada. – O seu assento de primeira classe? Quem você acha que mamãe pensou que eu era? Uma espécie de passaporte para uma vida que ela não teve?

– Não sei o que você quer dizer com isso – disse Arthur, ofegante e com dor.

– Você não sabe o que ninguém quer dizer com nada!

– Como assim?

– Cala a boca! Cala a boca! Cala a boca!

– Me diz! Por favor, me diz! O que ela quis dizer com "a vida que ela não teve"?

– Ela queria ter ficado na Terra! Queria não ter ido embora com aquele fresco imbecil descerebrado, o Zaphod! Ela acha que poderia ter tido uma vida diferente!

– Mas – ponderou Arthur – ela teria morrido! Ela teria morrido quando o mundo foi destruído!

– Não deixa de ser uma vida diferente, não é?

– Não deixa de...

– Ela não precisaria ter me deixado nascer! Ela me odeia!

– Você não está falando isso a sério! Como é que alguém, humm, quero dizer...

– Ela me teve para se ajustar. Essa era a minha função. Mas eu sou muito menos ajustada do que ela! Então ela me desligou e continuou com a sua vidinha idiota.

– O que tem de idiota na vida dela? Ela é terrivelmente bem-sucedida, não é? Está em todo o tempo e espaço, em todas as emissoras da rede subeta...

– Idiota! Idiota! Idiota! Idiota!

Random se virou e saiu correndo de novo. Arthur não conseguiria alcançá-la e, por fim, acabou tendo que se sentar um pouco para esperar a dor na perna passar. Não tinha a menor idéia do que ia fazer com toda aquela confusão que estava em sua cabeça.

Uma hora mais tarde ele voltou capengando para a cidade. Estava anoitecendo. Os aldeões que passaram por ele o cumprimentaram, mas havia no ar uma sensação de nervosismo e de não saber ao certo o que estava acontecendo e o que fazer com aquela sensação. Haviam visto o Velho Thrashbarg puxando a barba e contemplando a lua, o que também não era bom sinal.

Arthur voltou para sua cabana.

Random estava sentada debruçada sobre a mesa, quietinha.

– Sinto muito – disse ela. – Sinto muito mesmo.

– Tudo bem – respondeu Arthur, o mais delicadamente que pôde. – É bom levar um papo, sabe? Ainda temos tanto a aprender e compreender um sobre o outro, e a vida não é, bem, não é feita somente de chá e sanduíches...

– Sinto muito *mesmo* – repetiu ela, soluçando.

Arthur foi até ela e colocou o seu braço no ombro da filha. Ela não resistiu nem o rechaçou. Foi então que ele viu o que ela sentia muito.

Na mancha de luz produzida por uma lanterna lamuellana jazia o relógio de Arthur. Random havia arrancado a parte de trás com a lâmina da faca de espalhar manteiga e todos os dentes de engrenagem e as molas e as alavancas estavam espalhados em uma pequena poça de bagunça onde ela estivera remexendo as peças.

– Eu só queria ver como funcionava – disse Random –, como é que as peças se encaixavam. Sinto muito! Não consigo encaixar de volta. Sinto muito, tanto, mas tanto mesmo! Não sei o que fazer. Eu vou consertar! Juro! Eu vou consertar!

No dia seguinte, Thrashbarg apareceu lá e disse várias coisas sobre Bob. Tentou exercer uma influência apaziguadora, convidando Random a deixar sua mente pairar no mistério inefável da lacraia gigante, mas Random disse que não existia nenhuma lacraia gigante e Thrashbarg ficou em um silêncio gélido e disse que ela seria jogada nas profundezas do infinito. Random disse ótimo, foi lá que eu nasci e, no dia seguinte, o pacote chegou.

A vida estava pródiga em acontecimentos.

Na verdade, quando o pacote chegou, entregue por uma sonda robótica que desceu do céu fazendo barulhos robóticos, ele trouxe consigo uma sensação, que gradualmente começou a permear todo o vilarejo, de que já havia acontecido coisas demais.

Não era culpa da pobre sonda robótica. Tudo o que queria era a assinatura de Arthur Dent, ou a sua impressão digital, ou até mesmo algumas lasquinhas de células da pele na sua nuca, e iria embora. Ficou parada no ar, esperando, sem saber direito o porquê daquele ressentimento todo. Enquanto isso, Kirp apanhou outro peixe com uma cabeça de cada lado, mas, ao examiná-lo de perto, viu que na verdade eram dois peixes cortados pela metade e costurados mal e porcamente, de modo que não só Kirp não conseguiu renovar o interesse por peixes de duas cabeças como acabou colocando a autenticidade do primeiro em dúvida. Apenas os pássaros pikka pareciam estar achando tudo perfeitamente normal.

A sonda robótica pegou a assinatura e se mandou. Arthur carregou o pacote para sua cabana e olhou para ele.

– Vamos abrir! – sugeriu Random, que estava muito mais animada naquela manhã, agora que tudo à sua volta ficara completamente esquisito, mas Arthur não quis.

– Por que não?

– Não está endereçado a mim.

– Está, sim.

– Não está, não. Está endereçado para... bem, está endereçado para Ford Prefect, aos meus cuidados.

– Ford Prefect? Não foi ele quem...

– Foi – respondeu Arthur, secamente.

– Já ouvi falar nele.

– Imagino que sim.

– Vamos abrir mesmo assim. O que mais vamos fazer com isso?

– Não sei – disse Arthur, que realmente não sabia. Tinha levado as suas facas danificadas à ferraria de manhã cedo, e Strinder as examinara e dissera que ia ver o que podia fazer.

Tentaram a rotina de sempre de sacudir as facas no ar, calculando o ponto de equilíbrio e o ponto de flexibilidade, etc. e tal, mas a alegria tinha ido embora e Arthur ficara com a triste impressão de que seus dias como fazedor de sanduíches estavam contados.

Ele abaixou a cabeça.

A próxima aparição das Bestas Perfeitamente Normais era iminente, mas Arthur sentia que as tradicionais festividades de caça e organização de banquetes seriam meio desanimadas e sem convicção. Algo acontecera em Lamuella, e Arthur tinha uma sensação horrível de que fora culpa dele.

– O que você acha que é? – perguntou Random, curiosa, girando o pacote em suas mãos.

– Eu não sei – respondeu Arthur. – Algo ruim e preocupante, com certeza.

– Como é que você sabe? – protestou Random.

– Porque tudo relacionado a Ford Prefect é invariavelmente pior e mais preocupante do que qualquer outra coisa. Acredite em mim.

– Você está chateado com alguma coisa, não está? – perguntou Random.

Arthur suspirou.

– Acho que só estou meio sobressaltado e inquieto – disse Arthur.

– Sinto muito – disse Random, devolvendo o pacote. Percebeu que ele ia ficar realmente chateado se ela abrisse. Ia ter que dar um jeito de fazer isso quando ele não estivesse olhando.

capítulo 16

Arthur não sabia ao certo do que sentira falta primeiro. Quando percebeu que um não estava lá, sua mente instantaneamente pulou para o outro e ele soube imediatamente que ambos haviam desaparecido e que algo terrivelmente ruim e difícil de se lidar iria acontecer.

Random não estava lá. Nem o pacote.

Tinha deixado-o em cima de uma prateleira o dia inteiro, totalmente à vista. Fora um exercício de confiança.

Sabia que uma das coisas que deveria fazer como pai era demonstrar confiança na filha, construir um sentimento de respeito mútuo e fé no alicerce do relacionamento deles. Tinha uma sensação desagradável de que aquela era uma coisa idiota para se fazer, mas fez assim mesmo e, de fato, havia sido uma coisa idiota a se fazer. Vivendo e aprendendo. Ou só vivendo.

E entrando em pânico.

Arthur saiu correndo da cabana. Era final de tarde. A luz estava ficando fraca e ia cair uma tempestade. Não conseguia ver a menina em lugar algum, não havia sinal dela. Perguntou. Ninguém tinha visto Random. Perguntou novamente. Mais ninguém tinha visto Random. As pessoas estavam voltando para casa para passar a noite. Um ventinho açoitava os limites da cidade, levantando as coisas do chão e as jogando longe de maneira perigosamente casual.

Encontrou com o Velho Thrashbarg e perguntou pela menina. Ele o olhou friamente e apontou na direção que Arthur mais temia e que, portanto, deduzira instintivamente que devia ser a que ela tomara.

Então agora já sabia o pior.

Random tinha ido para o lugar que sabia que ele não iria segui-la.

Olhou para o céu, que estava pesado, cor de chumbo e entrecortado por raios, e refletiu que seria um céu perfeito para os Quatro Cavalheiros do Apocalipse.

Com um profundo sentimento de mau agouro, ele partiu na trilha que conduzia à floresta no vale seguinte. As primeiras gotas pesadas de chuva começaram a atingir o chão enquanto Arthur tentava se arrastar em uma corrida desajeitada.

Random alcançou o topo da colina e olhou para baixo, para o vale seguinte. A subida fora mais longa e difícil do que imaginara. Estava um pouco preocupada porque fazer aquela caminhada à noite não era uma boa idéia, mas seu pai passara o dia inteiro perambulando do lado de fora da cabana tentando fingir para ela ou para si mesmo que não estava vigiando o pacote. Finalmente teve que ir até a ferraria conversar com Strinder sobre as facas – e Random havia aproveitado a oportunidade para sumir com o embrulho.

Era óbvio que não podia abri-lo ali, na cabana, nem mesmo na vila. Arthur poderia flagrá-la a qualquer momento. Teria que ir para um lugar onde ele não a seguisse.

Já podia parar onde estava. Caminhara bastante, na esperança de que ele não fosse atrás dela e, mesmo que fosse, jamais a encontrasse na vegetação densa da colina com a noite caindo e a chuva começando a pingar.

Durante toda a subida, o pacote balançara debaixo do seu braço. Era algo prazerosamente encorpado: uma caixa com uma tampa quadrada, com a largura do tamanho do seu antebraço e altura do tamanho da sua mão, embrulhada num papel pardo com um novo modelo de barbante auto-amarrante. Não chacoalhava quando ela sacudia, fazendo Random ter a impressão de que o peso estava animadoramente concentrado no meio.

Já tendo caminhado até aquele ponto, sentia uma certa satisfação em não parar ali e carregar o pacote até lá embaixo, onde parecia ser a área proibida – o lugar em que a nave do seu pai caíra. Não sabia ao certo o que a palavra "mal-assombrada" significava, mas ia ser divertido descobrir. Continuaria caminhando e só abriria o embrulho quando chegasse lá embaixo.

O problema é que estava realmente escurecendo. Ainda não usara a sua microlanterna elétrica porque não queria ser vista a distância. Estava na hora de usá-la, o que provavelmente não teria mais problema, já que estava do outro lado da colina que dividia os vales.

Acendeu a lanterna. Praticamente na mesma hora um raio ziguezagueou no céu sobre o vale para o qual estava se dirigindo, o que a deixou consideravelmente assustada. Quando a escuridão a envolvia e o estrondo do trovão sacudia a terra, ela se sentiu subitamente pequena e perdida, com apenas um frágil facho de luz, do tamanho de um lápis, bruxuleando em sua mão. Talvez fosse melhor parar de uma vez e abrir logo o pacote. Ou talvez devesse voltar para casa e tentar refazer o caminho no dia seguinte. Mas foi apenas uma hesitação momentânea. Sabia que não tinha como voltar para casa naquela noite e sentiu que não poderia voltar nunca mais.

Desceu a encosta da colina. A chuva estava apertando. As pesadas gotas transformaram-se rapidamente num aguaceiro pesado, sibilando por entre as árvores. O chão estava começando a ficar escorregadio sob os seus pés.

Pelo menos ela achava que era a chuva que estava produzindo um som sibilante entre as árvores. Sombras saltavam e olhavam para ela de soslaio enquanto a lanterna tremelicava na floresta, para a frente e para baixo.

Continuou seguindo sem parar por uns dez ou quinze minutos, encharcada até os ossos e tremendo de frio, e, gradualmente, foi percebendo que parecia haver uma outra luz em algum lugar mais adiante. A luminosidade era muito fraquinha e Random não sabia se estava imaginando coisas. Apagou a sua lanterna para ver. Realmente parecia haver uma luz fraca mais à frente. Não conseguiu distinguir o que era. Acendeu a lanterna novamente e continuou a descer a colina, na direção da luz, fosse lá o que fosse.

Havia algo de errado com aqueles bosques, contudo.

Não sabia dizer de imediato o que era, mas não pareciam bosques alegres e saudáveis à espera de uma boa primavera. As árvores se retorciam em ângulos repulsivos e tinham uma aparência pálida, maléfica. Mais de uma vez, Random teve a preocupante sensação de que estavam tentando agarrá-la enquanto passava, mas era somente uma ilusão causada pela luz da sua lanterna, que fazia com que as sombras piscassem e se movessem.

De repente, alguma coisa caiu de uma das árvores à sua frente. Saltou para trás, assustada, deixando cair a lanterna e o pacote. Agachou-se devagar, tirando a pedra especialmente afiada do bolso.

A coisa que caíra da árvore estava se mexendo. A lanterna estava no chão, virada para a coisa, e uma sombra imensa e grotesca se movia lentamente sob a luz na direção de Random. Podia ouvir um leve ruído de algo farfalhando e chiando acima do constante som sibilante da chuva. Tateou o chão, em busca da lanterna, encontrou-a e apontou-a diretamente para a criatura.

Naquele exato momento, outra criatura despencou de uma árvore a apenas alguns metros de Random. Ela apontou a lanterna, aflita, de uma criatura para a outra. Segurava a pedra com o braço levantado, prestes a arremessá-la.

As criaturas eram bem pequenas, para falar a verdade. O ângulo da luz era que as fazia parecer tão grandes. E não eram apenas pequenas: eram peludas e fofinhas. Mais uma despencou e caiu bem no meio da luz. Então Random pôde observá-la claramente.

Foi uma queda perfeita e precisa. A criatura se virou e então, assim como as outras duas, pôs-se a avançar, lentamente e com determinação, para cima de Random.

Ela permaneceu parada no mesmo lugar. Continuava com a pedra a postos, pronta para ser lançada, mas a cada segundo ficava mais consciente de que estava com a pedra a postos, pronta para ser lançada em esquilos. Ou, pelo menos, pareciam ser esquilos. Criaturas delicadas, afetuosas, fofinhas e parecidas com esquilos, que avançavam em sua direção de uma forma que a deixava tensa.

Virou a luz diretamente para o primeiro do trio. Ele estava soltando grunhidos agressivos e valentes, e carregava, em um de seus pequenos punhos, um farrapo de pano cor-de-rosa úmido. Random o ameaçou, mostrando a pedra, mas ela foi ignorada pelo esquilo que avançava com o pedaço de pano molhado.

Deu um passo para trás. Não fazia a menor idéia de como lidar com uma situação daquela. Se fossem feras malvadas, rosnando, babando e exibindo presas faiscantes, teria avançado sobre elas com vontade, mas esquilos se comportando daquela maneira era algo com o qual não sabia lidar.

Deu outro passo para trás. O segundo esquilo estava começando a executar uma manobra para cercá-la pelo lado direito. Carregando um copo. De noz de carvalho. O terceiro estava logo atrás, fazendo sua própria manobra. O que estava carregando? Um recorte de papel encharcado, pensou Random.

Deu mais um passo para trás, bateu com o calcanhar na raiz de uma árvore e caiu de costas no chão.

Na mesma hora, o primeiro esquilo correu para cima dela, subindo pela sua barriga com ódio no olhar e o pedaço de pano molhado no punho.

Random tentou levantar, mas só conseguiu se erguer um centímetro. O movimento assustado do esquilo na sua barriga fez com que ela se assustasse também. O esquilo ficou paralisado de medo, agarrando a pele de Random através da camisa molhada com suas microgarras. Então, bem devagarzinho, centímetro por centímetro, ele conseguiu subir pelo corpo todo, parou e ofereceu o pano a ela.

Random estava praticamente hipnotizada com a estranheza da criatura e os seus minúsculos olhinhos expressivos. Tornou a lhe oferecer o pano. Empurrava repetidamente, guinchando sem parar, até que, por fim, nervosa e hesitante, Random o apanhou. Ele continuou a olhá-la, concentradíssimo, os olhos pregados nela. Random não sabia o que fazer. Chuva e lama escorriam pelo seu rosto e havia um esquilo sentado em sua barriga. Decidiu limpar um pouco da sujeira em seus olhos com o pano.

O esquilo soltou um guincho, triunfante, apanhou o pano de volta, saltou de cima dela, fugiu precipitadamente noite adentro, subiu em disparada numa árvore, mergulhou em um buraco no tronco, se acomodou e acendeu um cigarro.

Enquanto isso, Random estava tentando espantar o esquilo que trazia o copo de noz de carvalho cheio de chuva e o outro, que trazia um pedaço de papel. Recuou, ainda sentada, arrastando a bunda no chão.

– Não! – gritou ela. – Sumam daqui!

Eles recuaram, assustados, e depois avançaram novamente para ela com os seus presentinhos. Random sacudiu a pedra.

– Sumam! – berrou ela.

Os esquilos começaram a correr de um lado para outro, consternados. Então um deles avançou sobre ela, depositou o copo de carvalho no seu colo, virou-se e fugiu para dentro da noite. O outro ficou parado, tremendo, por alguns segundos, e depois colocou o pedaço de papel cuidadosamente diante dela e desapareceu também.

Estava sozinha novamente, mas trêmula e confusa. Levantou-se desajeitadamente, apanhou sua pedra e seu pacote, depois fez uma pausa e decidiu pegar o pedaço de papel também. Estava tão encharcado e dilapidado que era difícil distinguir o que era. Parecia um fragmento de uma revista de bordo.

Enquanto Random tentava entender exatamente o que tudo aquilo significava, um homem surgiu na clareira onde ela estava parada, levantou uma arma pavorosa e atirou em sua direção.

Arthur estava se arrastando desesperadamente uns três ou quatro quilômetros atrás dela, na parte alta da colina.

Alguns minutos após a sua partida, tivera de voltar para buscar uma lanterna. Não a elétrica, pois a única disponível era a que Random levara consigo. A que sobrara era uma espécie de lampião fraquinho: uma lata de metal perfurada da ferraria de Strinder, que continha um pouco de óleo de peixe inflamável, tinha um pavio de grama seca trançada e estava envolta em um filme translúcido feito com membranas secas dos intestinos de uma Besta Perfeitamente Normal.

Já havia se apagado.

Arthur sacudiu inutilmente o lampião de tudo quanto foi jeito por alguns segundos. Obviamente, não havia a menor possibilidade de recuperar a chama perdida no meio de um temporal, mas não custava nada tentar um esforço simbólico. Relutante, ele jogou fora o lampião.

O que fazer? Era um esforço em vão. Estava absolutamente encharcado, suas roupas estavam pesadas e encharcadas de chuva e, para completar, estava perdido na escuridão.

Por um breve segundo ficou perdido em uma luz cegante; agora estava perdido no escuro novamente.

O clarão do relâmpago pelo menos mostrou que ele estava bem próximo do cume da montanha. Quando alcançasse o cume, ele iria... bom, não estava certo do que iria fazer. Ia pensar quando chegasse lá.

Continuou mancando, para a frente e avante.

Alguns minutos depois chegou ao topo, ofegante. Havia uma luz bem fraca adiante. Não fazia idéia do que poderia ser e, para falar a verdade, não queria nem imaginar. Mas era a única direção que tinha para seguir, então continuou o seu caminho, cambaleante, perdido e assustado, na direção da luz.

O brilho de luz letal passou direto por Random e, uns dois segundos depois, o homem que disparara contra ela fez o mesmo. Sequer pareceu notá-la. Tinha atirado em alguém que estava atrás dela e, quando Random se virou para ver o que era, ele estava ajoelhado sobre o corpo, vasculhando os bolsos de sua vítima.

A cena congelou e desapareceu. Foi substituída, um segundo depois, pela imagem de duas fileiras de dentes gigantes, emoldurados por imensos lábios vermelhos, perfeitamente brilhosos. Uma enorme escova de dentes azul apareceu do nada e começou a escovar, fazendo bastante espuma, os dentes que continuavam brilhando na cintilante cortina da chuva.

Random piscou os olhos duas vezes antes de compreender o que era aquilo.

Era um comercial. O sujeito que atirara nela fazia parte da imagem holográfica de um dos filmes transmitidos na nave. Devia estar bem próxima do local da queda. Obviamente, alguns dos sistemas a bordo eram mais indestrutíveis do que os outros.

O meio quilômetro seguinte da jornada foi especialmente problemático. Não só tinha que lutar contra o frio, a chuva e a noite como ainda tinha que lidar com os vestígios fragmentados e semidestruídos do sistema de entretenimento de bordo. Naves espaciais, carros a jato e helipods colidiam e explodiam continuamente à sua volta, iluminando a noite, pessoas malvadas usando chapéus esquisitos contrabandeavam drogas perigosas através dela e a orquestra e o coro da Ópera de Hallapolis executavam o último movimento da Marcha da Guarda Estelar de AnjaQantine, do ato IV da *Blamwellamum* de Woont de Rizgar, em uma pequena clareira localizada em algum lugar à sua esquerda.

E então se viu parada na beira de uma cratera horrenda de bordas espumantes. Ainda havia um leve brilho quente vindo do que parecia ser um enorme pedaço de chiclete caramelizado no meio do poço: os destroços derretidos de uma grande nave espacial.

Ficou parada lá, observando por um bom tempo, e depois, finalmente, começou a caminhar pela borda da cratera. Não sabia mais para o que estava olhando, mas continuava andando mesmo assim, evitando o horror do abismo à sua esquerda.

A chuva estava começando a diminuir um pouco, mas tudo continuava extremamente molhado e, já que ela não sabia o que havia no pacote, se era algo delicado ou frágil, imaginou que o melhor a fazer seria encontrar um lugar seco para abri-lo. Torcia para não ter causado nenhum estrago quando o deixou cair no chão.

Girou a lanterna, examinando as poucas, carbonizadas e quebradas árvores que a cercavam. Não muito longe dali, avistou o afloramento de uma rocha que talvez lhe oferecesse um abrigo e começou a andar em sua direção. À sua volta, deparou-se com os detritos que haviam sido ejetados da nave durante a queda, antes da última bola de fogo.

Após ter se afastado duzentos ou trezentos metros da borda da cratera, Random viu os fragmentos esfarrapados de um material rosa macio, encharcado, coberto de lama, dependurado entre as árvores partidas. Imaginou, corretamente, que deviam ser os vestígios do casulo de fuga que salvara a vida do seu pai. Aproximou-se para examinar de perto e foi então que percebeu uma coisa no chão, imunda de lama.

Apanhou e tirou a sujeira. Era uma espécie de aparelho eletrônico, do tamanho de um livro pequeno. Quando o tocou, surgiram amistosas letras garrafais que brilhavam fracamente em seu centro. Diziam: NÃO ENTRE EM PÂNICO. Sabia o que era aquilo. Era a cópia do *Guia do Mochileiro das Galáxias* do seu pai.

Aquilo tranqüilizou-a instantaneamente. Olhou para o céu trovejante e deixou que a chuva esparsa molhasse o seu rosto, entrando na sua boca.

Balançou a cabeça e correu em direção às pedras. Escalando-as, encontrou quase que imediatamente o lugar perfeito. A entrada de uma caverna. Examinou seu interior com a lanterna. Parecia seco e seguro. Cuidadosamente, ela entrou. Era bastante espaçosa, mas não muito profunda. Exausta e aliviada, Random sentou-se em uma pedra confortável, apoiou o pacote no chão e começou a abri-lo imediatamente.

capítulo 17

Durante um bom período de tempo houve muita especulação e controvérsia sobre onde tinha ido parar a chamada "matéria perdida" do universo. Por toda a Galáxia, os departamentos de ciências das universidades mais conceituadas estavam adquirindo equipamentos cada vez mais elaborados para sondar e vasculhar o núcleo de galáxias distantes e, depois, o próprio núcleo e as margens de todo o universo. Quando finalmente chegaram a uma conclusão, descobriram que, na verdade, o que estavam procurando era exatamente o material que servia para embalar os tais equipamentos.

Havia uma quantidade enorme de matéria perdida naquele pacote. Pequenas bolinhas redondas e fofas que Random deixou para as futuras gerações de físicos tentarem rastrear e descobrir novamente, assim que os achados da geração atual tivessem sido perdidos e esquecidos.

De dentro das bolinhas de matéria perdida, Random tirou um disco negro e liso. Ela o colocou sobre uma pedra ao seu lado e vasculhou todo o resto da matéria perdida na caixa para verificar se havia mais alguma coisa lá dentro, um manual, alguns acessórios ou algo assim, mas não havia mais nada. Só o disco negro.

Apontou sua lanterna para ele.

Assim que fez isso, começaram a surgir rachaduras ao longo da superfície aparentemente lisa. Random recuou, nervosa, mas então percebeu que a coisa, fosse lá o que fosse, estava apenas se desdobrando.

O processo era maravilhosamente bonito. Era extraordinariamente elaborado, mas simples e elegante ao mesmo tempo. Era como um origami automático, ou um botão de rosa florescendo em apenas alguns segundos.

Onde apenas alguns momentos antes havia um disco negro e liso havia agora um pássaro. Um pássaro pairando no ar.

Random continuou a recuar, cuidadosa e atenta.

Parecia-se com um pássaro pikka, só que era um pouco menor. Quer dizer, na verdade era maior ou, para ser mais exato, tinha exatamente o mesmo tamanho ou, no mínimo, não menos que o dobro. Também era muito mais azul e muito mais rosado do que os pássaros pikka, sendo ao mesmo tempo perfeitamente negro.

Havia algo muito estranho naquele pássaro, mas Random não conseguiu perceber de imediato o que era.

Certamente, compartilhava com os pássaros pikka a impressão de que estava vendo algo que ninguém mais via.

De repente, ele desapareceu.

Depois, igualmente de repente, tudo ficou escuro. Random agachou-se, assustada, apalpando a pedra afiada em seu bolso novamente. Então a escuridão recuou, transformou-se em uma bola e, em seguida, voltou a ser aquele pássaro. Ficou suspenso no ar diante dela, batendo as suas asas lentamente, observando-a.

– Com licença – disse ele, de repente. – Eu só preciso me calibrar. Você consegue ouvir isso que estou dizendo?

– Isso o quê? – perguntou Random.

– Ótimo – disse o pássaro. – E consegue ouvir isso também? – Dessa vez, falou com uma voz mais esganiçada.

– Claro que sim! – disse Random.

– E quando eu digo isso? – perguntou ele, usando um tom de voz sepulcralmente grave.

– *Sim!*

Houve uma pausa.

– Não, é claro que não – disse o pássaro, alguns segundos depois. – Maravilha, bem, a sua faixa de audição está obviamente entre 20 e 16 KHz. Então. Assim está confortável para você? – perguntou ele, em uma agradável voz de tenor. – Não há harmônicos desconfortáveis arranhando no registro superior? Obviamente, não. Ótimo. Posso usar esses harmônicos como canais de dados. Agora, quantos de mim você consegue ver?

De repente, o ar ficou lotado com um emaranhado de pássaros. Random estava mais do que acostumada a passar seu tempo em realidades virtuais, mas aquilo era infinitamente mais estranho do que qualquer coisa que ela já tivesse visto antes. Era como se toda a geometria do espaço estivesse sendo redefinida em formas contínuas de pássaros.

Random engoliu em seco e sacudiu os braços ao redor de seu rosto, movendo-os naquele espaço formado por pássaros.

– Humm, obviamente muitos – disse o pássaro. – E agora?

Ele se desdobrou em um túnel de pássaros, como se fosse um pássaro capturado entre espelhos paralelos, refletindo infinitamente a distância.

– O que é você? – gritou Random.

– Vamos chegar nisso, já, já – respondeu o pássaro. – Só me diga quantos, por favor?

– Bem, você é mais ou menos... – Random esticou os braços, em um gesto vago.

– Sei, ainda infinito em extensão, mas pelo menos estamos chegando à matriz dimensional certa. Ótimo. Não, a resposta é uma laranja e dois limões.

– *Limões?*

– Se eu tenho três limões e três laranjas e perco duas laranjas e um limão, o que me resta?

– Hein?

– Está bem, então você acha que o tempo flui *dessa* maneira, não é? Interessante. Ainda estou infinito? – perguntou ele, flutuando para cá e para lá no ar. – Continuo infinito agora? Estou muito amarelo?

O pássaro estava passando por sucessivas transformações enlouquecedoras de forma e de tamanho.

– Eu não consigo... – disse Random, desnorteada.

– Não precisa responder, eu sei só de observar você agora. Então. Sou a sua mãe? Sou uma pedra? Pareço imenso, fofinho e sinuosamente entrelaçado? Não? E agora? Estou recuando?

Finalmente o pássaro estava imóvel e quietinho.

– Não – respondeu Random.

– Bem, na verdade eu estava recuando no tempo, sim. Humm. Bem, acho que já resolvemos isso. Se você quiser saber, posso lhe contar que no seu universo é possível se movimentar livremente nas três dimensões que vocês chamam de espaço. Vocês se movem em linha reta numa quarta dimensão, a que chamam de tempo, e ficam estáticos em uma quinta, que é a primeira fundamental da probabilidade. Depois disso, a coisa fica um pouco complicada e acontece virtualmente de tudo nas dimensões treze à vinte e dois, nem queira saber. Tudo o que você precisa saber por enquanto é que o universo é muito mais complicado do que você pode imaginar, mesmo se você já imagina que ele é complicado pra cacete, para começar. Posso evitar palavras como "cacete", se isso te ofender.

– Pode falar o que quiser.

– Está bem.

– Que diabos é você? – perguntou Random.

– Eu sou o *Guia*. No seu universo, sou o seu *Guia*. Na verdade, habito o que é tecnicamente conhecido como a Mistureba Generalizada de Todas as Coisas, que significa... bom, é melhor te mostrar.

O pássaro virou-se em pleno ar e voou para fora da caverna. Empoleirou-se em uma pedra, logo abaixo de uma marquise natural, fora da chuva, que estava voltando a ficar forte.

– Venha até aqui – disse ele – e veja isso.

Random não gostava de receber ordens de um pássaro, mas o seguiu mesmo assim até a entrada da caverna, apalpando a pedra que estava em seu bolso.

– Chuva – disse o pássaro. – Está vendo? Apenas chuva.

– Eu sei o que é chuva.

Torrentes de chuva assolavam a noite, a luz do luar filtrada pelos pingos.

– Então o que é chuva?

– Como assim, o que é chuva? Olha só, quem é você? O que você estava fazendo dentro da caixa? Por que tive que passar uma noite inteira correndo pela floresta, espantando esquilos retardados para, no final das contas, ter que aturar um pássaro me perguntando se eu sei o que é chuva? É água caindo pela droga do ar, pronto. Mais alguma coisa que você queira saber ou já podemos ir para casa?

Após uma longa pausa, o pássaro respondeu:

– Você quer ir para casa?

– Eu não tenho casa! – Random berrou as palavras tão alto que quase assustou a si mesma.

– Olhe para a chuva... – disse o pássaro-*Guia*.

– Estou olhando para a chuva! O que mais tem para olhar?

– O que você está vendo?

– Como assim, seu pássaro idiota? Estou vendo um monte de chuva. É apenas água caindo.

– Que formas você vê na água?

– Formas? Não tem forma nenhuma. É só uma... uma...

– Só Uma Mistureba Generalizada – completou o pássaro-*Guia*.

– É...

– E agora, o que você está vendo?

Quase no limite da visibilidade, um feixe tênue e fino transbordou dos olhos do pássaro. No ar seco, protegido pela marquise, não se via nada. Mas nos pontos onde o raio atingia os pingos de chuva conforme caíam havia uma lâmina de luz tão brilhante e viva que parecia sólida.

– Uau, que ótimo. Um show de lasers – comentou Random, debochada. – Nunca vi um desses antes, é claro, só em uns cinco milhões de shows de rock.

– Diga-me o que você está vendo!

– Apenas uma lâmina plana! Pássaro burro.

– Não há nada ali que não estivesse ali antes. Só estou usando a luz para chamar a sua atenção para determinados pingos, em determinados momentos. E, agora, o que está vendo?

A luz se apagou.

– Nada.

– Continuo fazendo a mesma coisa, só que com luz ultravioleta, que você não consegue ver.

– E de que adianta me mostrar uma coisa que eu não consigo ver?

– Para que você entenda que só porque consegue ver uma coisa não quer dizer que ela esteja lá. E que, se você não vê uma coisa, não significa que ela não esteja. Tudo se resume ao que seus sentidos fazem com que você note.

– Estou de saco cheio disso – disse Random. Logo em seguida levou um susto.

Pairando sob a chuva estava uma imagem tridimensional gigante, bem nítida, do seu pai olhando com cara de bobo para alguma coisa.

Umas duas milhas atrás de Random, seu pai, abrindo caminho pelos bosques, parou de repente. Ficou perplexo ao ver uma imagem dele próprio parecendo perplexo com alguma coisa flutuando nitidamente sob a chuva, a uns três quilômetros de distância. A uns três quilômetros de distância, à direita da direção para a qual estava caminhando.

Estava quase completamente perdido, convencido de que ia morrer por conta do frio, da chuva e da exaustão, e começando a desejar que tudo terminasse logo. Para completar, um esquilo acabara de lhe trazer uma revista de golfe intacta, o que fez com que o seu cérebro começasse a uivar e gralhar.

Ao ver uma imagem enorme e nítida de si mesmo iluminada no céu, convenceu-se, por outro lado, que provavelmente estava certo quanto a uivar e gralhar, mas errado quanto à direção.

Respirando bem fundo, ele se virou e seguiu em direção ao inexplicável show de luz.

– Está bem, mas isso prova o quê? – perguntou Random. O fato de a imagem ser do seu pai assustou-a mais do que a aparição da imagem em si. Vira o primeiro holograma quando tinha dois meses de idade e fora colocada para brincar dentro dele. O mais recente tinha sido há meia hora, tocando a Marcha da Guarda Estrelar de AnjaQantine.

– Apenas que não estava nem mais nem menos lá do que a lâmina estava – respondeu o pássaro. – É apenas uma interação da água que cai do céu, movendo-se em uma direção, com luzes cujas freqüências podem ser detectadas pelos seus sentidos, movendo-se em outra. Isso cria uma imagem aparentemente sólida na sua mente. Mas não passam de imagens na Mistureba Generalizada. Aqui vai mais uma para você.

– Minha mãe! – exclamou Random.

– Não – disse o pássaro.

– Eu reconheço a minha mãe quando a vejo!

A imagem era a de uma mulher saindo de uma nave espacial e entrando em um prédio enorme e cinzento, parecido com um hangar. Ela estava sendo escoltada por um grupo de criaturas altas, magras e roxo-esverdeadas. Era definitivamente a mãe de Random. Bem, quase definitivamente. Trillian não estaria andando tão insegura em baixa gravidade, ou examinando um tedioso e velho ambiente de suporte de vida à sua volta com um olhar tão incrédulo, nem muito menos carregando uma estranha câmera velha.

– Então quem é ela? – perguntou Random.

– Ela faz parte de uma extensão da sua mãe no eixo da probabilidade – respondeu o pássaro-*Guia*.

– Não faço a menor idéia do que você está falando.

– O espaço, o tempo e a probabilidade possuem eixos dentro dos quais é possível mover-se.

– Ainda continuo boiando. Se bem que... Não. Pode explicar.

– Pensei que você quisesse ir para casa.

– Explica!

– Você gostaria de ver a sua casa?

– *Ver?* Ela foi destruída!

– Dentro do eixo da probabilidade permanece descontínua. Veja só!

Algo muito estranho e incrível surgiu flutuando na chuva. Era um globo azul-esverdeado, enevoado e coberto de nuvens, girando com majestosa lentidão contra um pano de fundo negro e estrelado.

– Agora você vê – disse o pássaro. – Agora não vê mais.

A pouco menos de três quilômetros, Arthur Dent estacou. Não podia acreditar que estava vendo, boiando no ar, coberta pela chuva, porém nítida e vividamente real, contra o céu da noite, a Terra. Ficou sem ar ao vê-la. Então, no momento em que ficou sem ar, ela desapareceu novamente. Depois tornou a aparecer. Depois, e foi isso que fez com que ele ficasse doido de pedra, ela se transformou em uma salsicha.

Random estava igualmente impressionada com a visão daquela gigantesca salsicha azul e verde, aquosa e nevoenta, flutuando sobre ela. Transformou-se depois em uma fileira de salsichas, ou melhor, uma fileira de salsichas na qual faltavam várias salsichas. A brilhante fileira rodopiou e girou em um balé desconcertante no ar, depois diminuiu gradualmente o ritmo, enfraqueceu-se e desapareceu na escuridão cintilante da noite.

– O que foi isso? – perguntou Random, com a voz fraca.

– Uma breve visão do eixo de probabilidade de um objeto descontinuamente provável.

– Ah.

– A maioria dos objetos sofre mudanças e alterações ao longo do seu eixo de probabilidade, mas o mundo do qual você veio faz algo um pouquinho diferente. Ele se encontra no que poderíamos chamar de uma rachadura na paisagem da probabilidade, o que significa que, em diversas coordenadas de probabilidade, ele simplesmente deixa de existir. Ele possui uma instabilidade inerente, típica de qualquer coisa que faça parte do que é comumente chamado de Setores Plurais. Entendeu?

– Não.

– Quer ir até lá e ver por conta própria?

– Para a... Terra?

– É.

– E isso é possível?

O pássaro-*Guia* não respondeu de imediato. Abriu as asas e, com uma graça sem esforço, ergueu-se no ar e voou para a chuva, que estava enfraquecendo novamente.

Planou em êxtase sobre o céu noturno; luzes piscaram à sua volta e dimensões trepidavam com sua passagem. Mergulhou, girou, subiu novamente, tornou a girar e, finalmente, aquietou-se bem próximo do rosto de Random, batendo as asas lenta e silenciosamente.

Continuou a falar com ela.

– Seu universo é vasto para você. Vasto em tempo, vasto em espaço. Isso se deve aos filtros através dos quais você o percebe. Mas eu fui construído sem filtros, o que significa que percebo a Mistureba Generalizada que contém todos os universos possíveis mas que não tem, por si mesma, tamanho algum. Para mim tudo é possível. Sou onisciente e onipotente, extremamente vaidoso e, o melhor, venho em uma embalagem prática e portátil. Você precisa descobrir o quanto essas afirmações são verdadeiras.

Random abriu um sorriso suave.

– Seu monstrinho. Você está me enrolando!

– Como eu disse, tudo é possível.

Random soltou uma gargalhada.

– Está bem – disse ela. – Vamos tentar ir para a Terra. Vamos tentar ir para a Terra em algum ponto do seu, ah...

– Eixo de probabilidade?

– Isso. Onde ela não foi destruída. O.k. Então você é o *Guia*. Como conseguimos uma carona?

– Engenharia reversa.

– O quê?

– Engenharia reversa. Para mim, o fluxo do tempo é irrelevante. Você decide o que quer. Depois eu meramente garanto que já tenha acontecido.

– Você está brincando.

– Tudo é possível.

Random franziu a testa.

– Você *está* brincando, não está?

– Deixe-me explicar de outra maneira – disse o pássaro. – A engenharia reversa nos permite pular toda aquela burocracia de ter que esperar que uma das raríssimas naves espaciais que passam pelo seu setor galáctico cerca de uma vez por ano resolva se está ou não a fim de lhe dar uma carona. Você quer uma carona, uma nave aparece e lhe dá uma. O piloto pode até achar que tem alguns milhões de motivos para decidir parar e lhe dar uma carona. Mas o verdadeiro motivo é que eu determinei que ele parasse.

– Isso é uma amostra da sua extrema vaidade, não é, pequeno pássaro?

O pássaro ficou em silêncio.

– Está bem – disse Random. – Eu quero uma nave que me leve para a Terra.

– Serve essa aqui?

Foi tão silencioso que Random só notou que havia uma nave espacial aterrissando quando já estava praticamente sobre a sua cabeça.

Arthur também notou a nave. Ele estava a pouco menos de dois quilômetros de distância agora. Após a exibição das salsichas iluminadas ter chegado ao fim, ele percebera tênues lampejos de outras luzes descendo das nuvens e imaginou, no início, que fossem outra parte do espetáculo de *son et lumière.*

Levou alguns segundos para concluir que era uma nave espacial de verdade e mais alguns segundos para concluir que estava aterrissando exatamente no local onde ele imaginava que a sua filha estava. Foi então que, com chuva ou sem chuva, com perna machucada ou sem perna machucada, com breu ou sem breu, ele começou realmente a correr.

Caiu quase que imediatamente, escorregou e machucou o joelho em uma pedra. Levantou-se novamente com muito esforço e tentou continuar em frente. Teve a horrível sensação de que estava prestes a perder Random para sempre. Correu, mancando e xingando. Não sabia o que havia naquela caixa, mas o nome no pacote era o de Ford Prefect e era esse o nome que ele xingava enquanto corria.

A nave era a mais sexy e bonita que Random já havia visto.

Era impressionante. Prateada, esguia, inefável.

Se não fosse impossível, diria que era uma RW6. Quando a nave pousou silenciosa ao seu lado, percebeu que era de fato uma RW6 e ficou sem ar de tão empolgada. Uma RW6 era uma daquelas naves só encontradas em revistas criadas para provocar agitação civil.

Random também estava extremamente nervosa. O timing e a forma como a nave tinha chegado eram perturbadores. Ou aquela era a coincidência mais bizarra do mundo ou algo muito peculiar e preocupante estava acontecendo. Esperou, um pouco tensa, a nave abrir a sua escotilha. O seu *Guia* – ela o tinha como seu agora – estava suspenso no ar, um pouco acima do seu ombro direito, quase sem bater as asas.

A escotilha se abriu. Uma luz fraquinha vazou lá de dentro. Passados alguns segundos, uma figura apareceu. Ficou parada por alguns segundos, obviamente tentando acostumar seus olhos à escuridão. Então avistou Random parada um pouco mais adiante e pareceu um tanto surpresa. Começou a caminhar até a garota. Então, de repente, soltou um grito de espanto e começou a correr na direção dela.

Random não era a pessoa mais indicada para se avançar em cima em uma noite escura, ainda por cima estressada do jeito que ela estava. Inconscientemente, estava cutucando a pedra em seu bolso desde o momento em que viu a nave aterrissar.

Ainda correndo, se arrastando, tropeçando e chocando-se contra árvores, Arthur acabou percebendo que já era tarde demais. A nave pousara há uns três minutos, mas já estava levantando vôo novamente, silenciosa, graciosa, passando acima do bosque e manobrando suavemente através da chuva fina em que se transformara o temporal – subindo, subindo, empinando a proa e, sem fazer nenhum esforço, sumindo em meio às nuvens.

Tinha partido. Random estava lá dentro. Arthur obviamente não tinha como ter certeza, mas ainda assim tinha certeza. Ela havia partido. Tivera uma chance de ser pai e não podia acreditar em quão mal se saíra. Tentou continuar a correr, mas os seus pés estavam se arrastando, o seu joelho doía furiosamente e ele sabia que era tarde demais.

Tinha certeza de que não podia se sentir mais infeliz e desgraçado do que aquilo, mas estava enganado.

Foi capengando até a caverna onde Random se abrigara e abrira a caixa. O chão ainda exibia as marcas da nave que aterrissara alguns minutos antes no local, mas não havia nenhum traço de Random. Perambulou desconsolado pela caverna, encontrou a caixa vazia e pilhas de bolinhas feitas com matéria perdida espalhadas pelo chão. Ficou um pouco irritado com aquilo. Tinha tentado ensinar a ela que devia arrumar as coisas após usá-las. Sentir-se um pouco irritado com ela por causa de algo assim ajudou-o a ficar menos desolado com a sua partida. Sabia que não tinha como encontrá-la.

O seus pés colidiram com algo inesperado. Inclinou-se para ver o que era e ficou absolutamente surpreso. Era o seu velho *Guia do Mochileiro das Galáxias*. Como tinha ido parar na caverna? Arthur jamais voltara até o local da queda para recuperá-lo. Não queria ter de revisitar o local do acidente e não queria mais o *Guia*. Tinha a intenção de permanecer em Lamuella, fazendo sanduíches, para sempre. Como é que ele fora parar lá? Estava ligado. Na capa, as palavras NÃO ENTRE EM PÂNICO piscavam para ele.

Saiu da caverna novamente, sob a luz fraca e encharcada da lua. Sentou-se em uma pedra para dar uma olhada no velho *Guia* e foi então que descobriu que não era uma pedra, mas uma pessoa.

capítulo 18

Arthur deu um pulo, assustado. Era difícil dizer o que o assustava mais: a possibilidade de ter machucado a pessoa na qual inadvertidamente se sentara ou a possibilidade de que a pessoa na qual inadvertidamente se sentara fosse machucá-lo.

A princípio, após uma breve inspeção, concluiu que não havia nenhuma causa imediata para alarme no que dizia respeito à segunda hipótese. A pessoa na qual sentara, fosse quem fosse, estava inconsciente. Aquilo provavelmente ajudava a explicar o que ela estava fazendo deitada ali. Parecia estar respirando bem. Arthur sentiu o pulso do sujeito. Também estava bem.

Estava deitado de lado, um pouco encolhido. A última vez que Arthur prestara primeiros socorros estava tão longe no tempo e no espaço que ele realmente não conseguia lembrar o que devia fazer numa situação daquelas. A primeira coisa que devia fazer, recordou ele, era ter um kit de primeiros socorros à mão. Droga.

Será que deveria deitar o sujeito de barriga para cima ou não? E se ele tivesse alguma fratura? E se tivesse engolido a língua? E se decidisse processá-lo? Quem, antes de tudo, era aquela pessoa?

Foi então que o sujeito inconsciente gemeu alto e se virou de barriga para cima.

Arthur não sabia se ele deveria...

Olhou para o sujeito.

Olhou novamente.

Olhou para o sujeito mais uma vez, só para ter certeza absoluta.

Apesar de estar certo de que não era possível se sentir pior do que já estava, sentiu um enorme desânimo.

O sujeito gemeu de novo e abriu os olhos lentamente. Demorou um pouco para enxergar alguma coisa direito, depois piscou e enrijeceu o corpo.

– Você! – exclamou Ford Prefect.

– Você! – exclamou Arthur Dent.

Ford voltou a gemer.

– O que você precisa que eu explique desta vez? – perguntou ele, fechando os olhos, em desespero.

Cinco minutos depois, Ford estava sentado, esfregando o lado da cabeça onde havia um galo bem grande.

– Quem diabos era aquela mulher? – perguntou ele. – Por que estamos cercados por esquilos e o que eles querem?

– Esses esquilos encheram a minha paciência a noite toda – respondeu Arthur. – Ficam tentando me dar revistas e coisas assim.

Ford franziu a testa.

– Sério?

– E pedaços de pano.

Ford raciocinou.

– Ahn – disse ele. – Estamos perto do local onde sua nave caiu?

– Estamos – respondeu Arthur, um pouco ríspido.

– Deve ser isso, então. Acontece. Os robôs de cabine da nave são destruídos. As mentes cibernéticas que os controlam sobrevivem e começam a infectar a vida selvagem local. Podem transformar um ecossistema inteiro em uma indústria de prestadores de serviço inútil, oferecendo toalhinhas quentes e drinques para todo mundo que passar por perto. Devia existir uma lei contra isso. Provavelmente existe. Provavelmente existe também uma lei contra ter uma lei contra isso, assim fica tudo resolvido. Certo. O que você disse?

– Eu disse: e a mulher é minha filha.

Ford parou de esfregar a cabeça.

– Repete.

– Eu disse – repetiu Arthur, irritado – que a mulher é minha filha.

– Eu não sabia que você tinha uma filha.

– Bom, provavelmente há muitas coisas a meu respeito que você não sabe – disse Arthur. – Para falar a verdade, provavelmente também há muitas coisas a meu respeito que eu não sei.

– Ora, ora, ora. Quando foi que isso aconteceu?

– Não sei direito.

– Isso sim é bem a sua cara – disse Ford. – Existe uma mãe na parada?

– Trillian.

– *Trillian?* Eu não achei que...

– Não. Olha, é um pouco constrangedor...

– Eu me lembro que uma vez ela me disse por alto que tinha uma filha. Falo com ela de tempos em tempos. Mas nunca a vi com a menina.

Arthur não disse nada.

Ford recomeçou a esfregar a mão na cabeça, um pouco confuso.

– Tem certeza de que aquela era *sua* filha? – perguntou ele.

– Me conte o que aconteceu.

– Ih... é uma longa história. Eu estava vindo buscar o pacote que mandei para mim, aos seus cuidados...

– Bom, e o que era aquilo, afinal?

– Eu acho que pode ser algo inimaginavelmente perigoso.

– E você mandou pra *mim?* – reclamou Arthur.

– Foi o lugar mais seguro em que consegui pensar. Achei que pudesse confiar na sua capacidade de ser absolutamente chato e não abrir o pacote. Enfim, como cheguei à noite, não estava conseguindo encontrar o tal vilarejo. Estava me virando com informações bem básicas. Não encontrei nenhuma sinalização. Acho que vocês não têm sinalização nenhuma por aqui.

– É por isso que eu gosto daqui.

– Aí, captei um sinal bem fraco do seu velho *Guia*, então segui nessa direção, pensando que ia me levar até você. Percebi que tinha aterrissado em uma espécie de bosque. Não conseguia entender direito o que estava acontecendo. Saí da nave e me deparei com essa mulher, parada ali. Fui até ela para dizer oi e de repente vi que ela estava com o negócio na mão!

– Que negócio?

– A coisa que eu mandei para você! O novo *Guia*. O tal pássaro! Você tinha que ter guardado direito, seu idiota, mas a mulher estava com ele sobre o ombro. Eu parti para cima e ela me deu uma pedrada na cabeça.

– Entendi – disse Arthur. – E o que você fez?

– Ué, caí no chão, é claro. Me machuquei feio. Ela e o pássaro começaram a se dirigir para a minha nave. E quando eu digo minha nave estou me referindo a uma RW6.

– Uma o quê?

– Uma RW6, pelo amor de Zarquon. O meu cartão de crédito e o computador central do *Guia* estão se relacionando muito bem ultimamente. Você não ia acreditar nessa nave, Arthur, ela é...

– Então a RW6 é uma nave?

– *É!* É uma... ah, deixa pra lá. Olha, pega leve, Arthur! Ou, pelo menos, pega um catálogo. Nesse momento, eu fiquei bastante preocupado. E, acho eu, com uma semiconcussão. Estava de joelhos, sangrando em profusão e, então, fiz a única coisa que me veio à cabeça, que era implorar. Eu disse, por favor, não leve a minha nave. E não me abandone encalhado no meio de uma floresta primitiva, sem ajuda médica e com um ferimento na cabeça. Eu poderia estar correndo um sério perigo e ela também.

– E o que ela disse?

– Ela me deu outra pedrada na cabeça.

– Acho que posso confirmar que essa era mesmo a minha filha.

– Um amor de menina.

– Você precisa conhecê-la melhor – disse Arthur.

– Por que, ela fica mais mansa?

– Não – respondeu Arthur –, mas você aprende a hora de desviar.

Ford suspendeu a cabeça e tentou enxergar direito.

O céu estava começando a clarear a oeste, que era onde nascia o sol. Arthur não estava particularmente interessado em vê-lo. A última coisa que queria após uma noite infernal como aquela era um glorioso dia nascendo e se intrometendo na história.

– O que você está fazendo em um lugar desses, Arthur? – perguntou Ford.

– Bom – disse Arthur –, basicamente, estou fazendo sanduíches.

– Hein?

– Eu sou, ou provavelmente era, o Fazedor de Sanduíches de uma pequena tribo. Era um pouco constrangedor, para falar a verdade. Quando eu cheguei, isto é, no dia em que eles me resgataram dos escombros da tal nave espacial de última geração que caiu neste planeta, eles foram muito legais comigo e eu achei que devia fazer alguma coisa para ajudar. Você sabe, recebi uma boa educação, venho de uma cultura de tecnologia avançada, poderia ensinar algumas coisas para eles. Mas, é claro, não consegui. Na hora do vamos ver, descobri que não faço a menor idéia de como as coisas funcionam. E não estou falando de videocassetes, pois ninguém sabe mexer neles mesmo. Estou falando de coisas como uma caneta, um poço artesiano, algo assim. Não tenho a menor idéia. Não podia ajudar em nada. Um dia, estava muito desanimado e resolvi fazer um sanduíche para mim. E isso os deixou incrivelmente animados. Nunca haviam visto um antes. Era uma idéia que jamais lhes tinha ocorrido e eu, por acaso, gosto de fazer sanduíches, então a coisa meio que começou assim.

– E você *gostava* disso?

– Ah, sim, acho que eu gostava, sim. Possuir um bom conjunto de facas, essas coisas.

– Você não achava, por exemplo, devastadoramente, explosivamente, incrivelmente, dolorosamente chato?

– Bem, ah, não. Nem tanto. Não era doloroso.

– Que estranho. Eu acharia.

– Bom, acho que temos pontos de vista diferentes.

– Pois é.

– Como os pássaros pikka.

Ford não fazia a menor idéia do que ele estava falando e não estava com saco para perguntar. Em vez disso, disse:

– Então, como é que a gente faz para dar o fora desse lugar?

– Bom, acho que a maneira mais simples seria seguir o vale até as planícies, o que provavelmente levaria uma hora, e depois continuar seguindo. Acho que não consigo encarar a idéia de ter que voltar por onde eu vim.

– Continuar seguindo para onde?

– Ué, de volta para o vilarejo, não? – Arthur suspirou, um pouco melancólico.

– Não quero ir para nenhuma droga de vilarejo! – interrompeu Ford. – Temos que dar o fora daqui!

– Onde? Como?

– Sei lá, me diz você. Você mora aqui! Deve haver alguma maneira de sair desse planeta idiota.

– Eu não sei. O que você costuma fazer? Fica sentado esperando uma nave espacial passar, não é?

– Ah, sim... E quantas naves espaciais visitaram esse antro de pulgas esquecido por Zarquon, recentemente?

– É... há alguns anos, a minha nave caiu aqui por engano. Depois teve a da Trillian, depois a entrega do pacote, agora a sua e...

– Sim, mas *além dos* suspeitos de sempre?

– Bom, ah, acho que basicamente nenhuma, até onde sei. É bem pacato por aqui.

Como se para desmenti-lo de propósito, um trovão soou bem alto ao longe.

Ford pulou, sobressaltado, e começou a caminhar para a frente e para trás na luz fraca e dolorosa daquele início de madrugada, que rasgava o céu como se alguém tivesse arrastado um pedaço de fígado sobre ele.

– Você não entende como isso é importante – disse ele.

– O quê? O fato de a minha filha estar sozinha, solta pela Galáxia? Você acha que eu não...

– Podemos ter pena da Galáxia depois? – zombou Ford. – Isso é muito, muito sério mesmo. Assumiram o controle do *Guia*. Ele foi comprado.

Arthur reagiu.

– Ah, muito sério – gritou ele. – Por favor, me inteire o mais rápido possível sobre questões de política corporativa das editoras! Você nem faz idéia de como tenho pensado nisso!

– Você não entende! Existe um *Guia* completamente novo!

– Ah! – gritou Arthur. – Ah! Ah! Ah! É emoção demais para mim! Mal posso esperar que ele seja lançado para descobrir quais os portos espaciais mais empolgantes para se ficar entediado zanzando por um aglomerado globular do qual nunca ouvi falar. Por favor, vamos correndo à loja mais próxima para comprá-lo imediatamente?

Ford apertou os olhos.

– É isso que vocês chamam de sarcasmo, não é?

– Sabe que eu acho que é, sim? – berrou Arthur. – Eu realmente acho que isso pode ser o negócio maluco chamado sarcasmo, infiltrando-se pelas beiradas de minha fala educada! Ford, eu tive uma noite infernal! Será que dá para levar isso em consideração enquanto você fica aí bolando com quais babaquices triviais estapafúrdias e inconseqüentes irá me bombardear em seguida?

– Tenta descansar – disse Ford. – Eu preciso pensar.

– Por que você precisa *pensar?* Não podemos ficar aqui sentados, fazendo budumbudumbudumbudum com a boca um pouquinho? Não dá para babarmos um pouquinho e nos balançarmos para a esquerda um pouquinho? Eu não agüento mais, Ford! Não agüento mais ter que pensar e resolver coisas. Você pode até pensar que eu estou aqui tendo um chilique...

– Não tinha pensado nessa hipótese.

– ...mas é sério! De que adianta? Nós achamos que toda vez que fazemos alguma coisa sabemos quais serão as conseqüências, isto é, sabemos mais ou menos o que esperamos que sejam. E isso, algumas vezes, não é apenas incorreto. É desvairadamente, loucamente, estupidamente, cegamente errado!

– É exatamente disso que eu estou falando.

– Obrigado – disse Arthur, sentando-se novamente. – O quê?

– Engenharia reversa temporal.

Arthur colocou as mãos na cabeça e balançou-a lentamente de um lado para o outro.

– Existe alguma maneira humana – gemeu ele – de te impedir de me explicar o que é essa sei-lá-o-quê reversa temporal de merda?

– Não – respondeu Ford –, porque a sua filha está presa bem no meio dela e isso é sério, mortalmente sério.

Trovões soaram em meio à pausa.

– Está bem – disse Arthur. – Pode explicar.

– Eu me joguei da janela de um arranha-céu.

Aquilo alegrou Arthur.

– Ah! – exclamou ele. – Por que você não faz isso de novo?

– Eu fiz.

– Humm – fez Arthur, desapontado. – Obviamente, não deu em nada.

– Da primeira vez, consegui me salvar graças à mais impressionante – e eu digo isso com toda a modéstia – e fantástica combinação de improviso, agilidade, contorcionismo e auto-sacrifício.

– E qual foi o auto-sacrifício?

– Eu me desfiz da metade de um par de sapatos muito queridos e, creio eu, insubstituíveis.

– E por que isso foi um auto-sacrifício?

– Por que eram meus! – respondeu Ford, amuado.

– Acho que temos valores muito diferentes.

– Sim, os meus são melhores.

– Melhores de acordo com a sua... ah, deixa pra lá. Então, tendo conseguido se salvar de maneira muito engenhosa da primeira vez, você usou de toda a sua sensatez e pulou novamente. Por favor não me diga o porquê. Só me conte o que aconteceu, se necessário.

– Caí direto na cabine aberta de um carro a jato que estava passando, cujo piloto havia acabado de apertar acidentalmente o botão de ejetar, quando, na verdade, queria apenas trocar de música no rádio. Ora, nem mesmo eu conseguiria pensar que isso foi uma grande sacação minha.

– Ah, não sei, não – comentou Arthur, exausto. – Suponho que você tenha se infiltrado no jato do sujeito de madrugada e programado a música menos favorita dele para tocar ou algo assim.

– Não, claro que não – disse Ford.

– Só estou verificando.

– Mas, por mais estranho que pareça, *alguém* fez isso. E aí é que está o xis da questão. É possível olhar para trás e rastrear toda a cadeia e as ramificações de acontecimentos e coincidências cruciais. No final das contas, o responsável por tudo isso era o novo *Guia*. O tal pássaro.

– Que pássaro?

– Você não chegou a ver?

– Não.

– Ah, é uma criaturinha mortal. É bonito, fala grosso, provoca o colapso seletivo de formas de onda quando quer.

– O que isso significa?

– Engenharia reversa temporal.

– Ahn – fez Arthur. – Ah, tá.

– A questão é: *para quem* ele está realmente trabalhando?

– Acho que tenho um sanduíche aqui – disse Arthur, catando no bolso. – Quer um pedaço?

– Quero.

– Deve estar um pouco amassado e encharcado, lamento.

– Tudo bem.

Mastigaram um pouco.

– Até que é bem gostoso – disse Ford. – Que carne é essa?

– É de Besta Perfeitamente Normal.

– Nunca vi uma. Então, a questão é – continuou Ford – para quem o pássaro está realmente trabalhando? Qual é a verdadeira trama por trás dessa história?

– Humm – mastigou Arthur.

– Quando encontrei o pássaro – prosseguiu Ford –, o que se deu graças a uma série de coincidências por si só interessantes, ele exibiu a mais fantástica pirotecnia multidimensional que eu já vi. Depois disse que colocaria os seus serviços à minha disposição no meu universo. Eu respondi obrigado, mas não, obrigado. Ele disse que ia fazer isso de qualquer jeito, querendo eu ou não. Eu disse tenta só para você ver, ele disse que ia e que, na verdade, já havia feito. Eu disse é o que veremos e ele disse que veríamos. Foi então que eu decidi empacotar o bicho e enviá-lo para cá. E resolvi mandar para você por uma questão de segurança.

– Ah, é? Segurança de quem?

– Ah, deixa pra lá. Aí, como uma coisa leva a outra, achei sensato me jogar da janela novamente, por não ter nenhuma outra alternativa naquele momento. Para minha sorte, o carro a jato estava lá; do contrário, eu teria que me contentar com mais pensamentos engenhosamente rápidos, agilidade, talvez o outro pé do sapato e, se nada disso desse certo, com o chão. Mas isso me mostrou que, gostando eu ou não, o *Guia* estava trabalhando para mim, o que era profundamente preocupante.

– Por quê?

– Porque, se você está com o *Guia*, acha que é ele quem trabalha para você. Desde então as coisas fluíram magnificamente para mim, até agora há pouco, quando me deparei com a gatinha da pedrada e, bangue, já era. Estou fora do circuito.

– Você está falando da minha filha?

– Estou tentando ser o mais educado possível. Ela é o próximo elo na cadeia e vai achar que tudo está indo às mil maravilhas. Vai poder bater na cabeça de quem quiser com pedaços da paisagem e tudo vai fluir lindamente, até que ela faça o que deve fazer e, então, vai ficar de fora também. É engenharia reversa temporal e, obviamente, ninguém compreendeu o que estava desencadeando!

– Como eu, por exemplo.

– O quê? Ah, acorda, Arthur. Olha, deixa eu tentar novamente. O novo *Guia* foi desenvolvido nos laboratórios de pesquisa. Ele utiliza uma nova tecnologia chamada Percepção Sem Filtros. Você sabe o que isso quer dizer?

– Olha, eu passei os últimos anos fazendo sanduíches, pelo amor de Bob!

– Quem é Bob?

– Deixa pra lá. Continua.

– Percepção Sem Filtros significa que ele percebe tudo. Entendeu? *Eu* não percebo tudo. *Você* não percebe tudo. Temos filtros. O novo *Guia* não possui nenhum filtro sensorial. Ele percebe tudo. Nem era uma idéia tecnológica muito complicada. Era só questão de deixar algo de fora. Entendeu?

– Porque não digo simplesmente que entendi você continua falando do mesmo jeito.

– Certo. Agora, como o pássaro pode perceber qualquer universo possível, ele está presente em qualquer universo possível. Entendeu?

– En...ten...diiiiii.

– Então o que acontece é o seguinte: os palhaços dos departamentos de marketing e contabilidade dizem "Ah, que idéia genial, isso quer dizer que só precisamos fazer um desses e depois vamos vendê-lo um número infinito de vezes!". Não faz essa cara, Arthur, é assim que os contadores *pensam!*

– Mas é bem inteligente, não é?

– Não! É incrivelmente *burro*. Veja bem: a máquina é apenas um pequeno *Guia*. Tem uma cibertecnologia bem interessante lá dentro, mas, por conta da Percepção Sem Filtros, qualquer mínimo movimento que o *Guia* faça tem o poder de um vírus. Ele pode se propagar pelo espaço, pelo tempo e em um milhão de outras dimensões. Qualquer coisa pode se focar em qualquer lugar em qualquer um dos universos nos quais transitamos. O seu poder é recursivo. Imagine um programa de computador. Em algum lugar existe uma instrução principal e todo o resto não passa de funções recursivas, ou parênteses se propagando em uma enorme onda sem fim através de um espaço infinito de endereçamento. E o que acontece quando os parênteses colapsam? Onde fica o derradeiro *end if?* Isso por acaso faz algum sentido? Arthur?

– Foi mal, dei uma cochilada rápida. Era alguma coisa sobre o universo, não era?

– Alguma coisa sobre o universo, é – disse Ford, exausto. Sentou-se novamente.

– Tudo bem – disse ele. – Pense nisso. Você sabe quem eu acho que vi nos escritórios do *Guia?* Vogons. Ahá! Finalmente uma palavra que você sabe o que é.

Arthur levantou-se num salto.

– Esse barulho – disse ele.

– Que barulho?

– O trovão.

– O que é que tem?

– Não é um trovão. É a migração de primavera das Bestas Perfeitamente Normais. Já começou.

– O que são esses animais de que você é fã?

– Eu não sou fã. Eu apenas coloco pedaços deles nos meus sanduíches.

– E por que são chamados de Bestas Perfeitamente Normais?

Arthur contou para ele.

Não era todos os dias que Arthur tinha o prazer de ver os olhos de Ford se arregalarem de surpresa.

capítulo 19

Era uma visão à qual Arthur nunca se acostumava nem tampouco se cansava. Ele e Ford haviam trilhado o caminho rapidamente pela margem de um pequeno rio que desembocava no leito do vale e, quando finalmente alcançaram a beira das planícies, escalaram os galhos de uma árvore frondosa para conseguirem um panorama melhor de uma das visões mais estranhas e fantásticas que a Galáxia tinha a oferecer.

A imensa horda ensurdecedora de milhares e milhares de Bestas Perfeitamente Normais deslizava veloz, em uma formação imponente, pela Planície de Anhondo. Na pálida luz do amanhecer, conforme os imensos animais investiam e o leve vapor do seu suor se mesclava com a névoa enlameada oriunda dos seus cascos trepidantes, pareciam levemente mais irreais e fantasmagóricos. O mais impressionante, contudo, era de onde vinham e para onde iam, que parecia ser, simplesmente, de lugar nenhum para lugar algum.

Formavam uma falange sólida, de uns cem metros de largura e meio quilômetro de extensão. A falange não se movia, exibindo apenas uma leve oscilação para o lado e para trás durante os oito ou nove dias em que costumava aparecer. Mas, embora permanecesse mais ou menos fixa, as grandes bestas que a formavam galopavam com uma constância regular, a mais de quarenta quilômetros por hora, aparecendo do nada em um dos cantos da planície e desaparecendo, de modo igualmente abrupto, no outro.

Ninguém sabia de onde surgiam nem para onde iam. Mas eram tão importantes para a vida dos lamuellanos que ninguém se dava ao trabalho de perguntar. O Velho Thrashbarg disse, tempos atrás, que, algumas vezes, se você obtém uma resposta é possível que a pergunta seja suprimida. Alguns moradores comentaram entre si que havia sido a única coisa realmente sábia que tinham ouvido de Thrashbarg e, após uma breve discussão sobre o assunto, deixaram a coisa de lado.

O barulho dos cascos era tão alto que era difícil conseguir escutar qualquer outra coisa.

– O que você disse? – gritou Arthur.

– Eu disse – gritou Ford – que isso pode ser uma evidência de alguma flutuação dimensional.

– O que é isso? – gritou Arthur de volta.

– Bem, várias pessoas estão começando a se preocupar com a possibilidade do espaço-tempo estar dando sinais de que vai rachar de vez, por causa de tudo o que está acontecendo com ele. Na verdade existem diversos mundos onde é possível ver como as massas terrestres racharam e se moveram apenas olhando para as curiosamente longas ou sinuosas rotas dos animais migratórios. Isso pode ter alguma coisa a ver com isso. Vivemos em uma época contorcida. Ainda assim, na falta de um espaçoporto decente...

Arthur lançou um olhar paralisado para ele.

– O que você quer dizer com isso? – perguntou ele.

– O que você quer dizer com o que quero dizer com isso? – gritou Ford. – Você sabe muito bem o que quero dizer. Vamos sair daqui a galope.

– Você está sugerindo que a gente tente montar em uma Besta Perfeitamente Normal?

– Isso aí. Vamos ver no que dá.

– Vamos morrer! Não – disse Arthur, de repente. – Não vamos morrer. Pelo menos, eu não. Ford, você já ouviu falar de um planeta chamado Stavromula Beta?

Ford franziu a testa.

– Acho que não – respondeu ele. Sacou a sua cópia surrada do *Guia do Mochileiro das Galáxias* e a consultou. – Escreve como se fala? – perguntou.

– Não sei. Nunca vi escrito e quem me falou estava com a boca cheia de dentes de outras pessoas. Lembra que eu te contei sobre o Agrajag?

Ford parou para pensar.

– O carinha que cismou que você ficava matando ele sem parar?

– Isso. Um dos lugares que ele alegou que eu o matara era Stavromula Beta. Parece que alguém tenta atirar em mim. Eu me abaixo e Agrajag, ou uma das suas muitas reencarnações, é atingido. Parece que isso realmente aconteceu em algum momento, então, creio eu, não posso morrer até escapar do tiro em Stavromula Beta. O problema é que ninguém ouviu falar nesse lugar.

– Humm. – Ford fez mais algumas consultas no seu *Guia*, mas foram em vão. – Eu estava aqui pensando... não, nunca ouvi falar – disse ele, finalmente. Mas estava intrigado por achar que o nome lhe dizia alguma coisa.

– Está bem – respondeu Arthur. – Eu vi como os caçadores lamuellanos capturam as Bestas Perfeitamente Normais. Se você ataca uma em meio à horda, ela é pisoteada, então você tem que dar um jeito de atrair uma a uma para matá-las. É mais ou menos como um toureiro faz, sabe, com uma capa colorida bem chamativa. Você faz com que uma delas parta para cima de você, aí dá aquele passinho para o lado e gira a capa de forma elegante. Você tem alguma coisa que possamos usar como uma capa colorida bem chamativa?

– Serve isso? – perguntou Ford, entregando a sua toalha.

capítulo 20

Pular nas costas de uma Besta Perfeitamente Normal de uma tonelada e meia migrando pelo seu mundo a estrondosos quarenta quilômetros por hora não é algo tão fácil quanto possa parecer. Certamente, não tão fácil quanto os caçadores lamuellanos faziam parecer, e Arthur Dent já estava preparado para descobrir que aquela talvez acabasse sendo a parte difícil.

O que não estava preparado para descobrir, no entanto, era que até mesmo chegar na parte difícil já era difícil. Isso porque a parte que supostamente deveria ser fácil era praticamente impossível.

Não conseguiam chamar a atenção de um animal sequer. As Bestas Perfeitamente Normais eram tão obstinadas em produzir um bom estrondo com os seus cascos – cabeças abaixadas e ombros projetados para a frente, patas traseiras transformando o chão em mingau – que precisavam de algo não só meramente surpreendente, mas geológico para chamar a sua atenção.

Os estrondos ensurdecedores e o tempo de espera acabaram sendo, no final das contas, mais do que Arthur e Ford podiam suportar. Após passarem quase duas horas zanzando para lá e para cá e fazendo coisas cada vez mais estapafúrdias com uma toalha de banho média com padrões florais, não haviam sequer conseguido que uma das grandes bestas que esmagavam estrondosamente o chão desse pelo menos uma olhadela de soslaio na direção deles.

Estavam a mais ou menos um metro da avalanche horizontal de corpos suados. Ficar mais perto significava um risco de morte instantânea, cronológica ou não cronológica. Arthur já havia visto o que sobrava de qualquer Besta Perfeitamente Normal que, graças a um lançamento desajeitado de um caçador lamuellano jovem e inexperiente, era atingida por uma lança enquanto ainda esmagava estrondosamente o chão no meio do bando.

Bastava um único tropeção. Nenhum compromisso anterior com a morte em Stavromula Beta – fosse lá onde diabos ficasse Stavromula Beta – poderia salvar a sua vida ou a de qualquer outra pessoa da marcha ribombante e estraçalhadora daqueles cascos.

Por fim, Arthur e Ford cambalearam para trás. Sentaram-se, exaustos e vencidos, e começaram a criticar as respectivas técnicas de manejo da toalha.

– Você tem que sacudir mais a toalha – reclamou Ford. – Precisa de mais impulso do cotovelo se quiser chamar a atenção dessas criaturas malditas.

– Mais impulso? – reclamou Arthur. – *Você* é que precisa de mais flexibilidade no pulso.

– Você precisa agitar mais – discordou Ford.

– Você precisa de uma toalha maior.

– Vocês precisam – disse outra voz – é de um pássaro pikka.

– De quê?

A voz viera de trás deles. Se viraram e, atrás deles, sob o sol matinal, estava o Velho Thrashbarg.

– Para atrair a atenção de uma Besta Perfeitamente Normal – disse ele, aproximando-se de Arthur e Ford – vocês precisam de um pássaro pikka. Como este aqui.

De dentro da coisa parecida com uma batina de tecido grosso que usava, Thrashbarg tirou um pequeno pássaro pikka. O animal ficou inquieto na palma da mão do velho, olhando concentradíssimo para alguma coisa que estava em disparada a um metro e dezesseis centímetros de distância à sua frente.

Ford instantaneamente assumiu a posição de alerta agachado que gostava de manter quando não sabia ao certo o que estava acontecendo ou que o deveria fazer. Balançou os braços em volta bem devagar, torcendo para que o gesto parecesse ameaçador.

– Quem é esse? – sussurrou ele.

– Ah, é só o Velho Thrashbarg – disse Arthur, baixinho. – E eu não me daria ao trabalho de ficar fazendo esses gestos malucos. Ele é um malandro tão experiente quanto você. Podem acabar dançando um em volta do outro o dia inteiro.

– E o pássaro? – sussurrou Ford novamente. – Qual é a do pássaro?

– É só um pássaro! – respondeu Arthur, impaciente. – Como qualquer outro. Põe ovos e faz *ark* para coisas que ninguém vê. Ou *kar* ou *rit*, sei lá.

– Você já *viu* algum deles pôr ovos? – perguntou Ford, desconfiado.

– Pelo amor de Bob, claro que sim – respondeu Arthur. – E já comi centenas deles. Dão um omelete dos bons. O segredo é colocar pequenos cubos de manteiga gelada e depois bater bem devagar com um...

– Eu não quero droga de receita nenhuma – disse Ford. – Só quero me certificar de que é um pássaro de verdade e não uma espécie de ciberpesadelo multidimensional.

Ford levantou-se devagarzinho da posição agachada e espanou a poeira do corpo. Continuava de olho no pássaro, de qualquer forma.

– Então – disse o Velho Thrashbarg para Arhur. – Está escrito que Bob tomará novamente para si a graça divina de seu enviado, o Fazedor de Sanduíches?

Ford quase se agachou de novo.

– Está tudo bem – murmurou Arthur –, ele sempre fala desse jeito.

Em voz alta, ele disse:

– Ó, venerável Thrashbarg. Humm, creio que é chegada a hora de dar no pé. Mas o jovem Drimple, meu aprendiz, será um excelente Fazedor de Sanduíches no meu lugar. Ele tem talento e um profundo amor pelos sanduíches, e todas as habilidades que adquiriu até agora, embora ainda sejam rudimentares, um dia haverão de amadurecer e, ah, bem, acho que ele vai se sair bem, é o que estou tentando dizer.

O Velho Thrashbarg olhou para ele, muito sério. Seus velhos olhos cinzentos movimentaram-se, tristes. Ele levantou os braços, segurando o pássaro pikka inquieto em uma das mãos e o seu cajado na outra.

– Ó, Fazedor de Sanduíches de Bob! – pronunciou ele. Fez uma pausa, enrugou a testa e suspirou enquanto fechava os olhos, em devota contemplação. – A vida será muito menos esquisita sem você por aqui!

Arthur estava impressionado.

– Sabe, acho que essa foi a coisa mais bonita que alguém já me disse na vida!

– Dá pra gente continuar ou tá difícil? – reclamou Ford.

Algo já estava acontecendo. A mera presença do pássaro pikka na mão esticada de Thrashbarg já estava enviando tremores de interesse pela horda estrondosa. Algumas cabeças se levantavam rapidamente para olhar naquela direção. Arthur começou a se lembrar de alguns dos caçadores de Bestas Perfeitamente Normais que ele vira. Lembrou-se de que, além dos caçadores-toureiros sacudindo as suas capas, havia sempre outros parados atrás deles, segurando pássaros pikka. Sempre imaginara que, assim como ele, tinham ido só para olhar.

O Velho Thrashbarg avançou, ficando um pouco mais perto da horda em disparada. Algumas Bestas já estavam virando a cabeça para trás, interessadas no pássaro.

Os braços esticados de Thrashbarg estavam tremendo.

Apenas o pássaro pikka parecia não estar nem um pouco interessado no que estava acontecendo. Algumas moléculas anônimas de ar em nenhum lugar específico absorviam toda a sua excitada atenção.

– Agora! – exclamou o Velho Thrashbarg finalmente. – Agora você pode usar a toalha!

Arthur avançou com a toalha de Ford, movimentando-se como faziam os caçadores-toureiros, com um tipo de andar pomposo que estava longe de lhe cair bem. Mas sabia o que devia fazer e que aquilo era a coisa certa a fazer. Exibiu e sacudiu a toalha algumas vezes, aprontando-se para o momento, e depois observou.

Avistou o animal que queria não muito longe dali. De cabeça baixa, estava galopando para cima dele, bem na extremidade da horda. O Velho Thrashbarg mexeu o pássaro, a Besta olhou para cima, sacudiu a cabeça e então, bem na hora em que ia abaixar a cabeça novamente, Arthur fez um floreio com a toalha na linha de visão dela. Ela balançou a cabeça novamente, confusa, e seus olhos acompanharam os movimentos da toalha.

Conseguira chamar sua atenção.

Daquele momento em diante parecia a coisa mais natural do mundo atrair o animal para ele. Estava com a cabeça erguida, levemente inclinada. Estava diminuindo o ritmo para um meio galope e, depois, para um trote. Alguns segundos depois, a enorme fera estava prostrada entre eles, bufando, arquejando, suando e farejando animadamente o pássaro pikka, que parecia não ter sequer notado sua chegada. Executando estranhos movimentos ondulatórios com os braços, Thrashbarg mantinha o pássaro pikka diante da Besta, tomando cuidado para que não estivesse ao seu alcance, sempre para baixo. Executando estranhos movimentos com a toalha, Arthur mantinha a atenção da Besta assim e assado – sempre para baixo.

– Acho que nunca vi nada tão ridículo em toda a minha vida – murmurou Ford para si mesmo.

Finalmente, a Besta caiu, aturdida mas dócil, de joelhos no chão.

– Vai! – sussurrou Thrashbarg em tom de urgência para Ford. – Vai! Agora!

Ford saltou nas costas imensas da criatura, agarrando sua pelagem espessa e embaraçada para se apoiar, e segurando tufos de pêlo para se sustentar, uma vez posicionado lá em cima.

– Agora, Fazedor de Sanduíches! Vai! – Com um gesto elaborado e um aperto de mão ritualístico que Arthur não pôde sequer acompanhar porque o Velho Thrashbarg obviamente tinha acabado de inventar, ele empurrou Arthur para frente. Respirando fundo, Arthur escalou as costas imensas, quentes e arfantes da Besta, colocando-se atrás de Ford, e segurou firme. Músculos enormes, do tamanho de leões-marinhos, ondularam e se flexionaram debaixo dele.

De repente, o Velho Thrashbarg suspendeu o pássaro bem alto. A cabeça da Besta girou para acompanhá-lo. Thrashbarg levantou o braço com o pássaro pikka várias vezes; então, lentamente, pesadamente, a Besta Perfeitamente Normal se ergueu, um pouco cambaleante. Os dois cavaleiros montados em suas costas agarravam-se aos seus pêlos feroz e nervosamente.

Arthur contemplou o mar de animais enfurecidos, esforçando-se para tentar ver para onde estavam indo, mas não havia nada além de uma bruma de calor.

– Tá conseguindo enxergar alguma coisa? – perguntou a Ford.

– Não. – Ford virou para olhar para trás, tentando ver se conseguia alguma pista de onde haviam vindo. Nada.

Arthur gritou para Thrashbarg lá atrás.

– Você sabe de onde eles vêm? – gritou ele. – Ou para onde estão indo?

– O domínio do Rei! – gritou Thrashbarg de volta.

– Rei? – gritou Arthur, surpreso. – Que Rei? – A Besta Perfeitamente Normal balançava e sacudia sem parar debaixo dele.

– Como assim, que Rei? – perguntou o Velho Thrashbarg. – *O* Rei.

– É que você nunca mencionou um Rei – gritou Arthur, um tanto quanto espantado.

– O quê? – perguntou o Velho Thrashbarg. As batidas de milhares de cascos tornavam difícil ouvir qualquer coisa, e ele estava concentrado no que estava fazendo.

Ainda segurando o pássaro no alto, Thrashbarg conduziu a Besta lentamente até que ela se virasse e ficasse novamente emparelhada com a movimentação do seu bando gigantesco. Avançou um pouco mais. A Besta o seguiu. Avançou novamente. A Besta o seguiu novamente. Por fim, já estava se movendo por conta própria.

– Eu disse que você nunca mencionou um Rei! – repetiu Arthur.

– Eu não disse um Rei – gritou o Velho Thrashbarg –, eu disse *o* Rei.

Recolheu o braço e depois estendeu-o com toda a força, lançando o pássaro pikka no ar, acima da horda. Isso pareceu pegar o pássaro pikka completamente de surpresa, já que ele, obviamente, não estava prestando atenção nenhuma ao que estava acontecendo. Levou alguns segundos para entender o que estava se passando; então abriu as asas e voou.

– Vá! – gritou Thrashbarg. – Vá encontrar o seu destino, Fazedor de Sanduíches!

Arthur não estava tão certo de que queria encontrar o seu destino daquela forma. Queria apenas chegar aonde quer que fosse para poder descer daquela criatura. Não se sentia nem um pouco seguro lá em cima. A Besta estava ganhando velocidade, enquanto seguia o rastro do pássaro pikka. Alcançou a margem da grande maré de animais e um pouco depois, de cabeça baixa, tendo esquecido o pássaro, correu novamente com o resto da horda, aproximando-se rapidamente do ponto onde desapareciam subitamente. Arthur e Ford agarravam-se na fera gigante, lutando pela vida, cercados por todos os lados de montanhas ondulantes de corpos.

– Isso! Cavalguem a Besta! – gritou Thrashbarg. A sua voz distante reverberava diminuta em seus ouvidos. – Cavalguem a Besta Perfeitamente Normal! Cavalguem, cavalguem!

Ford gritou no ouvido de Arthur:

– Para onde ele disse que estamos indo?

– Disse alguma coisa sobre um Rei – berrou Arthur de volta, segurando-se desesperadamente.

– Que Rei?

– Foi o que eu perguntei. Ele só disse *o* Rei.

– Eu não sabia que existia um *o* Rei – berrou Ford.

– Nem eu – gritou Arthur.

– A não ser, é claro, *o* Rei – disse Ford. – Mas acho que ele não está falando desse Rei.

– *Que* Rei? – berrou Arthur.

Estavam quase no final da reta. Bem à sua frente, Bestas Perfeitamente Normais galopavam para o nada e desapareciam.

– Como assim, *que* Rei? – berrou Ford. – *Eu* não sei que Rei. Só estou dizendo que ele não deve estar se referindo ao *Rei*, então, não sei de quem está falando.

– Ford, não faço idéia do que você está falando.

– Novidade – disse Ford. Então, com uma aceleração súbita, as estrelas surgiram, giraram sobre as suas cabeças e depois, de maneira igualmente repentina, desapareceram novamente.

capítulo 21

Edifícios cinzentos enevoados surgiam e desapareciam. Balançavam para cima e para baixo de maneira altamente constrangedora.

Que edifícios eram aqueles?

Qual a sua finalidade? O que eles a lembravam?

É muito difícil entender as coisas quando somos inesperadamente transportados para um mundo diferente, com uma cultura diferente, com um conjunto diferente de pressupostos básicos sobre a vida e, além de tudo isso, com uma arquitetura incrivelmente sem graça e sem sentido.

O céu sobre os prédios era de um negrume frio e hostil. As estrelas, que àquela distância do sol deveriam ser pontos de luz insuportavelmente brilhantes, ficavam embaçadas e foscas por causa da grossura da enorme bolha de proteção. Feita de perspex ou qualquer coisa assim. Algo fosco e grosso.

Tricia rebobinou a fita até o início.

Sabia que havia alguma coisa estranha ali.

Bem, na verdade, havia um milhão de coisas estranhas ali, mas uma em particular a incomodava e ela não sabia dizer qual era.

Suspirou e abriu a boca em um bocejo.

Enquanto esperava a fita rebobinar, jogou na lixeira alguns dos copinhos plásticos sujos de café que se acumularam sobre a mesa.

Estava sentada numa pequena ilha de edição numa produtora de vídeo no Soho. Tinha colocado vários cartazes de NÃO PERTURBE na porta e bloqueado todas as ligações para o seu ramal. Originalmente, tudo isso era para proteger o seu incrível furo de reportagem, mas agora era para protegê-la do constrangimento.

Resolveu assistir à fita toda novamente desde o começo. Se conseguisse agüentar. Talvez desse uma adiantada aqui e ali.

Eram cerca de quatro da tarde de segunda-feira e ela estava com uma sensação ruim. Estava tentando descobrir qual o motivo da sensação ruim, e a lista de suspeitos não era nada pequena.

Tudo começou com aquele vôo noturno vindo de Nova York. O corujão. De matar qualquer um.

Depois foi abordada em seu jardim e partiu para o planeta Rupert. Não tinha experiência suficiente naquele tipo de coisa para poder dizer com certeza que também era de matar qualquer um, mas podia apostar que as pessoas que passavam por aquilo regularmente deviam ter lá as suas reclamações. As revistas viviam publicando tabelas de estresse. Cinqüenta pontos de estresse se você perdeu o seu emprego. Setenta e cinco para um divórcio ou um visual novo nos cabelos, e por aí vai. Nenhuma dessas tabelas jamais mencionou ser abordada em seu jardim por alienígenas e levada para o planeta Rupert, mas ela estava certa de que devia valer algumas dezenas de pontos.

Não que a viagem em si tivesse sido particularmente estressante. Na verdade, fora extremamente chata. Com certeza não ultrapassava o estresse da travessia sobre o Atlântico que tinha acabado de fazer e durou mais ou menos o mesmo tempo: quase sete horas.

Aquilo era impressionante, não? Viajar para os limites extremos do sistema solar no mesmo tempo de um vôo entre Londres e Nova York significava que eles deviam ter uma forma de propulsão fantástica e desconhecida na nave. Interrogou os seus anfitrões a respeito e eles concordaram que era mesmo incrível.

– Mas como é que *funciona?* – perguntara ela, animada. Ainda estava bem animada no ínicio da viagem.

Localizou aquele trecho da fita e decidiu rever. Os grebulons, que era como eles se chamavam, estavam educadamente mostrando a ela quais botões apertavam para controlar a nave.

– Sim, mas qual é o *princípio* de funcionamento? – ouviu a sua voz perguntar, por trás da câmera.

– Ah, você quer saber se é um motor de dobra ou algo assim? – perguntaram eles.

– Sim – insistiu Tricia. – *O que é?*

– Deve ser algo assim – disseram eles.

– Assim *como?*

– Um motor de dobra, propulsor fotônico, algo assim. É melhor perguntar ao Engenheiro de Vôo.

– E quem é ele?

– Não sabemos. Perdemos nossas mentes.

– Ah, é – disse Tricia, um pouco desanimada. – É o que vocês dizem. E como foi exatamente que vocês perderam a mente?

– Não sabemos – responderam, pacientemente.

– Porque perderam a mente – repetiu Tricia, abatida.

– Você quer ver televisão? É um longo vôo. Nós assistimos televisão. Gostamos disso.

Toda essa cena imperdível estava gravada na fita, e que belo entretenimento ela proporcionava. Para começar, a qualidade da imagem estava péssima. Tricia não sabia dizer exatamente o porquê. Tinha a impressão de que os grebulons eram sensíveis a uma gama de freqüências de luz um pouco diferente e de que havia muito ultravioleta por lá, o que estava entulhando a câmera de vídeo. Havia diversos padrões de interferência e chuviscos. Talvez estivesse relacionado com o motor de dobra a respeito do qual nenhum deles sabia nada.

O que ela tinha em fita, basicamente, era um bando de pessoas magrinhas e descoloridas sentadas, vendo noticiários em suas televisões. Apontara a câmera para fora, através da minúscula escotilha ao lado do seu assento, e conseguira captar um efeito levemente listrado das estrelas. Ela sabia que era real, mas teria levado apenas três ou quatro minutos para falsificar aquela imagem.

No final, tinha decidido poupar a sua preciosa fita de vídeo para usar quando chegasse a Rupert e reclinou-se em seu assento para ficar assistindo televisão com eles. Chegou até a cochilar um pouco.

Parte da sua sensação ruim, portanto, vinha da impressão de que tinha passado um tempo enorme em uma espaçonave extraterrestre, dotada de um impressionante projeto tecnológico, mas, ainda assim, gastara a maior parte do tempo cochilando diante de reprises de *M*A*S*H* e *Cagney & Lacey*. O que mais havia para se fazer lá?

Tirara algumas fotos também, é claro, mas voltaram do laboratório pavorosamente embaçadas.

Outra parte de sua sensação ruim provavelmente vinha da chegada em Rupert. Aquilo, pelo menos, fora dramático e de arrepiar os cabelos. A nave veio sobrevoando uma paisagem negra e sombria, um terreno tão desesperadamente isolado do calor e da luz de seu sol que mais parecia um mapa das cicatrizes psicológicas na mente de uma criança abandonada.

Luzes ardiam através da escuridão congelada e guiavam a nave até a entrada de uma espécie de caverna que parecia ter se curvado para recebê-la.

Infelizmente, por causa do ângulo de aproximação da nave e da profundidade em que a pequena e grossa escotilha estava inserida em seu revestimento, não foi possível posicionar a câmera de vídeo para captar essas imagens. Estava vendo aquele trecho da fita.

A câmera estava apontada direto para o sol.

Isso, normalmente, é péssimo para uma câmera de vídeo. Mas, quando o sol está aproximadamente a quinhentos milhões de quilômetros de distância, não causa nenhum dano. Na verdade, quase não aparece. É apenas um pontinho de luz bem no meio do enquadramento, que poderia ser qualquer outra coisa. Era apenas uma estrela em meio a tantas outras.

Tricia avançou a fita.

Ah. O próximo trecho parecia bastante promissor. Saíram da nave dentro de uma estrutura enorme e cinzenta, parecida com um hangar. Aquilo era definitivamente tecnologia extraterrestre em uma escala impressionante. Imensos prédios cinzentos sob a abóbada escura da bolha de perspex. Eram os mesmos prédios que vira no início da fita. Conseguira filmá-los mais um pouco quando saíra de Rupert, algumas horas depois, antes de entrar na espaçonave que a levaria de volta para casa. O que eles lembravam?

Bom, mais do que qualquer outra coisa, lembravam o cenário de qualquer filme de ficção científica de quinta categoria dos últimos vinte anos. Eram muito maiores, é claro, mas pareciam igualmente improvisados e pouco realistas na tela do vídeo. Além da péssima qualidade da imagem, ela teve que lidar com efeitos inesperados da gravidade, consideravelmente menor do que na Terra, e tivera dificuldades para manter a câmera firme, sem ficar sacudindo para cima e para baixo de uma maneira constrangedoramente amadora. No final das contas era impossível distinguir detalhes na fita.

E lá estava o Líder se aproximando para cumprimentá-la, sorrindo e esticando a mão em sua direção.

Era assim que o chamavam. O Líder.

Nenhum dos grebulons tinha nome, em grande parte porque não conseguiam imaginar um. Tricia descobrira que alguns deles chegaram a pensar em adotar nomes de personagens dos programas de tevê que captavam da Terra, mas, por mais que tivessem se esforçado para se chamar Wayne, Bobby ou Chuck, algum vestígio de algo profundamente enraizado no subconsciente cultural que haviam trazido consigo das estrelas distantes de onde vieram deve ter dito a eles que aquilo não era certo e que não ia funcionar.

O Líder se parecia com todos os outros. Talvez um pouco menos magro. Ele disse o quanto gostava dos programas dela na tevê, disse que era o seu fã número um, que estava muito contente por ela ter vindo visitá-los em Rupert, falou que todos estavam ansiosos com a sua visita e disse ainda que ele esperava que o vôo tivesse sido confortável, etc. e tal. Não havia nada que denunciasse que era uma espécie de emissária dos astros ou algo assim.

Revendo a cena agora em vídeo, ele parecia um sujeito comum fantasiado e maquiado, parado diante de um cenário que dava a impressão que ia desabar assim que alguém se encostasse nele.

E lá estava ela, sentada diante do monitor com o rosto entre as mãos, balançando a cabeça em lenta perplexidade.

Aquilo era *horrível.*

Não só aquele trecho era horrível, como ela sabia o que viria em seguida. Era a parte em que o Líder perguntava se ela estava com fome após o vôo e se não gostaria de comer algo. Aproveitariam para conversar enquanto jantassem.

Lembrava perfeitamente o que havia passado pela sua cabeça naquela hora.

Comida de ET.

Como se livrar daquela?

Será que realmente ia ter que comer? Ou teria acesso a algum guardanapo de papel onde poderia cuspir? Não haveria dezenas de problemas de imunidade diferencial?

Acabou que eram hambúrgueres.

Não só eram hambúrgueres como também os hambúrgueres eram clara e obviamente do McDonald's, requentados no microondas. Não reconhecera apenas pela aparência. Nem pelo cheiro. É que, nas embalagens de poliestireno em formato de concha nas quais vinham os hambúrgueres, "McDonald's" estava impresso em todos os cantos.

– Coma! Aproveite! – disse o Líder. – Nada é bom o bastante para a nossa convidada de honra!

Estava no apartamento particular do Líder. Tricia olhou à sua volta com um espanto que estava a um passo de se transformar em terror, mas não deixou de continuar filmando.

O apartamento tinha uma cama com colchão d'água. E um Midi hi-fi. E um daqueles troços de vidro iluminados que ficam sobre os tampos das mesas e parecem ter glóbulos de esperma flutuando dentro deles. As paredes eram revestidas de veludo.

O Líder estava refestelado em um pufe de veludo cotelê marrom e esguichou um spray refrescante na boca.

De repente, Tricia começou a ficar muito assustada. Até onde sabia, estava mais distante da Terra do que qualquer outro ser humano jamais esteve, e em companhia de uma criatura alienígena refestelada em um pufe de veludo cotelê, esguichando spray refrescante na boca.

Não queria tomar atitudes precipitadas. Não queria assustá-lo. Mas tinha algumas coisas que ela precisava saber.

– Como foi que você... onde foi que arrumou... essas coisas? – perguntou ela, gesticulando em volta, nervosamente.

– A decoração? – perguntou o Líder. – Você gostou? É muito sofisticado. Somos um povo sofisticado, nós, os grebulons. Compramos bens de consumo sofisticados e duráveis... pelo correio.

Tricia concordara com a cabeça, tremendamente devagar.

– Pelo correio... – dissera ela.

O Líder deu uma risadinha. Era uma daquelas risadinhas sedosas e tranqüilizadoras de chocolate amargo.

– Acho que você está pensando que eles fazem as entregas aqui. Não! Há há! Arranjamos uma caixa postal em New Hampshire. Fazemos visitas regulares para apanhar as encomendas. Há há! – Recostou-se, relaxado, em seu pufe, apanhou uma batata frita requentada e mordiscou a pontinha, com um sorriso divertido nos lábios.

Tricia podia sentir o seu cérebro começando a fritar aos poucos. Manteve a câmera rodando.

– Como é que vocês, bem, ah, como é que pagam por essas... coisas maravilhosas?

O Líder deu outra risadinha.

– American Express – disse ele, sacudindo os ombros de maneira indiferente.

Tricia concordou novamente com a cabeça, devagar. Sabia que mandavam cartões de crédito exclusivamente para quase todo mundo.

– E esses? – perguntou ela, segurando o hambúrguer que haviam lhe dado de presente.

– Isso é fácil – disse o Líder. – Ficamos na fila.

Novamente, com uma sensação gélida e formigante na espinha, Tricia percebeu que aquilo explicava muita coisa.

Apertou o botão de FF novamente. Não havia nada ali que pudesse ser usado. Era tudo uma loucura, um pesadelo. Poderia ter forjado algo que parecesse mais convincente.

Outra sensação ruim começou a invadi-la enquanto assistia àquela fita inútil e horrorosa, e ela começou a perceber, com um pavor gradual, que aquela devia ser a resposta.

Ela devia estar...

Sacudiu a cabeça e tentou manter a calma.

Um vôo noturno para o Leste... Os remédios para dormir que tomou para agüentar a viagem. A vodca que bebeu para fazer os remédios funcionarem.

O que mais? Bem. Dezessete anos obcecada por um sujeito glamouroso que tinha duas cabeças – sendo que uma estava disfarçada de um papagaio preso em uma gaiola – e lhe passara uma cantada em uma festa mas se mandara, impaciente, para um outro planeta em um disco voador. De repente essa idéia parecia ter uma série de aspectos inconvenientes que jamais lhe ocorreram. Jamais. Em dezessete anos.

Enfiou o punho dentro da boca.

Precisava de ajuda.

Depois, Eric Bartlett perturbando-a com aquele papo de espaçonaves alienígenas pousando no seu jardim. E antes disso... Nova York fora... muito quente e estressante. As grandes esperanças e a amarga frustração. A história toda da astrologia.

Deve ter tido um colapso nervoso.

Era isso. Estava exausta, tivera um colapso nervoso e começara a ter alucinações um pouco depois de chegar em casa. Sonhara aquela história toda. Uma raça alienígena de pessoas desprovidas das suas próprias vidas e histórias, encalhadas em uma base remota do nosso sistema solar, preenchendo o seu vácuo intelectual com o nosso lixo cultural. Ahá! Era a maneira da natureza lhe dizer que precisava se internar em uma clínica muito cara o mais rápido possível.

Estava muito, mas muito doente. Olhou quantas doses duplas de café já havia bebido e percebeu como sua respiração estava ofegante e acelerada.

Perceber a doença, disse ela para si mesma, era meio caminho andado para a cura. Começou a controlar a respiração. Havia entendido tudo a tempo. Percebeu onde estava. Estava conseguindo voltar do precipício psicológico de onde quase despencou. Começou a se acalmar, se acalmar, se acalmar. Recostou na cadeira e fechou os olhos.

Após alguns minutos, agora que estava respirando normalmente de novo, abriu os olhos.

Mas então, de onde saíra aquela fita?

Ainda estava rodando.

Tudo bem. Era falsificada.

Ela própria a falsificara, era isso.

Devia ter sido ela mesma quem a falsificara, pois sua voz podia ser ouvida em off o tempo todo, fazendo perguntas. De vez em quando, a câmera apontava para baixo no final de uma tomada e ela via os seus próprios pés, calçados nos seus próprios sapatos. Falsificara a fita e não conseguia se lembrar de tê-la falsificado nem sabia o porquê daquilo.

A sua respiração estava ficando agitada novamente, enquanto observava as imagens tremidas, cheias de chuvisco.

Vai ver que *ainda* estava tendo alucinações.

Sacudiu a cabeça, tentando espantar aquelas idéias. Não se lembrava de ter falsificado nenhuma parte daquela fita tão obviamente falsa. Por outro lado, conseguia se lembrar de coisas que se *pareciam* bastante com as falsas. Continuou assistindo, em transe, perplexa.

A pessoa que ela tinha imaginado se chamar *o* Líder estava lhe fazendo algumas perguntas sobre astrologia e ela estava respondendo tranqüilamente. Somente ela própria era capaz de detectar o pânico crescente e bem disfarçado em sua voz.

O Líder apertou um botão e uma parede de veludo marrom deslizou para cima, revelando uma enorme bancada de monitores de tevê com tela plana.

Cada um dos monitores estava exibindo um caleidoscópio de imagens diferentes: alguns segundos de um programa de auditório, alguns segundos de um seriado policial, alguns segundos do sistema de segurança do depósito de um supermercado, alguns segundos do filme caseiro das férias de alguém, alguns segundos de sexo, alguns segundos do noticiário, alguns segundos de comédia. Estava claro que o Líder tinha bastante orgulho de tudo aquilo e ficava movimentando as mãos como um maestro, enquanto continuava a tagarelar enormes besteiras.

Mais um movimento com as mãos e todas as telas ficaram brancas, formando uma única tela de computador gigante, mostrando em forma diagramática todos os planetas do sistema solar, mapeados sobre um pano de fundo das estrelas em suas constelações. A tela estava completamente estática.

– Temos grandes habilidades – estava dizendo o Líder. – Grandes habilidades em computação, em trigonometria cosmológica, em cálculo navegacional tridimensional. Grandes habilidades. Grandes, grandes habilidades. Só que nos esquecemos de tudo. É horrível. Gostávamos de ter habilidades, mas elas se foram. Estão por aí, em algum lugar do espaço, sem rumo. Assim como os nossos nomes e os detalhes sobre os nossos lares e entes queridos. Por favor – pediu ele, fazendo um gesto para que ela se sentasse diante do computador –, seja habilidosa para nós.

O que aconteceu em seguida, obviamente, foi que Tricia colocou a sua câmera no tripé para capturar toda a cena. Depois apareceu na filmagem e sentou-se calmamente diante da tela de computador gigante, passou alguns minutos se familiarizando com a interface e então começou, tranqüila e competentemente, a fingir que tinha alguma idéia do que estava fazendo.

Na verdade, nem fora tão difícil assim.

Ela era, afinal, matemática e astrofísica por formação e apresentadora de tevê por experiência, e podia blefar sem problemas sobre toda a ciência que esquecera ao longo dos anos.

O computador onde estava trabalhando era uma prova concreta de que os grebulons vinham de uma cultura muito mais avançada e sofisticada do que sugeria o seu atual estado de vácuo e, com a sua habilidade, ela conseguiu, em mais ou menos meia hora, improvisar um modelo grosseiro do sistema solar.

Não era incrivelmente preciso nem nada, mas ficara bonito. Os planetas estavam se movendo em simulações razoavelmente boas de suas órbitas e dava para observar o movimento de toda a engrenagem cosmológica virtual de qualquer ponto do sistema – embora muito grosseiramente. Dava para observar do ponto de vista da Terra, do ponto de vista de Marte, etc. Dava para observar da superfície do planeta Rupert. Tricia ficara bastante impressionada consigo mesma, mas igualmente impressionada com o sistema de computador no qual trabalhara. A tarefa talvez tivesse demorado um ano ou mais de programação usando computadores terrestres.

Quando treminou, o Líder surgiu atrás dela e contemplou seu trabalho. Estava muito satisfeito e encantado com o resultado.

– Ótimo – disse ele. – E agora, por favor, gostaria que você demonstrasse como usar o sistema que você acabou de criar para traduzir as informações desse livro aqui para mim.

Calmamente, colocou um livro diante dela.

Era *Você e os seus planetas*, de Gail Andrews.

Tricia parou a fita novamente.

Estava definitivamente se sentindo tonta. A sensação de que estava tendo alucinações passara, mas nada ficou mais fácil ou mais claro na sua cabeça.

Empurrou a cadeira para trás da mesa de edição e se perguntou o que fazer em seguida. Anos atrás abandonara o campo da pesquisa astronômica porque sabia, sem nenhuma dúvida, que havia conhecido um ser de outro planeta. Em uma festa. E também sabia, sem nenhuma dúvida, que seria motivo de chacota se algum dia resolvesse falar sobre isso. Mas como podia estudar cosmologia e *não* contar justo o que sabia de mais importante a respeito? Fez a única coisa que podia fazer. Saiu fora.

Agora, ela trabalhava na televisão e a mesma coisa acontecera novamente.

Tinha uma fita gravada, uma *fita gravada* de verdade, da história mais incrível de toda história de, bem, qualquer coisa: uma base esquecida de uma civilização alienígena perdida no planeta mais afastado de nosso sistema solar.

Tinha a história.

Tinha *estado* lá.

Tinha *visto* tudo.

Tinha uma *fita gravada*, ora bolas.

E, se algum dia mostrasse para alguém, seria motivo de chacota.

Como podia provar aquilo? Nem valia a pena pensar a respeito. Tudo não passava de um pesadelo, de virtualmente qualquer ângulo que ela examinasse a situação. A sua cabeça estava começando a latejar.

Tinha uma aspirina na bolsa. Saiu da pequena ilha de edição em direção ao bebedouro no final do corredor. Tomou a aspirina e vários copos d'água.

O lugar parecia muito calmo. Normalmente havia muitas pessoas zanzando apressadas por ali ou, pelo menos, algumas pessoas zanzando apressadas por ali. Esticou a cabeça para dentro da ilha de edição que ficava ao lado da sua, mas não havia ninguém lá dentro.

Exagerara um pouco no seu desespero de manter as pessoas longe da sua ilha de edição. NÃO PERTURBE estava escrito no cartaz. NEM PENSE EM ENTRAR. NÃO ME INTERESSA O QUE ESTÁ ACONTECENDO. VÁ EMBORA. ESTOU OCUPADA!

Quando voltou, percebeu que a luz de recados do seu telefone estava piscando e imaginou há quanto tempo já estaria assim.

– Alô? – disse ela para o recepcionista.

– Oh, Srta. McMillan, que bom que você ligou. Todo mundo está tentando falar com você. A sua rede de tevê. Estão desesperados para entrar em contato. Você pode ligar para eles?

– Por que você não transferiu a ligação? – perguntou Tricia.

– Você pediu para eu não transferir nada. Disse para eu até mesmo negar que a senhorita estava aqui. Eu não sabia o que fazer. Subi até aí para avisá-la, mas...

– Está bem – disse Tricia, xingando a si mesma. Ligou para o escritório.

– *Tricia!* Por onde diabos você andou?

– Na ilha de...

– Eles disseram...

– Eu sei. O que está acontecendo?

– O que está *acontecendo?* Só uma espaçonave extraterrestre!

– O quê? *Aonde?*

– No Regent's Park. Grandona, prateada. Uma menina com um pássaro. Ela fala a nossa língua, joga pedra nas pessoas e quer alguém para consertar o seu relógio. Vá o mais rápido possível.

Tricia contemplava a cena.

Não era uma nave grebulon. Não que ela tivesse subitamente se tornado uma especialista em embarcações extraterrestres, mas aquela era uma nave esguia e bonita, cinza e branca, do tamanho de um grande iate – aliás, era até mesmo parecida com um. Perto dela, as estruturas da imensa e semidesmantelada nave grebulon pareciam torres de canhão de um navio de guerra. Torres de canhão. Era com elas que os prédios cinzentos se pareciam. E o mais estranho é que, quando passara por elas antes de embarcar novamente na pequena nave grebulon, tinham se movido. Essas coisas passavam depressa pela sua cabeça enquanto ela corria do táxi até a equipe de filmagem.

– Onde está a garota? – gritou ela, por cima do barulho dos helicópteros e das sirenes da polícia.

– Ali! – gritou o produtor, enquanto o engenheiro de som corria para afixar um microfone nela. – Ela diz que sua mãe e seu pai vieram daqui em uma dimensão paralela ou algo assim e que está com o relógio do pai e... sei lá. O que mais posso dizer? Vai com tudo. Pergunte a ela como é ser de outro planeta.

– Valeu, Ted – murmurou Tricia. Verificou se o seu microfone estava bem afixado, respirou fundo, jogou o cabelo para trás e incorporou o papel da repórter profissional, em território familiar, pronta para qualquer coisa.

Pelo menos para praticamente qualquer coisa.

Virou-se para procurar a menina. Devia ser aquela ali, com cabelo despenteado e olhos raivosos. A menina virou-se para ela. E encarou-a fixamente.

– Mãe! – gritou ela, e começou a atirar pedras em Tricia.

capítulo 22

A luz do dia explodiu em volta deles. Sol quente, forte. Uma planície deserta se estendia até o horizonte em uma névoa de calor. Saltaram trovejando sobre ela.

– Pula! – gritou Ford Prefect.

– O quê? – perguntou Arthur Dent, firmemente agarrado.

Ford não respondeu.

– O que foi que você disse? – gritou Arthur novamente, e então percebeu que Ford Prefect não estava mais lá. Olhou ao redor, em pânico, e começou a escorregar. Percebendo que não podia mais se segurar, arremessou-se para o lado o máximo que pôde e enroscou-se como uma bola ao atingir o chão, rolando, rolando para longe dos cascos esmagadores.

Que dia, pensou ele, tossindo furiosamente a poeira para fora de seus pulmões. Não tinha um dia tão horrível quanto aquele desde que a Terra fora demolida. Ficou de joelhos, com dificuldade, depois em pé e, em seguida, começou a fugir. Não sabia de que nem para onde, mas fugir lhe parecia uma decisão prudente.

Deu de cara com Ford Prefect, que estava parado examinando os arredores.

– Olha lá – disse Ford. – É exatamente disso que nós precisamos.

Arthur tossiu mais um pouco de poeira e limpou mais poeira do cabelo e dos olhos. Ofegante, virou-se para ver o que Ford estava olhando.

Não parecia muito com o domínio de um Rei, ou *do* Rei, ou de qualquer tipo de Rei. Mas era bem convidativo.

Primeiro, o contexto. Aquele era um mundo deserto. A terra seca e batida havia machucado todas as partes de Arthur que não tivessem sido machucadas durante as festividades da noite anterior. Um pouco mais adiante havia penhascos imensos, que pareciam de arenito, desgastados pelo vento e pela mínima chuva que, presumivelmente, caía naquelas bandas produzindo formatos fantásticos que combinavam com os formatos fantásticos dos cactos gigantes que brotavam aqui e ali do solo árido e alaranjado.

Por um momento, Arthur ousou sonhar que haviam chegado inesperadamente no Arizona, ou no Novo México, ou até mesmo em Dakota do Sul, mas havia várias evidências em sentido contrário.

Para começar, as Bestas Perfeitamente Normais continuavam trovejando e esmagando o chão. Elas emergiam aos milhares no horizonte mais longínquo, desapareciam completamente por mais ou menos um quilômetro e depois reapareciam, trovejando e esmagando o chão até o horizonte longínquo oposto.

Depois havia as naves espaciais estacionadas na entrada do Bar & Restaurante. Ah, Bar & Restaurante Domínio do Rei. Um certo anticlímax, pensou Arthur com os seus botões.

Na verdade, apenas uma nave espacial estava estacionada na porta do Bar & Restaurante Domínio do Rei. As outras três estavam em um estacionamento ao lado. Mas era a que estava parada na porta que chamava a atenção. Um verdadeiro espetáculo. Estabilizadores maneiríssimos por todo lado e muito, mas muito cromo mesmo sobre os estabilizadores. A maior parte da fuselagem fora pintada de rosa-choque. Estava agachada, a postos, como um imenso inseto chocando ovos, e dava a impressão de que, a qualquer momento, iria pular em alguma coisa a dois quilômetros de distância.

O Bar & Restaurante Domínio do Rei ficava exatamente no meio do lugar para onde as Bestas Perfeitamente Normais estariam avançando se não fizessem um pequeno desvio transdimensional no caminho. Sozinho, impassível. Um bar & restaurante como outro qualquer. Uma parada de caminhoneiros. Em algum lugar no meio de lugar algum. Silencioso. O Domínio do Rei.

– Vou comprar aquela nave – disse Ford, baixinho.

– Comprar? – perguntou Arthur. – Isso não é do seu feitio. Pensei que você normalmente furtasse.

– Às vezes precisamos ter um mínimo de respeito – disse Ford.

– E, provavelmente, um mínimo de dinheiro também – rebateu Arthur. – Quanto será que custa um troço desses?

Com um movimento discreto, Ford sacou o seu cartão de crédito Jant-O-Card do bolso. Arthur notou que a mão dele tremia um pouco.

– Vou ensinar a eles no que dá me tornar crítico de restaurantes... – disse Ford, entre dentes.

– O que você quer dizer com isso? – perguntou Arthur.

– Vou te mostrar – respondeu Ford com um brilho maldoso nos olhos. – Vamos lá fazer algumas *despesas*, está bem?

– Duas cervejas – pediu Ford – e, deixa eu ver, dois enroladinhos de bacon, o que mais você tiver aí e, ah, a parada cor-de-rosa ali fora.

Colocou o cartão no balcão do bar e olhou em volta, casualmente.

Houve uma espécie de silêncio.

Para falar a verdade, não havia muito barulho antes, mas naquele momento havia definitivamente uma espécie de silêncio. Até mesmo o trovejar distante das Bestas Perfeitamente Normais evitando cuidadosamente o Domínio do Rei soava um tanto quanto abafado.

– Acabei de *cavalgar* na cidade – disse Ford, como se não houvesse nada de esquisito nisso ou no resto. Estava inclinado sobre o balcão, em uma postura extravagantemente relaxada.

Havia mais uns três clientes no lugar, sentados às mesas, observando seus drinques. Uns três. Algumas pessoas diriam que eram exatamente três, mas não era um desses lugares em que você possa ser bem preciso. Havia um sujeito grandalhão arrumando alguma coisa sobre o pequeno palco. Uma velha bateria. Algumas guitarras. Coisas típicas de música country.

O barman não estava com muita pressa de atender o pedido de Ford. Para falar a verdade, ele não moveu um músculo.

– Acho que a parada rosa não está à venda – disse ele, finalmente, com um daqueles sotaques que não saem dos ouvidos por um bom tempo.

– Óbvio que está – disse Ford. – Quando você quer por ela?

– Bem...

– Pense em um valor. E depois duplique.

– Não é minha, não posso vender – respondeu o barman.

– Então, de quem é?

O barman fez um gesto com a cabeça, apontando para o grandalhão que estava no palco. Um sujeito grande e gordo, movimentando-se devagar, ligeiramente careca.

Ford concordou com a cabeça e sorriu.

– Está bem – disse ele. – Traga as cervejas e os rolinhos. Mantenha a conta em aberto.

Arthur sentou-se no bar e descansou. Estava acostumado a não saber o que estava acontecendo. Sentia-se confortável com aquilo. A cerveja era ótima e o deixou com um pouco de sono, o que não tinha o menor problema. Os rolinhos de bacon não eram rolinhos de bacon. Eram rolinhos de Besta Perfeitamente Normal. Trocou alguns comentários profissionais de fazedor de rolinhos com o barman e deixou que Ford fizesse o que queria fazer.

– Está bem – disse Ford, voltando para o seu banquinho. – Tudo certo. Conseguimos a parada rosa.

O barman pareceu bastante surpreso.

– Ele vai vender para você?

– Ele vai nos dar, de graça – respondeu Ford, dando uma mordida no seu rolinho. – Ei, não, não fecha a conta ainda não. Vamos acrescentar algumas coisas. Gostei do rolinho.

Tomou um longo gole de cerveja.

– E gostei da cerveja – acrescentou. – Gostei da nave, também – disse ele, olhando a parada grande, rosa, cromada e insetiforme, que podia ser parcialmente vista pelas janelas do bar. – Gostei de tudo, de tudo mesmo. Sabe – disse ele, reclinando-se para trás, pensativo –, é em momentos como este que a gente se pergunta se vale mesmo a pena se preocupar com a tessitura do espaço-tempo e a integridade causal da matriz de probabilidade multidimensional e o potencial colapso de todas formas de onda na Mistureba Generalizada de Todas as Coisas e essas outras histórias que vêm me perturbando. Talvez eu sinta que o grandalhão tem razão. A gente tem mais é que deixar fluir. Se estressar pra quê? Deixa fluir.

– Que grandalhão? – perguntou Arthur.

Ford fez um sinal em direção ao placo. O grandalhão estava repetindo "Um, dois" no microfone. Apareceram uns outros sujeitos no palco. Bateria. Guitarra.

O barman, que estava calado nos últimos segundos, disse:

– Quer dizer que ele vai te *dar* a nave dele?

– Isso – respondeu Ford. – "Deixa rolar", foi o que ele me disse. "Leve a nave. Com as minhas bênçãos. Cuide dela direitinho." Eu vou cuidar dela direitinho.

Tomou mais um gole da cerveja.

– Como eu ia dizendo – continuou ele. – É em momentos como este que você meio que pensa, ah, deixa rolar geral. Mas aí você pensa em sujeitos como os da InfiniDim e depois pensa: eles não vão sair impunes dessa. Eles merecem sofrer. É o meu dever sagrado fazer com que eles sofram. Aqui, deixa eu acrescentar uma coisa na conta para o cantor. Fiz um pedido especial e chegamos a um acordo. Deve ser incluído na minha conta, o.k.?

– O.k. – respondeu o barman, desconfiado. Depois, deu de ombros. – Está bem, como o senhor quiser. Quanto?

Ford disse o valor. O barman caiu duro para trás, derrubando garrafas e copos. Ford se debruçou prontamente sobre o balcão para checar se ele estava bem e para ajudá-lo a se levantar. Havia cortado o dedo e o cotovelo e estava se sentindo um pouco grogue mas, tirando isso, estava bem. O grandalhão começou a cantar. O barman saiu cambaleando e foi passar o cartão de Ford.

– Está acontecendo alguma coisa aqui que eu não estou sabendo? – perguntou Arthur para Ford.

– Não é sempre assim? – rebateu Ford.

– Não precisa falar assim – disse Arthur. Começou a acordar. – Não é melhor irmos embora logo? – perguntou ele, de repente. – Essa nave pode nos levar à Terra?

– Claro que sim – disse Ford.

– É para lá que Random está indo! – disse Arthur, sobressaltado. – Podemos ir atrás dela! Mas... ah...

Ford deixou Arthur raciocinando por conta própria e apanhou a sua velha edição do *Guia do Mochileiro das Galáxias.*

– Mas onde é que nós estamos no tal eixo de probabilidade? – perguntou Arthur. – A Terra vai ou não estar lá? Já passei tanto tempo procurando por ela. O máximo que encontrei foram planetas parecidos ou completamente diferentes dela, embora eu estivesse claramente no lugar certo, por causa dos continentes. A pior versão foi um lugar chamado EAgora, onde fui mordido por um animal desgraçado. É assim que eles se comunicavam, sabe, mordendo uns aos outros. Dói pra cacete. E na metade do tempo, é claro, a Terra sequer está lá, porque foi demolida pelos malditos vogons. Estou falando alguma bobagem?

Ford não disse nada. Estava ocupado, escutando alguma coisa. Passou o *Guia* para Arthur e apontou para a tela. O verbete ativado dizia: "Terra. Praticamente inofensiva".

– Quer dizer que está lá! – exclamou Arthur, eufórico. – A Terra está lá! É para lá que Random deve estar indo! O pássaro estava mostrando a Terra para ela na tempestade!

Ford fez um sinal para Arthur falar mais baixo. Queria escutar.

Arthur estava ficando impaciente. Já tinha ouvido cantores de bar cantando *Love Me Tender* antes. Estava um pouco surpreso de ouvir a música ali, no meio de sabe-se lá onde diabos estavam, certamente não na Terra, mas ultimamente as coisas não o espantavam mais como antes. O cantor até que era bom, em se tratando de cantores de bar, se você curte esse tipo de coisa, mas Arthur estava ficando aflito.

Deu uma olhadela no relógio. Aquilo só serviu para lembrar-lhe de que não tinha mais relógio. Estava com Random, ou, pelo menos, o que sobrara do relógio.

– Você não acha que devíamos partir? – perguntou ele, insistente.

– Shhhh! – disse Ford. – Eu paguei para ouvir essa música. – Ele parecia estar com lágrimas nos olhos, o que deixou Arthur um tanto quanto desconcertado. Nunca vira Ford comovido por qualquer outra coisa que não fosse uma bebida muito, mas muito forte. Devia ser a poeira. Esperou, tamborilando os dedos irritado, fora do ritmo da música.

A música terminou. O cantor começou a cantar *Heartbreak Hotel*.

– De qualquer forma – sussurrou – ainda tenho que fazer uma crítica do restaurante.

– O quê?

– Preciso escrever uma crítica.

– Uma *crítica?* Desse lugar?

– Enviar uma crítica valida a cobertura das despesas. Dei um jeito para que isso acontecesse de maneira completamente automática e impossível de ser rastreada. E essa conta *vai* precisar de uma validação – acrescentou ele, baixinho, contemplando sua cerveja com um sorriso malvado.

– Umas cervejas e uns rolinhos?

– E uma gorjeta para o cantor da banda.

– Por que, quanto foi que você deu?

Ford repetiu o valor.

– Não sei quanto é isso – disse Arthur. – Quanto dá em libras esterlinas? O que dá para comprar com isso?

– Acho que dá para comprar, por alto... ah... – Ford apertou os olhos enquanto fazia os cálculos na cabeça. – A Suíça – disse ele finalmente. Apanhou o seu *Guia* e começou a digitar.

Arthur balançou a cabeça. Algumas vezes, gostaria de entender que diabos Ford estava falando, mas outras, como agora, sentia que talvez fosse mais seguro nem tentar. Olhou por cima do ombro de Ford.

– Não vai demorar muito não, vai?

– Não – disse Ford. – Moleza. É só mencionar que os rolinhos estavam ótimos, a cerveja boa e gelada, que a vida selvagem local é agradavelmente excêntrica, o cantor da banda o melhor do universo e pronto. Não precisa de muita coisa, não. Só uma validação.

Tocou em uma parte da tela onde estava escrito ENTER e a mensagem desapareceu na rede subeta.

– Quer dizer que você gostou mesmo do cantor?

– Hum-hum – disse Ford. O barman estava voltando com um pedaço de papel, que parecia estar tremendo em sua mão.

Entregou o papel a Ford com uma espécie de espasmo nervoso e reverencioso.

– Engraçado – comentou o barman. – O sistema rejeitou o cartão algumas vezes. Não que isso tenha me surpreendido. – A sua testa estava coberta de gotículas de suor. – Então, do nada, tudo bem, está tudo certo e o sistema... ah, autorizou o cartão. Simples assim. O senhor pode... assinar?

Ford examinou o papel rapidamente. Deu um assobio leve. – Isso vai dar uma bela dor de cabeça na InfiniDim – disse ele, fingindo preocupação. – Paciência – continuou ele, delicado. – Que se danem.

Assinou com um floreio e devolveu o papel ao barman.

– Mais dinheiro do que ele já ganhou em toda a sua carreira de filmes ruins e apresentações em cassinos. Apenas por fazer o que ele faz de melhor. Pegar o microfone e cantar em um bar. E ele próprio fez a negociação. Acho que é um momento de sorte para ele. Agradeça a ele por mim e lhe sirva uma bebida por minha conta. – Ford jogou umas moedas sobre o balcão. O barman tentou devolver.

– Acho que isso não é necessário – disse ele, levemente rouco.

– Pra mim, é – respondeu Ford. – Beleza, vamos dar o fora daqui.

Ficaram parados no calor e na poeira, contemplando a nave imensa, rosa e cromada, pasmos e admirados. Ou pelo menos Ford a contemplava pasmo e admirado.

Arthur apenas a contemplava.

– Você não acha muito exagerada, não?

Repetiu a mesma coisa quando entraram na nave. Os assentos e uma boa parte dos controles eram revestidos de pele ou de camurça. Havia um imenso monograma dourado no painel de controle principal com as iniciais EP.

– Sabe – disse Ford, ligando os motores da nave –, eu perguntei a ele se era verdade que foi abduzido por alienígenas e sabe o que ele disse?

– Ele quem? – perguntou Arthur.

– O Rei.

– Que Rei? Ai, já conversamos sobre isso, não foi?

– Deixa pra lá – disse Ford. – O que importa é que ele disse não. Ele veio por vontade própria.

– Ainda não sei direito de quem estamos falando – disse Arthur.

Ford balançou a cabeça.

– Olha, tem umas fitas aí no compartimento à sua esquerda. Por que você não escolhe alguma música para a gente ouvir?

– Está bem – disse Arthur, vasculhando o compartimento.

– Você gosta de Elvis Presley?

– Para falar a verdade, gosto, sim – disse Ford. – Só espero que essa máquina possa saltar pelo espaço tão bem quanto parece. – Acionou o propulsor principal.

– Yeeehaah! – gritou Ford, enquanto levantavam vôo a uma velocidade estonteante.

Ela podia.

capítulo 23

As emissoras de televisão detestavam coisas assim. Consideravam um desperdício. Uma incontestável nave espacial aterrissa, do nada, no meio de Londres e vira uma notícia sensacional, da maior importância. Então outra nave completamente diferente aparece, três horas e meia depois, e ninguém dá bola.

OUTRA NAVE ESPACIAL!, anunciaram as manchetes e os cartazes na banca de jornais. ESTA É COR-DE-ROSA. Se fosse alguns meses depois, poderiam ter aproveitado mais a notícia. A terceira, uma pequena nave Hrundi com quatro leitos que chegou meia hora depois da segunda, só foi destaque no noticiário local.

Ford e Arthur desceram a toda da estratosfera e estacionaram direitinho em Portland Place. Era um pouco mais de seis e meia da noite e havia vaga. Misturaram-se brevemente com a multidão que estava reunida, babando, disseram em voz alta que, se ninguém mais pretendia chamar a polícia, eles chamariam, e conseguiram fugir tranqüilamente.

– Meu lar... – disse Arthur, com a voz levemente embargada, olhando ao redor com os olhos rasos d'água.

– Ah, não começa com sentimentalismo pro meu lado, não – cortou logo Ford. – Temos que encontrar a sua filha e aquela criatura-pássaro.

– Como? – perguntou Arthur. – Existem seis bilhões de pessoas neste planeta e...

– Tudo bem, – interrompeu Ford. – Mas apenas uma delas acabou de chegar do espaço sideral em uma nave prateada gigantesca, acompanhada de um pássaro mecânico. Acho que temos que procurar uma televisão e alguma coisa para ficar bebendo enquanto a gente assiste ao noticiário. Precisamos de um serviço de quarto decente.

Hospedaram-se em uma suíte dupla no Langham. Misteriosamente, o Jant-O-Card de Ford, expedido em um planeta que ficava a mais de quinhentos anos-luz de distância, foi aceito pelo computador do hotel sem problemas.

Ford correu para o telefone, enquanto Arthur tentava localizar a tevê.

– Vamos lá – disse Ford. – Eu vou querer umas margaritas, por favor. Dois jarros. Duas saladas do chef. E o máximo de *fois gras* que vocês tiverem aí. Ah, e o zoológico de Londres.

– Ela está no noticiário! – berrou Arthur do outro quarto.

– Isso mesmo – disse Ford ao telefone. – O zoológico de Londres. Pode colocar na minha conta.

– Ela está... Meu Deus! – gritou Arthur. – Sabe quem está entrevistando ela?

– O senhor está tendo dificuldade de compreender a sua própria língua? – continuou Ford. – É o zoológico que fica logo ali na esquina. Não me interessa se estão fechados hoje. Não quero um ingresso, só quero comprar o zoológico. Não me interessa se você está ocupado. Aí é o serviço de quarto, eu estou em um quarto e quero um serviço. Está com um papel aí? Ótimo. Anota o que eu quero que você faça. Todos os animais que possam ser devolvidos em segurança para a vida selvagem devem ser devolvidos. Arrume algumas equipes legais para monitorar o progresso deles na natureza, para ver se estão indo bem.

– É a *Trillian!* – gritou Arthur. – Ou é... ahn... Cara, eu não agüento mais essa história de universo paralelo. É tão confuso, droga. Parece que é uma Trillian diferente. É a Tricia McMillan, que era como Trillian costumava se chamar antes de... ahn... Por que você não vem assistir, ver se consegue descobrir alguma coisa?

– Só um segundo – gritou Ford, voltando às suas negociações com o serviço de quarto. – Então vamos precisar de algumas reservas naturais para os animais que não conseguirem se adaptar à vida selvagem novamente – disse ele. – Arrume uma equipe para descobrir os melhores lugares para isso. Talvez tenhamos que comprar algum lugar como o Zaire ou talvez algumas ilhas. Madagascar. Baffin. Sumatra. Lugares assim. Precisamos de uma boa variedade de habitats. Olha, não estou entendendo por que você está criando problemas com isso. Aprenda a delegar. Contrate quem quiser. Vá em frente, você vai ver que eu tenho crédito na praça. Ah, e queijo Roquefort para as saladas, tá? Obrigado.

Desligou o telefone e foi até Arthur, que estava sentado na beira da cama, vendo televisão.

– Pedi *foie gras* para a gente – disse Ford.

– O quê? – perguntou Arthur, que estava concentrado na tevê.

– Pedi *foie gras* para a gente.

– Ah, tá – respondeu Arthur, vagamente. – Humm, nunca me senti muito bem em relação ao *foie gras*. É meio cruel com os gansos, não é?

– Que se danem os gansos – respondeu Ford, jogando-se na cama. – Não dá para se preocupar com todos os bichos.

– Bom, isso é fácil para você dizer, mas...

– Ai, chega! – interrompeu Ford. – Se você não quer, eu como o seu. O que está havendo, hein?

– Caos! – disse Arthur. – Caos total! Random está na tevê gritando para Trillian, Tricia, seja lá quem for, que ela a abandonou, e exigindo ir para uma boate decente. Tricia está aos prantos, dizendo que sequer chegou a conhecer Random, muito menos a pariu. Então ela começou a berrar sobre alguém chamado Rupert e disse que ele perdeu a mente, algo assim. Não entendi direito essa parte, pra ser sincero. Então Random começou a jogar coisas e eles cortaram para o comercial, enquanto tentavam dar um jeito na situação. Ah! Voltaram para o estúdio! Cala a boca e assiste.

Um apresentador levemente perturbado apareceu na tela e pediu desculpas aos telespectadores pelo corte da matéria. Disse que não tinha nenhuma notícia concreta para apresentar, apenas que a garota misteriosa, que se apresentou como Random Frequent Flyer Dent, abandonara o estúdio para, ah, descansar. Tricia McMillan voltaria, esperava ele, no dia seguinte. Enquanto isso, novas notícias sobre a atividade dos óvnis estavam chegando...

Ford levantou da cama em um salto, apanhou o telefone mais próximo e digitou um número às pressas.

– Recepção? Você quer ser dono do hotel? Ele será seu se você conseguir descobrir em cinco minutos a quais clubes Tricia McMillan pertence. Coloque tudo aí na minha conta.

capítulo 24

Longe dali, nas profundezas negras do espaço, movimentos invisíveis eram feitos.

Eram invisíveis para qualquer um dos habitantes da estranha e temperamental Zona Plural no centro da qual se localizavam as infinitamente numerosas possibilidades do planeta chamado Terra, mas não eram nenhum pouco irrelevantes.

Nos confins do sistema solar, aninhado sobre um sofá verde de couro artificial, contemplando impaciente uma gama de televisores e telas de computador, estava sentado um líder grebulon extremamente preocupado. Estava mexendo em várias coisas. Mexendo em seu livro de astrologia. Mexendo no terminal do computador. Mexendo nos monitores que levavam até ele, constantemente, as imagens de todos os equipamentos de monitoração dos grebulons, todos focados no planeta Terra.

Estava angustiado. A missão deles era monitorar. Mas monitorar em segredo. Estava um pouco de saco cheio da sua missão, para falar a verdade. Tinha quase certeza de que a sua missão era mais do que ficar sentado vendo televisão para o resto da vida. Eles tinham muitos outros equipamentos que deviam servir para alguma coisa se não tivessem acidentalmente perdido qualquer noção sobre para que serviam. Precisava encontrar um sentido para a vida, por isso voltara-se para a astrologia, na esperança de preencher o abismo escancarado que existia entre a sua mente e a sua alma. Aquilo haveria de lhe dizer alguma coisa, com certeza.

Bom, estava lhe dizendo alguma coisa.

Estava lhe dizendo, até onde conseguia interpretar, que ele ia ter um péssimo mês, que as coisas iriam de mal a pior se ele não tomasse as rédeas da situação e começasse a tomar atitudes positivas e chegasse às conclusões por conta própria.

Era verdade. Estava bem claro em seu mapa astral, que ele havia preparado usando um livro de astrologia e o programa de computador que a simpática Tricia McMillan desenvolveu para que ele retriangulasse todos os dados astronômicos adequados. A astrologia da Terra tinha de ser inteiramente recalculada para produzir resultados significativos para os grebulons no décimo planeta, nos confins enregelados do sistema solar.

Os novos cálculos mostravam de maneira absolutamente inegável que ele estava prestes a ter um mês definitivamente ruim, começando naquele dia. Porque naquele dia a Terra começava a ascender em

Capricórnio, algo que, para o líder grebulon, que mostrava todos os sinais de ser um típico taurino, era realmente ruim.

De acordo com seu horóscopo, aquela era a hora de tomar ações concretas, de fazer escolhas difíceis, de ver o que precisava ser feito e seguir em frente. Aquilo tudo era muito angustiante para ele, mas ninguém nunca disse que tomar decisões difíceis não era difícil. O computador já estava rastreando e prevendo a posição da Terra a cada segundo. Ele ordenou que as grandes torres de tiro cinzentas se posicionassem.

Como todos os equipamentos de vigilância estavam focados no planeta Terra, deixaram de notar que havia agora uma segunda fonte de dados no sistema solar.

Suas chances de detectar por acaso essa nova fonte de dados – uma gigantesca nave de construção amarela – eram praticamente nulas. Estava tão distante do sol quanto Rupert, mas estava diametralmente oposta, quase escondida pelo sol.

Quase.

A gigantesca nave de construção amarela queria monitorar os acontecimentos no décimo planeta, sem que ela mesma fosse detectada. Estava indo muito bem.

Essa nave era diametralmente oposta à dos grebulons em vários sentidos.

O seu líder, o seu capitão, tinha uma idéia muito bem formada sobre seu objetivo. Ela era bastante simples e banal, e ele a seguia de sua forma mais simples e banal há algum tempo.

Qualquer pessoa que conhecesse o seu objetivo poderia até mesmo considerá-lo sem sentido e desagradável, pois não era o tipo de objetivo que enriquecia uma vida, que a deixava mais colorida, que fazia os passarinhos cantarem e as flores desabrocharem. Para falar a verdade, acontecia o oposto. Exatamente o oposto.

No entanto, preocupar-se com aquilo não era o seu trabalho. Fazer o seu trabalho era o seu trabalho, que consistia em fazer o seu trabalho. Se aquilo produzia uma certa estreiteza mental e uma circularidade de pensamentos, tampouco era o seu trabalho se preocupar com aquele tipo de coisa. Qualquer coisa no gênero que chegasse até ele era transferida para outros, que, por sua vez, tinham mais gente para quem transferir coisas assim.

A muitos anos-luz dali – ou de qualquer outro lugar, para falar a verdade – ficava o soturno e há muito abandonado planeta Vogsfera. Em algum lugar, em um enevoado e fétido lamaçal desse planeta, existe, cercado pelas carapaças imundas, partidas e vazias dos últimos e fugidios caranguejos cobertos de jóias cintilantes, um pequeno monumento de pedra que marca o lugar onde, segundo se diz, surgiu a espécie *Vogon Vogonblurtus.* No monumento, uma flecha entalhada aponta para dentro do nevoeiro e, abaixo dela, estão escritas, em letras simples, as palavras: "Daqui para a frente é por sua conta e risco".

Imerso nas entranhas da sua repugnante nave amarela, o capitão vogon resmungava enquanto apanhava um pedaço de papel desbotado e dobrado nas pontas que estava na sua frente. Uma ordem de demolição.

Se fôssemos esmiuçar exatamente onde o trabalho do capitão, que era fazer o seu trabalho, começava, tudo se resumia àquele pedaço de papel que lhe fora expedido pelo seu superior imediato há muito tempo. Havia uma instrução no pedaço de papel e o seu objetivo era cumprir aquela instrução e marcar com um pequeno tique o quadrado correspondente quando a tivesse cumprido.

Já havido cumprido a instrução uma vez, mas uma infinidade de circunstâncias desagradáveis haviam impedido que ele ticasse o quadradinho.

Uma das circunstâncias desagradáveis era a natureza plural daquele setor da Galáxia, onde o possível continuamente interferia com o provável. Uma demolição pura e simples era como empurrar para baixo uma bolha de ar em um pedaço de papel de parede mal colocado. Tudo o que era demolido surgia novamente. Aquilo acabaria em breve.

A outra circunstância desagradável era um pequeno grupo de pessoas que viviam se recusando a estar onde deveriam estar quando deveriam estar. Outra coisa que acabaria em breve.

A terceira circunstância era uma invençãozinha irritante e anárquica chamada *O Guia do Mochileiro das Galáxias*. Aquilo já estava sendo devidamente resolvido e, na verdade, por meio do poder fenomenal da engenharia reversa temporal, ele era justamente a agência encarregada de acabar com todo o resto. O capitão viera apenas assistir ao ato final daquele drama. Mas ele próprio não precisava levantar um dedo.

– Mostre para mim – pediu ele.

A silhueta em formato de pássaro abriu as asas e flutuou no ar. A ponte de comando foi engolida pela escuridão. Luzes tênues bailaram brevemente nos olhos negros do pássaro, enquanto nas profundezas do seu espaço de endereçamento instrucional um parêntese após o outro se fechava, suas cláusulas condicionais finalmente se resolvendo, loops de repetição terminavam e funções recursivas se chamavam pelas últimas vezes.

Uma visão magnífica surgiu na escuridão, azul-marinho e verde, um tubo flutuando no ar, com o formato de uma tira de salsichas entrecortadas.

Com um som flatulento de satisfação, o capitão vogon acomodou-se para ver o espetáculo.

capítulo 25

– Aqui, número quarenta e dois – berrou Ford Prefect para o motorista de táxi. – É aqui!

O táxi freou bruscamente e Ford e Arthur desceram apressados. Haviam parado em vários caixas automáticos pelo caminho. Ford jogou um punhado de notas em cima do motorista pela janela.

A entrada do clube era escura, elegante e sóbria. O seu nome estava escrito em uma placa minúscula. Os sócios sabiam o endereço e os não sócios não precisavam saber.

Ford Prefect não era sócio do Stavro's, apesar de ter ido uma vez ao seu outro clube em Nova York. Tinha um método bem simples para lidar com lugares dos quais não era sócio. Simplesmente adentrava o local assim que a porta abria, apontava para Arhur e dizia: "Tudo bem, ele está comigo."

Desceu as escadas escuras e polidas aos saltos, sentindo-se o máximo com seus sapatos novos. Eram de camurça azul e Ford estava satisfeito porque, apesar de tudo o que estava acontecendo, tivera olhos de lince para notá-los na vitrine da loja, do banco de trás de um táxi em alta velocidade.

– Eu não te disse para não vir aqui?

– O quê? – perguntou Ford.

Um homem magro, com aparência de doente, usando trajes largos e italianos e acendendo um cigarro, cruzou com eles subindo a escada e parou, bruscamente.

– Você, não – respondeu o sujeito. – Ele.

Olhou para Arthur, depois ficou um pouco confuso.

– Desculpe – disse, então. – Acho que o confundi com outra pessoa. – Começou a subir as escadas novamente, mas mal deu outro passo. Virou-se para trás, ainda mais intrigado. Olhou fixamente para Arthur.

– O que foi agora? – perguntou Ford.

– O que você disse?

– Eu disse "o que foi agora?" – repetiu Ford, irritado.

– É, acho que sim – disse o homem, cambaleando e deixando cair a caixa de fósforos que carregava. Moveu os lábios vagarosamente e passou a mão pela testa.

– Desculpe – repetiu ele. – Estou tentando desesperadamente me lembrar qual foi a droga que eu tomei, mas deve ter sido uma daquelas que embaralham a memória. – Balançou a cabeça, virou-se novamente e subiu para o banheiro masculino.

– Vamos – disse Ford. Desceu as escadas correndo, com Arthur nervosamente na sua cola. Aquele encontro havia mexido muito com ele, mas não sabia dizer o motivo.

Não gostava de lugares como aquele. Apesar de todos os sonhos de voltar para a Terra e para casa durante tantos anos, agora sentia uma saudade louca da sua cabana em Lamuella, das suas facas e dos seus sanduíches. Sentia saudades até mesmo do Velho Thrashbarg.

– Arthur!

Era um efeito impressionante. Alguém acaba de gritar o seu nome em estéreo.

Virou-se para trás. No alto da escada, vindo em sua direção, estava Trillian, usando a sua lindamente amarrotada Rymplom TM. Parecia subitamente chocada.

Arthur virou-se para trás para ver o que a estava deixando chocada.

No alto da escada estava Trillian, usando... Não, essa é Tricia. A Tricia que Arthur tinha acabado de ver, histérica e confusa, na televisão. E atrás dela estava Random, parecendo estar mais desvairada do que nunca. Mais atrás, nos fundos do clube parcamente iluminado e chique, os outros clientes compunham um quadro estático, contemplando, tensos, o confronto na escadaria.

Por alguns segundos, todos permaneceram parados, imóveis. Apenas a música que vinha de trás do bar não sabia como parar.

– Essa arma na mão dela – disse Ford em voz baixa, fazendo um gesto contido na direção de Random – é uma Wabanatta 3. Estava na nave que ela roubou de mim. É bastante perigosa, para falar a verdade. Não se mexa por enquanto. Vamos ficar calmos e descobrir o que está chateando a menina.

– Onde é que eu me *encaixo?* – gritou Random, de repente. A mão que segurava a arma tremia loucamente. A mão livre vasculhou o bolso e apanhou o que sobrara do relógio de Arthur. Sacudiu-o na frente deles.

– Achei que me encaixasse aqui – gritou Random – no mundo em que fui feita! Mas acontece que nem a minha *mãe* sabe quem eu sou! – Ela jogou o relógio longe, violentamente, e ele se despedaçou contra os copos atrás do bar, as peças voando para todos os lados.

Todos ficaram quietos por mais alguns momentos.

– Random – disse Trillian, calmamente, do alto da escada.

– *Cala a boca!* – berrou Random. – Você me abandonou!

– Random, é importante que você preste atenção no que eu vou dizer e entenda – insistiu Trillian, calma. – Não temos muito tempo. Temos que partir. Temos todos que ir embora.

– Do que você está falando? Estamos sempre *partindo!* – Agora estava segurando a arma com as duas mãos e ambas tremiam. Não estava apontando para ninguém específico. Estava apontando para o mundo em geral.

– Escuta – tentou Trillian novamente. – Eu te deixei porque fui cobrir uma guerra para a emissora. Era extremamente perigoso. Pelo menos, eu pensei que fosse ser. Eu cheguei lá e a guerra havia subitamente deixado de acontecer. Houve uma anomalia temporal e... escuta! Por favor, escuta! Uma nave de guerra responsável pelo reconhecimento não apareceu, o resto da frota se dispersou em uma bagunça patética. Acontece o tempo todo agora.

– Não me interessa! Não quero saber do seu maldito *trabalho!* – berrou Random. – Eu quero um lar! Quero pertencer a algum lugar!

– Este não é o seu lar – disse Trillian, ainda mantendo a sua voz calma. – Você não tem lar. Nenhum de nós tem. Praticamente ninguém mais tem. A nave desaparecida de que eu estava falando, as pessoas dessa nave não têm um lar. Não sabem de onde vieram. Sequer lembram quem são ou o que devem fazer. Estão completamente perdidas, confusas, assustadas. Estão aqui neste sistema solar e estão prestes a fazer algo muito... equivocado, porque estão perdidas e confusas. Temos... que... partir... agora. Não sei dizer para onde. Talvez não haja lugar nenhum. Mas não podemos ficar aqui. Por favor. Só mais uma vez. Podemos ir?

Randon estava tremendo, em pânico e confusa.

– Está tudo bem – disse Arthur, delicadamente. – Se eu estou aqui, estamos seguros. Não me peçam para explicar agora, mas eu estou seguro, então vocês também estão. Está bem?

– Como assim? – perguntou Trillian.

– Vamos relaxar, pessoal – disse Arthur. Estava muito tranqüilo. A sua vida era encantada e nada daquilo parecia real.

Devagarzinho, aos poucos, Random começou a relaxar e abaixou a arma, lentamente.

Duas coisas aconteceram ao mesmo tempo.

A porta do banheiro masculino no alto das escadas se abriu e o homem que abordara Arthur saiu de lá, fungando.

Assustada com aquele movimento brusco, Random levantou a arma novamente justo na hora em que um homem, parado atrás dela, tentou apanhá-la.

Arthur se jogou na frente. Houve uma explosão ensurdecedora. Caiu de mau jeito quando Trillian arremessou-se sobre ele. O barulho cessou. Arthur suspendeu a cabeça a tempo de ver o homem parado no alto da escada olhando para ele absolutamente estupefato.

– Você... – disse ele. Então, lentamente, terrivelmente, ele tombou.

Random largou a arma e caiu no chão de joelhos, chorando. – Sinto muito! – disse ela. – Sinto muito! Sinto tanto...

Tricia foi até ela. Trillian foi até ela.

Arthur estava sentado na escada, com a cabeça entre as mãos e não fazia a menor idéia do que fazer. Ford estava sentado atrás dele. Apanhou uma coisa do chão, olhou com interesse e passou para Arthur.

– Isto aqui significa alguma coisa para você? – perguntou ele.

Arthur apanhou. Era a caixinha de fósforos que o morto deixara cair. O nome do clube estava escrito nela. E o nome do proprietário também. Estava escrito assim:

STAVRO MUELLER

B E T A

Contemplou a caixa de fósforos por algum tempo, enquanto as coisas começavam a se encaixar na sua cabeça. Não sabia o que deveria fazer, mas isso não tinha mais importância. À sua volta, as pessoas estavam começando a correr e a gritar, mas de repente percebeu que não havia mais nada a ser feito, nem agora nem nunca. Perante aquela novidade de sons e luzes, ele só conseguia distinguir a silhueta de Ford Prefect jogando a cabeça para trás e rindo loucamente.

Uma incrível sensação de paz o inundou. Sabia que, finalmente, pela primeira e última vez, tudo estava definitivamente acabado.

Na escuridão da ponte de comando, no coração da nave vogon, Prostetnic Vogon Jeltz estava sentado, sozinho. Luzes piscavam nas telas de monitoria externa que cobriam uma parede inteira. Acima dele, no ar, as descontinuidades em formato de salsicha azul e verde haviam sumido. Opções caíam por terra, possibilidades se dobravam umas dentro das outras e todo o resto finalmente deixou de existir.

Uma escuridão incrivelmente profunda caiu sobre a nave. O capitão vogon permaneceu sentado, imerso no breu, por alguns segundos.

– Luz – disse ele.

Não teve nenhuma resposta. O pássaro também deixara de existir.

O vogon acendeu a luz por conta própria. Apanhou o pedaço de papel novamente e deu um pequeno tique no quadradinho.

Bom, missão cumprida. A sua nave desapareceu furtiva no vazio negro.

Apesar de ter tomado o que ele considerava uma atitude extremamente positiva, o líder grebulon acabou tendo um péssimo mês de qualquer jeito. Foi basicamente igual aos meses anteriores, exceto que agora não havia mais nada na televisão. Para substituí-la, colocou uma musiquinha suave de fundo.

CONHEÇA OS OUTROS TÍTULOS DE DOUGLAS ADAMS

O Guia do Mochileiro das Galáxias

O primeiro título da série conta como o inglês Arthur Dent foi parar no espaço. Ao escapar da destruição da Terra, pegando carona com seu amigo Ford Prefect (um extraterrestre disfarçado de ator), Arthur parte para as mais loucas aventuras através do Universo.

O Restaurante no Fim do Universo

Nada como um bom almoço depois de perambular pelo espaço! O que Arthur Dent e seus amigos jamais imaginariam é que fariam a mais estranha refeição de suas vidas. A bordo da nave Coração de Ouro, saem à procura do homem que rege o Universo para resolver a questão sobre a vida, o universo e tudo mais.

A Vida, o Universo e Tudo Mais

Depois de passar cinco anos perdido na Terra pré-histórica, Arthur Dent volta ao espaço para uma missão nada simples: salvar o universo dos terríveis robôs xenófobos do planeta Krikkit. No meio desse fogo cruzado, Arthur e Ford vivem loucas e divertidas aventuras.

Até Mais e Obrigado pelos Peixes

Depois de viajar pelas mais estranhas galáxias, Arthur está de volta à sua casa e tudo parece estranhamente normal. Teria ele imaginado tudo aquilo? Teria sido uma grande alucinação? Então, onde estariam os golfinhos? Arthur parte em busca de respostas e complica tudo novamente.

Informações sobre os próximos lançamentos

Para receber informações sobre os lançamentos da Editora Sextante, basta enviar um e-mail para
atendimento@esextante.com.br
ou cadastrar-se diretamente no site
www.sextante.com.br

Para saber mais sobre nossos títulos e autores, e enviar seus comentários sobre este livro, visite o nosso site:
www.sextante.com.br

Editora Sextante
Rua Voluntários da Pátria, 45/1.404 – Botafogo
Rio de Janeiro – RJ – 22270-000 – Brasil
Telefone (21) 2286-9944 – Fax (21) 2286-9244
E-mail: atendimento@esextante.com.br